L'avis des lectrices Charleston

« La plume d'Alia Cardyn est à la fois sensible et émouvante. (…) En refermant ce magnifique roman, je me suis dit : "Comme la vie est précieuse ! Comme la relation mère-fille est forte et belle ! Que la vie serait triste sans amour..." » Caroline du blog ***Carobookine***

« L'approche des personnages, les émotions, la beauté de l'écriture, tout est si bien géré, que l'auteure m'a mené tout droit au coup de cœur ! Simplement magnifique. » Stéphanie du blog ***Sorbet-Kiwi***

« Un merveilleux roman que j'ai dévoré en quelques heures, qui pousse à la réflexion, qui nous ouvre les yeux sur l'importance de l'Amour et la nécessité de faire des choix pour construire sa vie ! Un énorme Coup de Cœur ! » Julie du blog ***Les petites lectures de Scarlett***

« C'est un roman assez introspectif qui permet de découvrir en profondeur les sentiments et ce que pensent les personnages. Je me suis beaucoup attachée à eux, à leur vie et aux péripéties qu'ils vivent. » Élodie du blog ***Les confidences de Miss Elody***

« C'est un roman parfois triste mais qui fait du bien. À offrir à toutes les mamans du monde. À celles qui ont décidé de faire un enfant seules. À ceux qui se sentent trop seuls et se refusent le bonheur comme pénitence. Vous ressortez de cette histoire profondément émus, touchés par la douceur et la chaleur d'une plume faite pour conter des existences et des destins. » Aurélie du blog ***BettieRose books***

« *Le choix d'une vie* est un livre intense en émotions, beau et triste à la fois, déchirant et lumineux. Alia Cardyn traite avec beaucoup de passion d'un sujet dur et terrible, qui change des vies pour le meilleur et pour le pire. Intense, on est instantanément happé par l'histoire et les personnages sont attachants et bien dépeints. L'auteur vise juste et réussira à toucher tout lecteur. » Cynthia du blog ***Lectrice-Lambda***

29 boulevard Raspail
75007 Paris – France
contact@editionscharleston.fr
www.editionscharleston.fr
ISBN : 978-2-36812-181-8

Maquette : Patrick Leleux PAO

Pour suivre notre actualité, rejoignez-nous sur la page Facebook :
www.facebook.com/Editions.Charleston et sur Twitter @LillyCharleston

Alia Cardyn

LE CHOIX D'UNE VIE

CHARLESTON

À Benjy, celui qui dansait au loin, fabuleusement beau
dans son habit de cow-boy

« J'accepte la grande aventure d'être moi. »
Simone de Beauvoir

Prologue de Mary

Voici mon histoire. Elle aurait pu être si différente. Sans doute est-ce le réflexe facile d'une vie mature que de revisiter ses choix, d'oser les regarder pour ce qu'ils sont, autant de pas dans toutes les directions. Pourtant, je n'avais de cesse de marcher avec un but précis. Il semblait le même à chaque fois, mais s'est révélé sous des jours distincts. Je cherchais l'amour. Je cherchais une famille, ignorant que les dés seraient pipés dès le départ.

À la minute de ma naissance, alors que je prenais ma première inspiration pour pousser ce cri puissant en quête d'air et de chaleur, mon destin était déjà tracé. Une chance m'était enlevée et le chronomètre lancé. Les lumières éblouissaient mes yeux s'ouvrant sur ce monde et il me restait si peu de temps pour réaliser mon rêve. D'autres auraient le droit de s'égarer, voire de se tromper. Moi, je devrais connaître la voie et ne pas perdre une seconde en chemin. Une pression énorme pour ce nourrisson qui tentait maladroitement de happer le bout d'un sein.

Le désert s'étend autour de moi jusqu'aux mesas au loin. J'appuie sur l'accélérateur et le vent dans mes cheveux me donne à nouveau vingt ans. Je réajuste mes lunettes pour me protéger des nuages de poussière qui se soulèvent sur mon passage. La radio joue les premières notes d'*American Pie* de Don McLean et, en quelques secondes, la musique et la voiture semblent s'accorder, la vitesse de l'une s'unissant au rythme de l'autre.

Je me rappelle ce soir-là, quand il ne fallait pas une décapotable pour me donner vingt ans. Il était face à moi, dansant dans ce bar bondé. J'avais cette intuition que mon prochain pas déterminerait tous les autres et, malgré cela, je n'ai pas osé. Je me suis contentée de l'observer, ses mouvements, son corps souple, cette aisance qui en faisait un dieu. Et puis, j'ai renoncé. Il était trop beau, trop assuré et moi je tremblais à la seule idée de tendre la main vers lui. Aurait-il fallu plus d'amour ? M'accorder le droit d'essayer ? M'offrir le luxe d'échouer ? Certainement. Mais je n'ai pas voulu perdre la face. Alors j'ai tourné la tête et mon corps a suivi, laissant passer ma chance.

Et l'histoire n'en a été que plus belle.

PARTIE I

La vie est une somme de possibles et, chaque jour, nous tentons de cheminer vers le meilleur.

Vingt ans plus tôt
Février 1997 – Novembre 1997

1.

Mary

Pour atténuer ma peine, je me suis acheté cette peau de mouton qu'on jette négligemment au pied du lit. J'aspirais à plus de douceur et son pouvoir a opéré. Quand je m'éveille à l'aube, je pose immédiatement le pied au sol, peut-être pour me rappeler qu'elle est là, peut-être par instinct de survie. Elle a tout changé, au moins pour quelques instants.

Auparavant, lorsque mon corps s'animait, il n'y avait que cette pensée. *Je ne serai jamais maman.* Les plus beaux clichés de la maternité affluaient et je me répétais cette phrase terrible. *Je ne serai jamais maman.* Désormais, mon esprit se concentre sur la caresse et je gagne quelques secondes, parfois même une minute. Mes pieds sont accueillis et ce moelleux ralentit le processus inéluctable. Puis, je percute le sol dur et froid et la phrase revient. *Je ne serai jamais maman.* J'aurais pu être tant de mères, l'imparfaite, la mère poule, la bohême, la rigide ou l'étourdie, mais à tout juste vingt-cinq ans, cela m'est déjà enlevé.

Cette réalité est entrée dans ma vie une après-midi de janvier, dans le cabinet d'un spécialiste. Il l'énonce sans préambule, apparemment inconscient de l'impact de ses mots. Deux phrases suffisent pour anéantir mon existence, me précipitant dans un avenir dans lequel une opportunité manquerait définitivement. Il les prononce sans me regarder, gêné sans doute par la tournure que prendra cette journée d'hiver.

— Voilà, les résultats indiquent que votre réserve ovarienne est diminuée. Si vous ne concevez pas un enfant dans les huit mois à un an, vous avez peu de chances de pouvoir être mère un jour.

Une formule légère pour annoncer l'indicible. Je veux répondre que c'est impossible, qu'il doit se tromper de patiente. Moi, je suis celle qui a quelques bouffées de chaleur et des cycles irréguliers ! En quoi cela peut-il me rendre infertile ?

Mais au fond de moi, je sais qu'il a raison.

Cette sentence me rappelle une discussion avec ma mère, un souvenir enfoui jusqu'ici. Je la revois maintenant, assise à mes côtés près de l'âtre, une tasse de thé entre les mains. Je dois avoir treize ou quatorze ans.

Cette après-midi-là, nous avons marché longtemps dans la neige avec mon père et quelques amis. Ses joues sont encore rosies par le froid. J'admire ses traits délicats qui s'animent avec grâce. Plus tard, je voudrais ressembler à cette femme-là. Éternellement jeune. Éternellement engagée.

Elle pose sa main sur la mienne, comme elle a l'habitude de le faire pour capter mon attention, et s'approche pour éviter que les autres nous entendent depuis la cuisine. Elle me parle d'abord de la joie d'être mère, de son grand bonheur de m'avoir. Elle semble soudain hésitante, cherchant ses mots, marquant des pauses que seul comble le tortillement nerveux de ses mains. Elle m'explique que je ne suis pas enfant unique par choix, qu'après moi, elle n'a plus été capable de concevoir. Une sorte de ménopause précoce, me glisse-t-elle. Elle essuie une larme et ce geste fugace met un terme à une enfance insouciante.

Pour la première fois, ma mère est triste devant moi. Je découvre avec surprise que cet être joyeux et léger peut, elle aussi, avoir ses bagages, que la vie est plus que cet enchaînement de moments parfaits. Elle se penche vers moi pour m'embrasser sur le front et, avant que je puisse en savoir plus, se lève pour rejoindre les autres, croyant sans doute que nous aurons l'éternité pour poursuivre cette conversation.

Pour clore l'entretien, le spécialiste me pose une dernière question et, en réponse, j'ai ce rire nerveux. Un son que je ne connais pas, une sorte de gloussement en complet décalage avec ce cabinet aseptisé. En d'autres temps, j'aurais eu honte de cette tonalité rauque, si peu féminine, mais ici c'est son manque d'intelligence à lui qui prend toute la place.

Je me souviendrai toujours du ton qu'il a pris, m'indiquant qu'il m'accorde quelques secondes de son temps précieux pour partager sa science avec moi. Des syllabes hachées pour s'exprimer clairement, une intonation perchée pour compenser nos positions assises, d'égal à égal, alors que lui semble se considérer tout autre. Sa question provoque en moi des réactions bizarres.

Après le rire, une colère sourde prend possession de mes mains, j'ai envie de balayer les papiers sur son bureau, de le saisir par le col pour le plaquer contre ce tableau ignoble dont l'abstraction noie jusqu'au sens. Je rêverais de lui écraser les testicules pour lui rappeler combien on est peu de chose sur cette terre lorsque la douleur s'empare de nous. Je voudrais qu'il me rejoigne dans ma souffrance même si la sienne ne serait qu'éphémère. Qu'il puisse se représenter, ses précieux spermatozoïdes à l'étroit entre mes mains, cette perspective de ne jamais avoir d'enfant.

Au lieu de cela, je reste paralysée par la nouvelle. Et vissée sur ma chaise, je subis le pire. Il pose sa question une seconde fois et tout ce qu'elle contient de répugnant est magnifié.

— Est-ce que vous réalisez bien la situation ?

Est-ce que je comprends la situation ? Je rage de ne pouvoir articuler une phrase, même juste un mot, mais mes lèvres sont scellées par la tristesse qui m'habite désormais. Fait-on un jour le deuil d'un enfant, même non porté ?

Ce chagrin nouveau est comme une pierre posée sur mes genoux, m'immobilisant devant cet homme que je veux fuir. Je ne peux pas être celle dont les ovaires ne fonctionneront bientôt plus. C'est impossible !

Je suis en pleine révolte quand une phrase me sort de ma torpeur.

— Cela fera 65 euros, mademoiselle.

Il appuie sur les voyelles de ce dernier mot, le coupable qui fait de ces douze mois de fertilité une prison à perpétuité. Quel miracle faudrait-il pour que ma vie conjugue rencontre, amour et fécondité en une année seulement ? Ce

« *mademoiselle* » décortiqué résume parfaitement cette dure réalité. Il est trop tard pour moi. À seulement vingt-cinq ans, j'ai échoué avant même de commencer.

Je ne serai jamais maman. C'est en comptant les billets pour rémunérer l'homme en blanc que la phrase s'est imposée pour la première fois. Au départ, elle a semblé presque douce, sans doute parce qu'elle contient ce mot touchant, celui de mon rêve. *Maman.* Un mot si fort qu'il efface la négation qui l'entoure. Le mot qui rassure au creux de la nuit, on le crie dans un cauchemar d'enfant et la tendresse arrive. *Maman.*

Et c'est ce mot qui m'a portée, me soulevant de mon siège pour quitter ce médecin, trouver la force de toucher la paume de sa main et puis courir vers ma liberté, désormais limitée.

2.

Jack

Je ne crois pas avoir quoi que ce soit de particulier. Du charme peut-être. Un sourire, m'a-t-on dit quelques fois. La confiance certainement. Finalement, que faut-il de plus pour réussir ? Cela et la vie devant soi.

La porte de la brasserie s'ouvre sur une fille qui doit avoir mon âge. Elle semble chercher quelqu'un du regard puis renonce et se dirige vers le bar. Elle traverse la salle lentement, comme si chaque mouvement était un délice dont elle ne voulait se priver. Il m'est difficile de ne pas admirer ce spectacle aérien ; elle me rappelle ces bulles de savon et leur beauté éphémère. À chaque pas, sa chevelure ondulée rebondit juste ce qu'il faut et revient se poser sagement. Je tente de l'observer discrètement. Elle porte un blouson en cuir brun dont le col est cousu de mouton, un petit côté canadien, chasseuse des grandes forêts, qui m'a toujours fait craquer. Oui, je suis ce genre d'homme, celui-là même en quête de petits détails qui inspirent une histoire.

Je vois son écharpe écossaise nouée négligemment et j'imagine qu'elle a quitté son appartement précipitamment, qu'au passage, elle a attrapé cette écharpe et l'a fourrée dans son sac. Au cas où. Ce n'est que quand elle s'est engouffrée dans ce vent glacial de mars qu'elle l'a enroulée rapidement autour du cou. Pas comme un accessoire pour magnifier sa tenue, non, comme une bête écharpe qui doit la protéger du froid. Je crois que c'est cette évidence qui me charme. Cette façon de raconter au monde que sa journée contient autre chose qu'une somme de choix guidés par les autres. Je fantasme certainement en espérant que cette fille-là vive juste pour elle, sans doute parce que ce serait l'atout parfait pour ma muse du jour. Aussi parce qu'avec cette liberté d'être soi, je pressens une possibilité d'ailleurs, comme si elle et moi pouvions embarquer sur un bateau, là, tout de suite et partir loin.

Je dessine consciencieusement des ronds avec mon verre quand la belle vient s'attabler au bar, deux tabourets plus loin, une place idéale pour continuer à l'épier. La condensation ébauche un cercle plus large, petit étang sur le zinc étincelant que le serveur s'empresse d'essuyer. Elle a posé un coude près de la pile de serviettes et fixe maintenant les bouteilles alignées sur les étagères devant elle. Elle doit forcément attendre quelqu'un. Un homme. Sûrement qu'une fille comme elle a toujours un homme qui court à sa rencontre. Elle ne paraît pas troublée par les minutes qui s'écoulent et la solitude qui grandit. Je crois même surprendre un sourire de contentement, fugitif et léger.

Je pourrais tendre le bras et effleurer son épaule mais, au lieu de cela, mon regard glisse clandestinement sur elle, conscient que ce moment sera notre unique bout de vie partagé.

Pourtant, je voudrais m'approcher d'elle pour sentir son parfum et user d'un arsenal rodé pour l'emballer en une petite heure. Non, ce n'est pas de la prétention, ce sont mes statistiques.

Avec une fille de sa trempe, une fille qui semble n'avoir besoin de l'aval de personne, je commencerais en douceur. Évaluant ses réactions, je tâterais le terrain avec l'une ou l'autre question. Je risquerais peut-être un compliment mais seulement de ceux qui ne sont pas trop personnels, afin de réchauffer l'atmosphère sans me mettre à nu. Surtout ne pas sembler une proie facile. Puis, si elle souriait, je frôlerais son bras pour le plaisir, sentir mes poils se soulever brièvement en un frisson au contact de sa peau tiède. Et à cet instant précis, je baisserais la tête, simulant l'embarras, juste pour lui montrer le pouvoir de sa beauté sur moi. Aucune femme n'y résiste. Même les plus indépendantes. Ensuite, j'attendrais, la laissant venir, patientant pour le signal, la guettant tel un territoire qui reste à conquérir. Alors le signal se manifesterait, un sourire appuyé ou un rire un peu forcé, m'indiquant que je peux porter la main à hauteur de son visage et le caresser tout en la regardant dans les yeux. Si le ciel m'aidait, la radio jouerait l'une de ces musiques qui vaut la bande-son d'un film sentimental. Imparable. Si je ne détectais aucun mouvement de recul, si elle soutenait mon regard ou le baissait en souriant, je saurais.

Mais tout cela m'est impossible. J'ai un autre projet et je dois me concentrer.

Aujourd'hui est un jour très spécial car je n'ai le droit de toucher à aucune femme.

3.

Mary

Certaines nuits, je me réveille en sursaut dans cette grande demeure silencieuse. Je guette le moindre bruit comme si cela pouvait me réconforter. J'attends en vain puis me résigne à me lever. C'est l'angoisse qui me tire du sommeil, elle me saisit les tripes telles deux mains d'acier et les tord violemment. Mais ce n'est que lorsque les pensées arrivent en flots qu'elle me terrasse. Jusque-là, je tiens debout et parviens à me concentrer sur mes pieds nus avançant sur les longues lattes du parquet ancien. Je regarde droit devant moi ces murs d'un blanc parfait et, quand l'anxiété croît, je lève les yeux vers les plafonds sculptés.

C'est l'erreur que je commets à chaque fois. Penser que la beauté des lieux peut m'apaiser alors qu'elle ne va qu'alimenter ma crainte. Tout ici me rappelle ce qui me fait le plus peur. Il ne me reste que quelques pas avant de me recroqueviller pour subir les assauts de mon mal. C'est un fauteuil choisi par un décorateur réputé qui sera ma prochaine destination. Je dois y arriver. Un pas après l'autre. Une dizaine sans doute et je pourrai m'écrouler dans ce nid douillet. Un pas après l'autre et, à chacun, une douleur plus forte. Elle est la vieille amie qui me visite quand mon monde vacille. Encore quelques centimètres et je me dépose dans ces coussins épais, les seuls bras qui m'accueilleront dans une autre nuit éprouvante. À la douceur de ce contact, les premières larmes coulent et les mots défilent identiques, toujours dans le même ordre. *Je ne veux pas mourir seule.*

Cette angoisse paradoxale pour une femme de mon âge est apparue à la mort de mes parents, un soir d'avril. Ils ont quitté la route et ma vie. Je viens d'avoir vingt-deux ans et brutalement, je deviens adulte. À l'autre bout de la ligne, il y a ce un médecin dont je n'ai pas saisi le nom mais dont la voix est gravée dans ma mémoire. Une voix qui tremble, celle d'un stagiaire dont je suis sans doute la première expérience douloureuse.

— Mademoiselle Mary Sailly ? Je suis le docteur…

— Oui.

— Je vous… vous appelle…

Il hésite, bégaye, les syllabes s'enchaînent laborieusement les unes aux autres. Il semble initier la formule d'usage pour m'annoncer le pire puis renonce. Il prend une profonde respiration qui me donne l'impression qu'il me téléphone depuis une plage du nord et cette image me fait sourire. Je veux croire à une erreur, j'espère que la fin de sa phrase ne sera pas celle que le début m'inspire.

J'attends que le vent arrête de souffler dans le combiné et cette seconde me paraît une éternité.

Enfin, il lâche la nouvelle. Terrible et définitive.

Il continue à me parler mais je n'entends plus rien. La tristesse me submerge, malmène mon ventre et forme un écran opaque entre le monde et moi.

Combien de temps suis-je restée immobile, le téléphone à l'oreille, témoin impuissant de l'embarras de ce jeune médecin ? Debout dans cette chemise de nuit gris perle offerte par ma mère pour mon anniversaire. C'est irréel, je peux encore sentir son odeur sur la soie de son cadeau. Comme pour chaque vêtement qu'elle me choisit, elle a pris soin de le laver et d'y verser quelques gouttes de son parfum à la lavande. C'est une tradition qu'elle a initiée lorsque j'étais petite fille, sans doute pour me réconforter, sa manière à elle de me dire qu'elle serait toujours là. Puis, ce geste s'est répété malgré les années qui passent et ni l'une ni l'autre n'a jamais su le lâcher. Une attention à l'image de ma mère, subtile et touchante.

De plus en plus nerveux, le médecin débite les phrases censées m'apaiser. Moi, je suis déjà loin, bien incapable de saisir le sens de ses paroles. Nous sommes deux prisonniers de cet appel, moi paralysée par le chagrin et lui condamné à me tenir la main jusqu'à ce que je me manifeste. Mais mon silence se prolonge dans la nuit noire.

Je ramène les genoux contre mon torse, à la recherche d'un contact, fût-ce celui de mon propre corps. C'est cela la vraie solitude. Mes bras enlacent mes jambes, une position impuissante face aux crampes qui reprennent. L'angoisse m'attaque de toutes parts, le ventre et l'esprit se contractent dans un même mouvement. Tout mon être semble vouloir abandonner sous ces vagues de douleur. Je me force à me rappeler que, comme pour les autres nuits, j'y survivrai.

Même si je n'y crois pas, je m'oblige à suivre les étapes pour sortir de la crise. D'abord, ouvrir les yeux sur ce qui m'entoure pour ne pas me laisser engloutir par elle. Je tente de ralentir le rythme de ma respiration et balaie du regard le vaste salon. Un espace démesuré pour la jeune propriétaire que je suis. Les grandes fenêtres sont habillées de rideaux en lin au drapé luxueux. Des canapés de couleur claire encerclent une grande table basse sur laquelle ont été disposés de magnifiques livres de décoration que je n'ouvrirai jamais. Quelques coussins semblent jetés au hasard mais il n'en est rien, leur rôle est de rappeler par quelques touches élégantes la couleur des vases que la femme d'ouvrage fleurit régulièrement.

Tout ici a été choisi avec soin, chaque élément ayant pour mission de contribuer à la sérénité du lieu. Je ne suis pour rien dans cet agencement parfait, j'ai préféré laisser les professionnels agir. J'ai toujours apprécié ce qui est beau mais je suis incapable de le concevoir.

Quand j'ai acheté cette grande maison avec l'héritage de mes parents, j'ai eu l'illusion que si mon foyer était agréable, cela atténuerait la peine. J'ai été naïve d'espérer que l'esthétique puisse compenser l'absence d'amour et j'ai vite compris qu'il n'en serait rien.

Des photographies de contrées lointaines ponctuent ci et là les murs blancs de pauses exotiques. J'ai cru qu'elles aideraient mon esprit à fuir un deuil trop lourd. Je les ai sélectionnées avec enthousiasme, espérant me débarrasser d'un chagrin tenace. Sur ma préférée, une rivière se faufile dans la jungle d'un vert éclatant. Sur une autre, une mer chahutée se présente en centaines de points colorés tel un tableau impressionniste. Je me force à les admirer tour à tour, je me hasarde à aller plus loin, à sentir la caresse des vagues sur mes pieds ou à entendre le murmure de la rivière, n'importe quoi qui me fasse oublier mon présent.

Je respire une nouvelle fois en gonflant mon ventre au maximum puis je pose mes mains autour de mon nombril et expire l'air le plus lentement possible. Je dois me concentrer sur ce souffle pour anéantir la peur et chasser cette phrase. *Je ne veux pas mourir seule.* Il ne faut plus penser. Mon univers doit se réduire à ce souffle. Je répète l'exercice et les tensions me quittent progressivement.

Dehors, les premières lueurs du soleil réchauffent les champs à perte de vue. Une nouvelle journée s'offre à moi et, avec elle, l'opportunité d'un salut.

4.

Jack

Le local est froid et impersonnel. Je descends mon pantalon et m'assieds dans un fauteuil que j'aurais souhaité plus confortable. J'hésite un instant à saisir l'un des magazines qui s'empilent sur la table à côté de moi. Mais en ai-je vraiment besoin ? En une seconde, m'apparaissent les plus jolies de mes dernières conquêtes, une compilation que le cinéaste que je suis a soigneusement répertoriée pour les moments de solitude. J'ajoute mentalement une petite musique de fond – *Let's get it on* de Marvin Gaye sera parfait. Le film se déroule au rythme de sa bande-son et je m'exécute docilement, en évitant de songer à tous ceux qui m'ont précédé ici.

Il ne me faut que trois conquêtes pour remplir un petit pot que je referme consciencieusement. Je ne veux pas perdre une goutte de mon labeur. Je me surprends à scruter ma semence pour voir s'ils nagent comme dans les films éducatifs. Parfois, je suis comme cela, un peu… distrait ?

Je sors de la cabine et, malgré moi, je guette. M'a-t-on vu ? Sait-on ce que j'y faisais quelques secondes plus tôt ? Pourrait-on m'imaginer la main en pleine action ? Ma réaction est stupide. Après tout, je pose un acte citoyen, plus solidaire que sexuel. Bien entendu, j'exprime ma citoyenneté pantalon baissé, mais compte tenu de la pénurie de don de sperme, je devrais être salué plutôt que regardé avec suspicion ! Cette première fois est plus éprouvante que ce que j'imaginais.

La procédure impose encore une batterie d'examens et un entretien avec le médecin puis je serai lancé pour un cycle de don de plusieurs mois. Il faut que j'apprenne à me détendre. Il n'y a personne dans le couloir et seules quelques dizaines de mètres me séparent du secrétariat où je m'empresse de me réfugier.

J'arrive essoufflé et la secrétaire me regarde un sourire en coin.

— Un peu fatigué ? demande-t-elle en me tendant un pot en plastique.

— Très drôle ! Quoi ? Je dois encore en remplir un ?

— Oui monsieur. Celui-ci est pour le prélèvement d'urine. Nous devons l'analyser pour pouvoir écarter un éventuel Chlamydia, répond-elle imperturbable.

— Un Chlamydia, dis-je, songeur.

— Vous revenez me voir après ? J'espère que celui-ci ne vous fatiguera pas autant que l'autre, ajoute-t-elle en réprimant un rire.

Comment ose-t-elle faire de l'humour ? Je lui prends le pot des mains et fonce vers les toilettes pour venir à bout de ma mission.

C'est Harry qui a pris l'initiative, à la fois de la dépense et de son financement. Les deux mis ensemble forment un projet original qu'il a résumé en une phrase : « *On donne notre sperme et on part à New York !* »

Nous sommes tous les quatre *Chez Jo* quand ces quelques mots à l'allure de slogan nous rendent particulièrement silencieux.

Tour à tour, nous nous imaginons, un magazine et un petit pot à la main, puis dans les rues de la ville la plus vibrante de la planète. Contraste perturbant.

Harry a raison sur deux points qui font de son idée une entreprise envisageable : New York est notre rêve depuis longtemps et, étudiants ou stagiaires passionnés mais misérables, nous n'avons pas un sou en poche. Nous ne serions même pas capables de payer un tiers de l'aller vers cette destination mythique.

Face à nos silences, Harry insiste.

— Le défraiement n'est pas énorme, mais on a le droit de donner son sperme deux fois par mois donc en quelques mois, on devrait y arriver, non ? L'hôtel et les vols sont compris dans le prix, c'est une super promotion !

Lui voit sans doute dans le coût notre plus grand frein alors que nous sommes tous occupés à nous représenter la procédure pour obtenir la précieuse semence.

— Tu as déjà donné ton sperme ?

En prononçant ma question, je réalise combien elle est susceptible d'être tournée en dérision, lancée à une tablée masculine imbibée d'alcool. Quelques sourires se forment et deux d'entre eux gloussent déjà bêtement. Irrité par leurs réactions enfantines, je tente de cadrer le débat :

— On en parle sérieusement oui ou non ?

— D'accord, d'accord, répond Harry pour calmer le jeu. Oui, j'ai déjà donné mon sperme.

Spontanément, nous nous penchons vers lui, comme s'il allait nous raconter la découverte d'un nouveau monde.

— C'est vrai ? demande Arthur, ébahi.

— Donc, peut-être qu'il y a des enfants de toi dans cette ville ? poursuit Victor.

— C'est sûr qu'il y a des enfants de moi dans cette ville, s'esclaffe Harry. Mais, cela ne date pas de mon don de sperme, ajoute-t-il, fier de sa bonne blague.

Harry ne manque pas une occasion d'évoquer son tableau de chasse. Nous cultivons tous cet amour des femmes mais, contrairement à Harry, nous avons la délicatesse de taire nos exploits. L'entendre se vanter de cumuler les conquêtes est devenu un rituel dont nous nous passerions bien. Mais l'amitié a son lot de casseroles et nous avons choisi de nous trimballer celles d'Harry, certainement plus agréables que nombre d'autres.

— Sérieusement, tu l'as fait ? Comment cela se passe-t-il ? dis-je, intrigué.

— On doit vraiment éjaculer dans un petit pot ? interroge Arthur qui manque de renverser sa bière sur lui, tant il est captivé.

— J'espère qu'ils n'ont pas mis ta photo sur le profil sinon tu n'écouleras jamais ton stock de spermatozoïdes ! lance Victor, provoquant l'hilarité générale.

— Raconte ! insiste Arthur dans l'espoir de canaliser un peu la conversation.

Harry attend que son public se calme. Il se redresse sur son siège en se raclant la gorge puis, à voix basse, il nous confie son expérience.

— Ce n'est pas exactement comme dans les films, même si cela y ressemble beaucoup, commence Harry. Je me suis présenté à la clinique et j'ai eu un premier entretien avec un médecin pour déterminer si je pouvais être donneur. Il a retracé mon historique médical ainsi que celui de ma famille. J'ai ensuite répondu aux inévitables questions sur ma vie sexuelle : est-ce que j'utilise des préservatifs pour chaque rapport ? Est-ce que je change souvent de partenaire ? Vous connaissez tous la réponse, précise-t-il avec un large sourire.

Comme personne ne relève, il continue son récit.

— J'ai dû faire une prise de sang pour évacuer le risque de maladies infectieuses, un prélèvement d'urines et, enfin, le fameux don de sperme. Ce n'est pas gagné d'avance car ils doivent évaluer, sur base des examens, si la qualité du sperme est suffisamment bonne. Et vous ne devinerez jamais quoi ?

— Quoi ? répond-on en chœur.

— On n'a pas le droit d'avoir un rapport dans les jours qui précèdent le don ! Sinon, apparemment, il y a un risque que la concentration en spermatozoïdes soit trop faible. Qui l'aurait cru ? Mon sperme défaillant, inimaginable non ?

J'ai rarement vu mes amis à ce point fascinés. Sous des dehors d'histoire de branlette, nous approchons au plus près, et sans s'engager, d'une étape aussi attrayante qu'effrayante. Celle de décider de concevoir un enfant. Et Harry, lui, l'a vécue sans même nous en parler.

— Pourquoi ? Pourquoi as-tu voulu donner ton sperme ? demande Arthur avant qu'il puisse terminer son histoire.

— Vous n'allez pas me croire… C'est tout bête… J'ai vu un reportage sur l'infertilité. Ces femmes qui rêvent d'un bébé sans avoir le corps qu'il faut… Ces hommes qui essaient et vont d'échec en échec.

Il marque un temps d'arrêt pour jauger nos réactions et, face à nos silences, poursuit :

— Eh bien, ça m'a touché. Parce que pour nous, tout est toujours simple dans la vie. Tout fonctionne normalement et là, quel choc de découvrir tant de souffrance pour un acte qui paraît si... naturel ! Vous comprenez ce que je veux dire ?

Nous acquiesçons, songeurs. Je ne connaissais pas cette facette d'Harry. Il est plutôt du genre à dissimuler sa sensibilité sous une couche de blagues qu'il dégaine dès que la discussion devient trop subtile. Nous sommes tous les quatre amis depuis l'enfance et je réalise ce soir-là combien nous avons évolué. J'ignore si, en vieillissant, notre personnalité se figera comme le reste, mais découvrir cela me donne de l'espoir. Pour moi et puis pour les autres aussi.

Est-ce l'heure tardive, le choc du conflit entre toutes ces images ou encore l'alcool qui embrume mon esprit, mais je dis oui. Avant tous les autres. J'ai envie d'aller à New York bien sûr, mais ce n'est pas ma seule motivation.

Je suis troublé de découvrir cette facette de moi ; l'idée de peupler la planète me plaît. Moi, l'homme libre, le grand amoureux des femmes, celui qui ne s'engage avec aucune pour pouvoir se consacrer à toutes, comment puis-je avoir envie de cela ? C'est presque comme vouloir un enfant ! Est-ce que je vais devenir vieux prochainement ? Briguer l'épouse, la maison et le labrador ?

Un instant, je me fais peur puis je réfléchis.

Non, c'est autre chose... Le souhait de laisser une trace sur terre ? La volonté d'être utile ? Je ne parviens pas à clarifier mon envie, mais déjà je m'imagine dans quelques années, croiser ces enfants en m'inventant un fils ou une fille dans leur regard. L'idée de ne pas savoir me bouscule. C'est un terrain de jeu idéal pour le cinéaste que je suis, un casting pour le grand film qu'est la vie, une source d'inspiration infinie pour le futur. Je créerai des personnages et leur destin en rêvant qu'il s'agisse de celui de ces enfants et, bien plus tard, en chacun de mes acteurs, je le verrai lui ou elle et je ne pourrai plus jamais rester indifférent. Je serai un homme perpétuellement touché.

Alors l'artiste a dit oui et le rêveur aussi.

5.

Journal d'Adélaïde, 5 mars 1997

Ils viennent par dizaines chaque mois, seuls ou en couple s'ils sont mariés, conformément au règlement de notre clinique de procréation médicalement assistée.

Avec les années, j'ai appris à deviner leur histoire. Mon travail est assez répétitif alors je me trouve ce genre de petites occupations pour passer le temps. Même si je ne suis pas d'un naturel sociable, les êtres m'ont toujours fascinée. Je suis un peu comme une artiste qui passerait son temps dans les musées sans avoir osé créer une œuvre. Les autres m'intriguent, mais pour une raison inexpliquée, je reste à l'écart, prostrée dans mon admiration. J'aime les voir construire et déconstruire leurs relations, espérer, lutter et souvent gagner. J'observe et j'apprends. Je me passionne comme on pourrait le faire devant une série à l'eau de rose sauf qu'ici les enjeux sont réels. Dans notre clinique, nous offrons les moyens de détourner le cours pris par une existence, en redonnant un espoir là où il n'y en avait plus aucun.

Je ne joue pas un grand rôle dans ce parcours du combattant. J'introduis leur dossier, assure le suivi, organise les rendez-vous. Je ne suis que la secrétaire, pas le médecin qu'ils rêvent de rencontrer depuis plusieurs mois, celui qui leur permettra de réaliser leur vœu le plus cher. Pour la plupart des patients, je fais d'ailleurs pratiquement partie des meubles.

Je ne deviens un être humain que lorsqu'ils échouent et reviennent tenter leur chance. C'est alors qu'ils remarquent la petite dame de quarante ans passés, celle qui a des lunettes rondes qui la vieillissent prématurément. Cependant, être invisible me donne un avantage non négligeable dans ma quête de vérité ; mes interlocuteurs ne vont pas dissimuler la leur sous une couche de bienséance ! Je suis seulement une étape avant la plus importante, une étape que certains font presque en pilotage automatique.

Le plus souvent, il me faut une dizaine de minutes pour décoder les grandes lignes de leur histoire. Leur façon de dire bonjour me donne les premiers indices. À la façon dont il sonne, on peut évaluer si l'attente a été longue. Si leur bonjour chante, il est clair qu'ils sont au début du processus, s'il est las, fatigué, si l'intonation pique du nez, l'estimation commence. Un an, deux ans ? Plus ? Combien de temps se sont-ils battus pour avoir cet enfant ?

Une fois le « bonjour » analysé, je me concentre sur la flamme qui anime leur couple. J'ai toujours été une grande romantique et, à défaut d'être actrice, je suis une spectatrice particulièrement attentive. J'observe l'amour se dessiner, survivre à l'épreuve et se laisser façonner ou, plus tristement, disloquer par celle-ci. Habituellement, la femme semble plus à l'aise que son compagnon mais il ne s'agit que d'une apparence. Une démarche pareille n'est simple pour personne. Ne pas pouvoir concevoir naturellement est une frustration terrible qui se mue progressivement en souffrance. Je regarde discrètement si leurs corps sont proches, si leurs mains s'effleurent, s'il fixe le sol ou pose les yeux sur elle, si elle attend son accord pour répondre dans un sens ou un autre. Avec le temps, j'ai découvert qu'il y a mille façons de signifier à l'autre qu'il est aimé. Elles se jouent, se combinent et se mélangent dans des scénarios à chaque fois uniques. Ces échanges subtils entre deux êtres font partie des moments les plus émouvants de ma vie. Oui, je sais combien cela en dit long sur ma solitude personnelle. Le soir, allongée sur la méridienne face au jardin, je rejoue ces scènes délicates et leur beauté me touche à nouveau.

Ce matin, il est presque dix heures lorsque ce nouveau couple franchit la porte du centre. Ils parcourent la pièce du regard, m'aperçoivent puis hésitent un instant. Elle lui glisse quelques mots à l'oreille puis presse sa main pour l'encourager. Elle est le genre de femme pour qui tout paraît facile, gracieuse et posée, silhouette élancée, chevelure ondulée et brillante. Lui semble plus réservé, en retrait aux côtés de son éblouissante compagne. Elle prend le temps de me saluer gentiment avant de s'annoncer, alignant les quelques formules de politesse qui rendent le moment presque chaleureux. Immédiatement, je la classe dans la catégorie de ceux qui n'ont pas encore beaucoup enduré. C'est la fraîcheur dans sa voix qui m'influence. Son optimisme paraît intact. Ce n'est que lorsqu'elle lève les yeux vers lui que le doute se dessine. Me serais-je trompée ? Elle semble prier pour qu'il ne détourne pas le regard et je devine alors l'origine de sa détermination. Elle doit espérer pour deux. Pour elle et pour un mari résigné. Et, témoin de ce chagrin fugace dans les yeux de la belle, un voile léger qu'elle dissipe d'un geste, je révise mon premier jugement.

6.

Mary

Après le choc de l'annonce et les nuits blanches, la souffrance devient plus sourde. Je sursaute moins souvent en découvrant, surprise, que je n'aurai jamais d'enfant, par manque d'ovule ou par manque de temps, ce qui revient au même.

La douleur aiguë des premières semaines a disparu, métamorphosée en une lourdeur qui pèse sur toutes mes heures. J'ai l'impression de me déplacer, emmenant avec moi un léger brouillard qui me tient à distance de chacun et de chaque chose. Les autres existent mais, pour moi, ce ne sont plus que des lèvres remuantes, des actes posés, des séquences d'un film qui se joue devant moi.

Cette perte d'enfant avant même d'avoir pu en concevoir est devenue une compagne dont je tiens la main, tentant vaille que vaille de l'accepter à mes côtés. Elle me ralentit sur mon chemin, me distrait dans mes conversations, me rappelant sans cesse à elle, poliment, sans m'encombrer, juste en tirant discrètement sur ma manche pour m'empêcher de vivre.

J'essaie pourtant de retrouver mon cap, de me souvenir de celle que j'ai été avant de n'être définie que par cette absence. Je me rappelle vaguement d'une fille têtue, audacieuse, décidée alors que maintenant j'erre sans libre arbitre, plus fade que de la farine à l'eau.

On me dit enjouée, téméraire et je me retrouve depuis peu recroquevillée sur moi-même, appréhendant les visites, les questions, le contact. Je crains que quelqu'un s'approche trop près et devine mon secret.

Au loin, il y a une guitare, un son pur soutenant des voix pleines d'espoir. Je plonge dans la piscine et la musique me parvient brouillée. Les bras vers l'avant en flèche, j'étire mon corps un instant avant de reprendre une brasse régulière. Les tensions dans le haut du dos autour des omoplates sont tenaces et je dois répéter ce mouvement plusieurs fois avant de me détendre.

Sous l'eau, les rayons du soleil jouent sur la mosaïque bleue. Rapidement, mon oxygène s'épuise et j'émerge pour reprendre mon souffle. La musique est toujours là, optimiste et entraînante, un hymne à l'insouciance qui me donne envie d'espérer moi aussi. Pendant quelques heures, être une fille de mon âge avec des soucis plus légers : quelle couleur de rouge à lèvres choisir ? Ai-je envie d'aller boire un verre ou voir un film au cinéma ?

Je ne dis pas que ces questions sont futiles mais, au regard des miennes, elles me paraissent tellement plus agréables.

L'air enchaîne sur un autre et dès les premiers accords de guitare, je le reconnais. Il a bercé mon enfance, ces notes qui s'envolent dans les premières mesures, présageant un futur radieux. *Homeward bound* de Simon & Garfunkel. Leurs voix inondent la campagne autour de ma maison et les blés paraissent soudain encore plus blonds. Je balaie du regard les champs, à la recherche de cette fête improvisée mais je ne vois rien. Je me tords les cheveux et enfile une robe sans prendre de douche.

Je parcours rapidement les quelques centaines de mètres qui me séparent du portail clôturant la propriété et m'engage dans une prairie. Le paysage vallonné me laisse espérer qu'une fête se cache derrière chacune de ces collines. J'habite cette maison depuis quelques années mais je n'ai jamais exploré les terres voisines. Les premières semaines après mon emménagement, j'avais vécu recluse. Même si le pire était déjà advenu avec la mort de mes parents, je continuais d'avoir peur. Il m'avait fallu beaucoup de courage pour seulement décider d'ouvrir les portes-fenêtres vers le jardin et m'y installer sur une chaise longue. Puis, je m'étais aventurée dans le grand parc de la propriété pour finalement me contenter de ses deux hectares de verdure. Pour apprivoiser cet espace, j'ai engagé Archibald, un jardinier d'une cinquantaine d'années. J'ai cru qu'il fuirait en découvrant l'ampleur du travail ! Combien fallait-il de temps pour aménager ce parc à l'allure de champ dont on peinait à discerner le dessin des parterres jadis fleuris ? Mais contre toute attente, Archibald a accepté la mission avec enthousiasme. Depuis lors, il y travaille, peu importe la météo annoncée, la pluie, le vent, le froid, rien ne semble entamer sa volonté.

Je marche depuis quelques minutes et je dois avoir pris la bonne direction car le volume de la musique augmente.

Je gravis une pente pour découvrir un nouveau paysage. Au loin, j'aperçois des ballots de paille assemblés en bancs et en tables recouvertes de nappes blanches. Une vingtaine de personnes se partagent entre les bancs et ce qui ressemble à une piste de danse improvisée. La musique provient de grandes enceintes raccordées à la propriété la plus proche, celle d'un autre voisin que je ne connais pas. Je m'approche encore avant de m'asseoir pour les observer de loin.

L'ironie de la situation m'amuse. Cette fête me fait penser à ma vie, elle se déroule sans moi.

Je dois trouver une solution.

7.

Archibald

Âgée d'une vingtaine d'années, Mary semble avoir tout pour elle. Des yeux bleus, une chevelure couleur miel, une silhouette élancée, des traits harmonieux et un sourire charmant. Tout paraît léger dans son attitude. Seuls son teint pâle et son visage se crispant facilement viennent contredire ce portrait idéal. Des détails qui n'en sont pas pour l'homme qui a vécu. Mary me salue avec gentillesse, mais la tension dans son regard montre qu'un souci la tient loin d'ici, il a pris toute la place ; alors, poliment, j'accepte celle qui m'est accordée.

Lors de l'entretien d'embauche pour le poste de jardinier, j'ai regardé discrètement le parc pour imaginer comment une année de travail pourrait le transformer. Je voyais déjà les massifs s'élever et leurs formes arrondies ponctuer le jardin. Là, sur la droite, près des arbres centenaires, je créerais un potager. Plus loin, un verger pour les après-midis oisives à l'ombre des arbres fruitiers. N'avoir qu'à tendre la main pour son goûter ! La disposition du parc était parfaite, les espaces bien proportionnés, un rêve pour le jardinier débutant mais enthousiaste.

J'ai tenté de répondre au mieux aux questions de Mary et, heureusement, elle m'a choisi. Elle m'a engagé parce qu'elle était ailleurs et que, moi, j'avais décidé d'être ici. Il était essentiel pour moi de devenir son jardinier alors j'ai profité de sa distraction pour l'emmener sur d'autres sujets lorsqu'elle s'enquérait de mon expérience passée.

— Mon Dieu, qui veut parler du passé lorsque l'on fait face à une telle splendeur ! Là, vous imaginez combien un rosier contribuerait au charme de votre belle demeure ! Et là, l'endroit est optimal pour un potager ! me suis-je réjoui.

J'ai pointé du doigt plus pour la forme que par réelle nécessité car son regard plongeait inlassablement dans le vide. La jeune fille semblait comme le terrain : à la dérive. Deux éléments à l'abandon que je voulais sauver.

En réalité, je n'ai jamais travaillé avec mes mains.

Avant, j'avais un métier sérieux, un de ceux où l'on jongle avec les responsabilités, une fonction qui use et ne connaît ni limite, ni horaire. Courir, concevoir, m'épuiser pour être au final cet éternel retardataire. Je me sacrifiais sur l'autel de la performance et, malgré cela, j'éprouvais ce sentiment pitoyable de ne rien accomplir. Rien de bien en tout cas. Pire, même m'échiner à la tâche ne m'empêchait pas d'achever ma journée en me détestant.

Rien qu'à y songer, j'ai des aigreurs d'estomac.

Et un jour, Lucie m'a quitté. J'ai perdu Lucie et mon cœur s'est arrêté. En lisant sa lettre laissée à mon attention sur la table de l'entrée, il n'a plus su comment battre – ou n'a plus voulu – et j'ai saisi toute la futilité de mon existence. Toutes ces années à être présent à moitié, à ne pas la regarder, à oublier de l'écouter. La douleur a irradié mon bras alors que sa lettre tremblait entre mes mains, me laissant seulement le temps d'attraper le téléphone pour appeler à l'aide. Un instant plus tard, je m'écroulais, les yeux rivés sur cette encre mouillée dessinant des herbes hautes avec les mots de ma bien-aimée.

À l'hôpital, un jeune psychologue du nom d'Harvey s'est présenté à mon chevet pour m'offrir ses services. Au départ, je n'ai pas été emballé par l'entreprise. Comment un gamin de la moitié de mon âge pouvait-il m'aider ? Comprenait-il seulement quelque chose à la vie ? Harvey a un peu insisté et ses efforts m'ont touché. J'ai un peu honte de l'avouer, mais je me sentais seul. Ma stratégie de vie jusque-là ne m'avait pas permis de construire ces belles amitiés qui accourent en cas de souci. Alors pendant mon séjour en clinique, j'ai apprécié sa présence.

Il m'a expliqué son travail à l'aide de la métaphore des nœuds. Je n'ai pas tout compris, cependant l'idée a semblé jolie. En gros, je représentais un paquet de nœuds et sa mission était de m'aider à les dénouer. Un nœud pour une peine, un fil pour une voie.

Harvey m'a rendu visite tous les jours pour parler de moi, de l'accident et du départ de Lucie. Diplômé un an plus tôt, je devais être un de ses premiers patients. Pourtant, il n'a pas paru intimidé par nos échanges. Il a pris son temps, répété mes mots avec ce ton gentil qui témoigne d'un intérêt. À sa façon, il m'a encouragé à dire ma peine, mon manque, mon impuissance.

Il est vrai que j'ignorais tout des relations humaines, celle à soi comme celles aux autres. Dans ma famille, on n'avait pas porté beaucoup d'attention à cela. J'avais grandi avec cette idée qu'il faut devenir quelqu'un et que l'unique moyen pour y parvenir est de produire, coûte que coûte, même si cela devait me priver de repos.

Avec Harvey, j'ai réalisé qu'il était temps de quitter la route éculée qui m'avait mené à ce lit d'hôpital.

Chacune de nos rencontres m'avait allégé et une nouvelle urgence m'assaillait désormais : plonger mes mains dans la terre, sentir l'humidité, sa fraîcheur et me mettre au rythme des plantes qui poussent.

8.

Mary

— Il me reste un peu moins d'un an pour concevoir un enfant.

Max avale de travers et manque de s'étouffer.

Après l'annonce du médecin, j'avais décidé de garder la nouvelle pour moi, au moins pour quelques semaines. Il fallait que j'apprenne à vivre avec, qu'elle devienne une évidence car il m'arrivait encore parfois d'oublier et, au milieu d'une phrase ou d'une pensée, elle tombait comme un couperet. Au-delà de la souffrance que mon infertilité prochaine m'imposait, je ressentais une certaine gêne à aborder le sujet. J'aurais eu l'impression d'avouer que je n'étais pas normale, que je ne fonctionnais pas comme les autres. Je ne voulais pas les voir baisser les yeux, embarrassés par mon chagrin, je craignais leur silence autant que leurs questions dans lesquelles je verrais une indiscrétion ou pire, une attaque. Et puis, comment rester impassible face aux nombreux conseils dont je ne tarderais pas à bénéficier ? *Tu ne connais pas le docteur untel ? As-tu déjà essayé cette technique ? Elle a permis à l'amie d'une amie de tomber enceinte à quarante-cinq ans alors qu'elle essayait depuis dix ans au moins ! Rien de tel que le curcuma en dose massive ! Enfin, c'est ce que j'ai entendu dire l'autre jour à la radio...*

Tant que cette nouvelle restait confidentielle, je pouvais rêver. Pour aller plus loin, il fallait pourtant la partager avec d'autres, quitte à devenir dans leurs yeux cette fille-là, celle qui ne pourrait jamais avoir d'enfant. Max était le premier à qui j'avais envisagé d'en parler. Mon vieil ami était franc, entier, transparent et je l'avais choisi pour cela : je pourrais immédiatement voir l'impact de mes mots sur son visage.

— Tu plaisantes ? Il va falloir rencontrer l'âme sœur rapidement... essaie-t-il après un moment d'hésitation.

Comme je reste silencieuse, il poursuit :

— Tu es sérieuse ? Pourquoi voudrais-tu un enfant maintenant ?

— C'est le temps que m'accorde la nature, passé ce délai, je ne pourrai plus en avoir.

Max me dévisage, comme s'il tentait de trouver sur mon visage les réponses à ses questions.

— Comment est-ce possible ? Tu es tellement jeune !

— Les résultats sont formels, selon les spécialistes. Il n'y a rien que je puisse faire, si ce n'est concevoir. Rapidement.

— Et il n'y a pas d'autres moyens ? Dire qu'on peut aller sur la lune ! ajoute Max.

— La science progresse dans le domaine, mais à l'heure actuelle, ce n'est pas suffisant.

— Tu es certaine que tu as consulté les meilleurs en la matière ?

— Si tu veux connaître les détails croustillants, dans mon cas, l'idéal serait de pouvoir congeler mes ovocytes. Malheureusement, la technique en est à ses prémisses. Je ne crois même pas qu'un bébé soit déjà né grâce à ce procédé. Seuls quelques hôpitaux dans le monde le pratiquent. J'ai consulté trois spécialistes et tous m'assurent que, à ce stade, ce serait un leurre de recourir à une congélation. Le taux de réussite annoncé est extrêmement bas. Si je peux concevoir aujourd'hui, il serait fou de laisser de côté une chance réelle en comptant sur une technique qui n'a pas fait ses preuves. Puis, ils ont aussi abordé les incertitudes, notamment les conséquences à long terme de la congélation, et je t'avoue que je n'ai pas envie de jouer les cobayes…

— Tu n'as que vingt-cinq ans… répète Max, l'air de ne pas m'entendre.

— La moyenne des femmes ne peut plus avoir d'enfants vers cinquante ans, cependant cela n'est qu'une moyenne. Pour certaines, ce sera cinquante-cinq, pour d'autres quarante et pour moi…

J'essaie d'achever ma phrase lorsque l'émotion m'envahit. Me confier à Max libère les larmes contenues jusqu'ici, comme si la compassion dans son regard me permettait d'avoir soudain accès à une tristesse infinie. Je croyais avoir digéré la nouvelle, mais la douleur me saisit comme au premier jour. Max se lève et vient s'asseoir à mes côtés. Il prend mes mains dans les siennes pour tenter de m'apaiser.

— Je n'ai aucune chance de trouver l'homme de mes rêves et de parvenir à le convaincre en quelques semaines… Parce que l'homme de mes rêves a plus ou moins mon âge et qu'il veut beaucoup de choses, mais pas un enfant ! Pas maintenant.

Max me prend dans ses bras. C'est toujours la même difficulté... que faire, que dire quand l'autre souffre ?

— La seule alternative que la science m'offre actuellement, c'est l'insémination artificielle grâce au sperme d'un donneur, tout de suite et toute seule surtout, dis-je en reniflant.

— Tu ne seras pas seule, me rassure Max en se levant.

Il se dirige vers ma plus vieille commode et l'ouvre d'un geste assuré.

— Je peux t'aider ?

— Non, non, lance-t-il évasivement, je vais trouver ce dont j'ai besoin.

Max n'est pas le genre à s'embarrasser de politesse, surtout lorsqu'il faut agir. Il fouille dans mes tiroirs et en sort un bloc-notes et un stylo.

— Bon, si on évaluait la situation ? S'il reste moins d'un an, nous n'avons pas de temps à perdre, dit-il en traçant quelques lignes sur le papier. Première question : est-ce que tu es prête à tenter ta chance ?

Bizarrement, j'ai laissé cette question en suspens et n'ai pas envisagé cela comme une option. Max tapote son calepin avec le stylo dans l'attente d'une réponse. Son impatience m'amuse. J'ai toujours apprécié son côté fonceur qui transforme la plupart des décisions en un oui immédiat, mais ici, j'ai besoin de temps. On parle d'un être humain et il piaffe comme si je tardais à lui dire s'il faut tourner à gauche ou à droite pour arriver à destination !

Pourtant, il a raison. Je ne dois pas réfléchir longtemps pour réaliser qu'une vie sans enfant est inconcevable. Peu importent les difficultés, les manques ou la folie de ce projet, je dois essayer, m'attaquer au comment, au lieu de gaspiller du temps sur le pourquoi.

— Oui, bien sûr que je veux être mère. Un jour. Tu m'imagines avoir cet enfant, si jeune et sans le père pour m'épauler ? dis-je en pensant au couple merveilleux que formaient mes parents.

— Ce que je vais dire est horrible, mais... Tu n'as pas le temps de répondre à ces questions. Tu n'as pas le choix, il faut avancer, on trouvera les solutions en chemin. Puis, à entendre les mères partager leur expérience, il semble que ne pas se sentir à la hauteur soit devenu un attribut de la maternité. Donc, tu es plutôt bien partie, non ? déclare-t-il avec humour.

Je ne peux m'empêcher de sourire. Max a étudié la psychologie et enchaîne les stages pour affiner sa pratique. Récemment, il a passé un mois en maternité et a été sidéré par la dureté avec laquelle les femmes s'évaluent dans ce nouveau rôle. Plusieurs fois, il s'est emporté en me racontant une anecdote, choqué par le manque de confiance en elles dont ses patientes sont victimes alors qu'elles se donnent corps et âmes à leur nouveau-né.

— Donc, la question à se poser maintenant est « *comment peux-tu réaliser ton rêve ?* » reprend-il, résolu à m'aider.

— Max, je ne suis pas prête ! Et puis, même si je le deviens, tu crois franchement que cela va marcher du premier coup ? Ou dans le temps limité qui m'est imparti ? Dans la plupart des cas, les gens attendent des mois et je n'ai pas ce luxe !

— La seule chose qui est dans tes mains à ce stade-ci est d'essayer. Encore et toujours essayer. Joue le jeu ! Tu n'as rien à perdre, si ? Au pire, tu te retrouveras dans la situation que tu connais maintenant, celle où tu crains de ne jamais avoir d'enfant. Tente ta chance et commence à réfléchir !

Comment peux-tu réaliser ton rêve ? répète un Max dont la détermination devient contagieuse.

Pour gagner du temps, je prends une profonde inspiration. Les arguments se bousculent dans ma tête et j'ai des difficultés à y voir clair car chaque pensée amène son lot d'émotions. Comment ne pas se représenter cette lourde procédure sans anxiété ? Comment ne pas ressentir un mélange de joie et d'appréhension à l'idée d'un tout petit être dont je serais la seule et unique responsable ? Il faut calmer mon esprit, mais c'est tout mon être qui vibre pour le pire et le meilleur à l'idée d'enfanter. Je dois dénouer mes pensées emmêlées comme on le tente avec un collier laissé au fond d'un tiroir. Tirer sur le bout qui semble venir le plus facilement et évaluer si le nœud se défait ou non. Essayer à nouveau en tirant sur un autre bout.

Alors je choisis la pensée qui est la plus simple pour moi, laissant de côté toutes celles qui malmènent mes tripes. Je vais me concentrer sur les premières étapes du processus.

— D'accord, je vais essayer. Tu m'aurais parlé de cela avant, j'aurais trouvé cela bizarre. Tu sais, avoir un corps doublement étranger dans le mien… Néanmoins, je me suis renseignée sur l'insémination artificielle, dis-je un sourire en coin.

Le visage de Max s'illumine et il attrape son stylo pour noter.

9.

Journal d'Adélaïde, le 24 mars 1997

« Il y a des jours où l'on est prêt pour une autre vie. » Voilà ce que le médecin a affirmé en me tendant ce petit journal à la couverture cartonnée. Nous sommes au début du mois de mars et je le consulte pour un léger rhume et des aigreurs d'estomac qui s'éternisent. Par quelques chemins détournés, il saisit cette opportunité pour aborder ma solitude avérée. Comme je reste muette, il développe son ambition.

« Écrivez. Écrivez autant que vous pouvez. Ce que vous ressentez, les situations qui vous amusent, ce que vous observez chez les autres, ce qui vous touche ou vous choque, un peu comme si vous parliez à une vieille copine. Vous voyez ce que je veux dire ? »

Face à mon silence, il persévère, enthousiaste. Il agite les bras pour soutenir ses propos et, à le voir soudain tout guilleret, multipliant les exemples de confidences manuscrites, j'ai l'impression que c'est lui qui devrait l'écrire, ce journal, tant ce projet semble l'emballer !

« Adélaïde, vous vivez en dehors de la société et j'aimerais, avec ce petit exercice, vous y ramener. Ce journal peut être votre confident, un ami. Si vous parvenez à vous exprimer là, sans doute un jour oserez-vous partager également avec les autres ? »

Sur le moment, je suis dubitative. Pourrais-je faire de ce journal un confident ? J'ai envie d'espérer et ce face-à-face avec moi-même m'inspire. Mon nouvel ami sous le bras, je quitte le cabinet du docteur, bien décidée à lui rendre compte de mes journées.

En m'y attelant, je découvre vite que mon sujet de prédilection est l'autre, sous toutes ses formes : ses envies, ses luttes, ses désespoirs. L'autre, l'autre, l'autre pour surtout ne pas trop parler de moi. Peu importe, il faut débuter quelque part, non ? Là où on peut…

Aujourd'hui, j'ai revu le jeune homme qui porte un prénom qui semble tout droit sorti d'un film américain. Un prénom qui claque. Jack ! Depuis peu, il se présente au rythme de deux fois par mois, le maximum autorisé par la clinique. Beau comme un dieu, mais arrogant au possible, j'ai tout de suite vu en lui quelques pages de journal.

Dès sa première visite, il m'a annoncé avec un clin d'œil que je le verrais souvent. Bien sûr, je l'ai trouvé charmant. Ses cheveux châtains légèrement ondulés maîtrisés dans une coupe impeccable, son regard franc et son large sourire m'incitent à penser qu'il n'a pas eu beaucoup de déconvenues dans son existence.

Oui, je juge parfois hâtivement pour esquisser les premiers traits de ceux qui me captivent.

Après m'avoir saluée, il a pris l'habitude d'engager la conversation dans l'attente de son tour. Il ne voit pas une grande timide dans mes silences ou mes réponses hésitantes. Au contraire, il poursuit notre discussion, enchaînant les questions sur mon travail, mes loisirs et d'autres détails du quotidien.

J'apprécie la façon dont il plante son regard dans le mien, comme si j'étais la personne la plus importante au monde. Évidemment, je ne suis pas naïve ! Je me doute que, en grand séducteur, il doit user de son charme sur toute la gent féminine, chacune de nous ayant pour mission de le rassurer sur sa valeur. Mais j'ai envie de rêver, de participer à son jeu en imaginant une fraction de seconde être digne d'intérêt. J'écoute donc ce petit jeune et je suis même capable d'aligner quelques syllabes ! Au début, je cherche mes mots. Il a l'air d'avoir le temps alors je me détends et ils font leur chemin tout seuls.

Quand je l'aperçois ce matin, je me redresse immédiatement sur mon siège, toute prête à échanger avec le bellâtre. Comme les autres fois, il est joyeux et fier.

Cela n'a pas l'air de le mettre mal à l'aise que nous connaissions tous deux l'objet de sa visite. D'autres donneurs de sperme désirent rester discrets, mais lui paraît avoir une tout autre considération pour son initiative, ce qui attise ma curiosité. Puisque le règlement du centre m'interdit de l'interroger à ce sujet, j'essaie de ruser en espérant qu'il me glisse des informations entre deux anecdotes.

Après les formules d'usage, il entame souvent la conversation en me racontant sa dernière conquête. J'aime qu'il me prenne pour confidente, cela me donne de l'importance. Aujourd'hui, il est question d'une femme de son âge à la longue chevelure rousse. Jack raconte son histoire avec une aisance que j'envie, il a le sens des mots, ses phrases coulent sans effort et chacune d'elles amène une nouvelle image. Je me laisse rapidement emporter, comme dans un bon livre.

J'ai plusieurs fois tenté de deviner son métier. Je pourrais regarder dans son dossier mais le jeu m'amuse. J'espère une profession créative qui lui permette d'exploiter ce talent de concevoir des récits facilement, une qui ne bride pas sa fantaisie ni n'exige de lui de renoncer à son rôle de séducteur. Écrivain ? Comédien ? Metteur en scène ? À son insu, il m'a donné quelques pistes, éveillant ma curiosité. Son métier lui donne une certaine flexibilité puisqu'il peut prendre quelques heures de congé en journée. En revanche, il ne semble pas lui offrir de belles rentrées financières vu ses baskets usées et son entrain à me communiquer son numéro de compte en banque pour le versement du défraiement. Un autre indice important : Jack ajoute souvent entre deux phrases « c'est une bonne réflexion, je peux l'utiliser dans mon projet en cours ? » sans fournir plus de détails.

Mais il faut me concentrer sur ma mission du jour : savoir pourquoi un homme tel que lui est ici, deux fois par mois. J'opte pour la flatterie. Aussi subtilement que possible, j'évoque la longue attente de couples désespérés et le rôle essentiel des donneurs de sperme dans ce parcours.

Il sourit, mais reste silencieux.

Je poursuis en saluant l'engagement de ceux qui se présentent à de multiples reprises, une aide encore plus importante. Le regard perdu dans le vide, il semble jauger les avantages et les inconvénients de partager son projet. Peut-être hésite-t-il entre son besoin de plaire à une femme en lui offrant ce qu'elle désire et la nécessité de conserver un secret ?

Il réfléchit encore un instant puis se confie à voix basse, me rendant complice d'une affaire aux allures illicites.

10.

Mary

Nous sommes une dizaine à être assis en silence. Le demi-cercle que nous formons nous oblige à nous faire face, nous forçant à une intimité superflue. Chaque son, une page qui tourne, un toussotement, une chaise qui racle le sol, résonne dans la salle d'attente. Je feins d'être absorbée par un prospectus qui titre explicitement « *Tout savoir sur la procréation médicalement assistée* » alors que j'en profite pour les observer, ces autres qui se battent peut-être avec les mêmes questions que moi. Il y a plus de femmes que d'hommes. Elles sont plongées dans leur lecture comme on se réfugie sous une couverture pour se cacher.

Est-ce qu'elles aussi hésitent à se lancer ? Ou bien foncent-elles, tête baissée, comme Max le ferait à ma place ? Je lis une fatigue sur certains visages. Ou est-ce de la lassitude ?

J'ai entendu que, malgré les progrès de la science, les résultats peuvent se faire attendre. J'avoue que jusqu'il y a peu, je ne m'étais jamais intéressée à ce domaine. Je ne connaissais pas les techniques utilisées et, pire, je prononçais « *insimination* » alors qu'il s'agit d'insémination. Je donnerais cher pour retrouver mon ignorance !

Depuis ma conversation avec Max, je me force à m'instruire même si je crains que cela soit inutile si j'ignore dans quelle direction avancer. À quoi cela peut-il servir de connaître les étapes et le vocabulaire si je reste incapable de définir ce que je veux ? Cela fait quelques jours que cette question tourne en boucle dans ma tête.

Qu'est-ce que je dois faire ?

Max prétend qu'il ne faut pas décider tout de suite. La procédure classique implique plusieurs entretiens avec un psychologue qui me permettront justement de prendre la bonne décision. Moi qui envisageais l'éducation d'un enfant comme la difficulté majeure, je réalise que les étapes à franchir pour y parvenir ne sont pas évidentes.

Quand on regarde ces photographies de pipettes, de gros ventres et de médecins en blouse blanche, tout paraît pourtant si simple et rassurant. La page de garde du fascicule présente le processus à suivre dans un ordre rigoureusement chronologique, accroissant encore cette sensation de facilité.

Je tente de lire le premier point, celui qui aborde la décision du patient. Quelques lignes relatent l'importance de ce choix mais aucune ne m'aide personnellement. Je rêverais d'y lire : « *À vingt-cinq ans, on peut avoir le sentiment de ne pas être du tout prête, pourtant cela importe peu car, à l'arrivée, des centaines d'études démontrent que les enfants élevés par une mère célibataire de cet âge-là sont parmi les plus épanouis au monde.* »

Oui, si je pouvais lire cela, la question serait réglée. Si j'étais convaincue que je pourrais rendre heureux un autre être humain en l'accompagnant comme il le faut, je foncerais. J'entends mon nom.

La secrétaire le répète à nouveau, légèrement agacée.

Je lève la main comme à l'école. Vraiment, je ne suis pas prête pour tout cela.

La petite dame me propose de la suivre et nous nous installons à son bureau. Elle récite rapidement ce qui ressemble à un discours rodé, m'annonçant le périple qui m'attend.

— Nous souhaitons nous assurer que vous avez mûrement réfléchi votre choix. Il s'agit de deux ou trois entretiens avec le psychologue dont l'objectif sera notamment de déterminer si vous avez pris en compte tous les aspects d'un tel projet. Vous comprenez ?

La secrétaire marque une pause et semble m'évaluer. J'ai l'impression que ses yeux bleu clair dissimulés derrière de vieilles lunettes vont me transpercer tant son regard est appuyé. Je m'efforce de me concentrer mais mon esprit fuit, apeuré. Il est vrai que si j'avais dû « *prendre en compte tous les aspects d'un tel projet* » comme elle le formule si bien, je n'aurais pas poussé la porte de ce centre.

— Mademoiselle, vous comprenez ? répète la secrétaire pour me ramener à notre conversation.

— Oui, bien sûr. La réalité du projet. C'est logique.

Elle me sourit, approuvant ma réponse, puis déplace une pile de feuilles pour déposer devant moi un formulaire et un prospectus.

— Vous rencontrerez aussi d'autres membres de l'équipe médicale. Malheureusement, tous les projets ne sont pas soutenus systématiquement. Un comité établira, sur base des informations recueillies, s'il soutient ou non le vôtre.

Mon ventre se serre en entendant ces mots. Je croyais être la seule à devoir convaincre de ma volonté. Je n'ai pas du tout envisagé qu'on puisse ne pas me suivre dans ma démarche !

— Et cela arrive souvent ? Des refus ?

— Le centre engage sa responsabilité, dit-elle avec plus de douceur. Un enfant va naître et nous voulons être sûrs que ce projet soit réaliste.

— Je suis tellement jeune. Je n'ai aucune chance. Vous pouvez me le dire, dis-je sur un ton enfantin.

— Mademoiselle, chaque cas est particulier et examiné avec soin. J'imagine que si vous êtes ici aujourd'hui, c'est que vous n'avez pas vraiment le loisir d'attendre, non ?

J'acquiesce en silence. Mes épaules semblent soudain plus lourdes tant les épreuves qui m'attendent me paraissent insurmontables. Faire ce choix crucial, persuader d'autres de la solidité du projet, accueillir cet enfant et l'éduquer seule. Qui sur terre pourrait assurer rendre un enfant heureux ? Je veux m'encourir, mais la secrétaire poursuit ses explications.

— Une fois le feu vert reçu, vous aurez un premier rendez-vous avec un spécialiste qui déterminera les examens et tests à effectuer. Pour transmettre votre historique médical, vous devez remplir ce formulaire et y joindre les dossiers des médecins qui vous ont suivie jusqu'ici.

— Quels types d'examens devrai-je réaliser ? Chaque semaine qui passe réduit mes chances d'avoir un enfant.

— Je comprends. Malheureusement, je n'ai pas ce genre d'information. Je peux juste vous dire que l'examen le plus fréquemment prescrit consiste à évaluer la perméabilité des trompes. Souvent, il y a aussi des médicaments à prendre pour stimuler l'ovulation. Mais seul le médecin pourra vous indiquer ce qui est précisément requis dans votre cas.

La dame se tortille sur sa chaise, visiblement embarrassée par ma question. J'acquiesce à nouveau même si tout cela me paraît fort abstrait.

— Il vous faudra également choisir un profil. Nous disposons d'une liste importante de donneurs dont nous tentons de définir précisément les traits et caractéristiques, poursuit-elle.

— Une sorte de catalogue ? dis-je en tentant de dissimuler un petit rire nerveux.

— Oui, nous essayons de fournir un maximum d'informations car le choix du donneur est angoissant pour la plupart des gens, précise-t-elle en me lançant un regard suspicieux.

— Bien entendu. C'est juste que je n'avais pas pensé à ce genre de détails.

Je croise les bras dans une vaine tentative de me préserver de tout jugement.

— C'est vrai que ce n'est pas le type de sujet qu'on aborde fréquemment et on ignore beaucoup de ce que doivent traverser ceux et celles qui ont recours à la procréation médicalement assistée. N'hésitez pas à me poser vos questions, je tenterai de vous aider au mieux.

Comme je reste silencieuse, elle conclut.

— Je vais devoir vous laisser pour m'occuper de la personne suivante, se justifie-t-elle en désignant un homme assis dans la salle d'attente au bout du couloir. Puis-je vous suggérer de vous installer dans la petite salle à votre gauche pour remplir le formulaire d'admission à votre aise ? Si vous préférez, vous pouvez vous en charger chez vous et nous l'envoyer, mais puisque vous souhaitez gagner du temps… Une fois complété, nous fixerons les premiers rendez-vous et vous aurez tout le loisir de faire transférer votre dossier dans l'intervalle.

Je me lève pour accomplir mon devoir, sonnée à l'idée du chemin qu'il me reste encore à parcourir. Un instant, je perds l'équilibre, comme si mon être, contraint d'assimiler toutes ces nouvelles données, devait recouvrer le sien.

Au loin, j'aperçois l'homme se diriger lentement vers nous et je me dis que ce pourrait être quelqu'un comme lui, le donneur. Un beau gosse à la démarche assurée. Et cette pensée m'aide à tenir debout.

11.

Jack

Elle est là. La fille du bar. Elle ne porte plus sa veste au col en mouton et a l'air toute petite, au bout de ce couloir. Un moment, elle perd pied et je voudrais bondir pour l'empêcher de tomber. Lui dire que tout ira bien même si sa présence ici, dans cette clinique qui réalise les rêves de ceux qui n'osent plus espérer, indique tout le contraire.

Elle se redresse fièrement, mais je vois qu'elle est ébranlée. Pourquoi est-elle seule ici, sans compagnon ni parent pour l'épauler ?

C'est bizarre la vie. Sentir de l'affection pour une femme dont j'ignore tout. La voir vaciller une seconde et imaginer que je comprends sa peine, que je la rejoins dans sa solitude.

Bien sûr que je ne peux rien lui dire. Bien sûr qu'il n'est pas convenable de l'aborder.

Si seulement je pouvais suivre mon instinct. J'accélèrerais le pas, non, je courrais vers elle, j'enlacerais son corps fin pour la soutenir comme je peux. Je lui dirais *je suis là* en caressant ses longs cheveux. *Je suis là. Je vais m'occuper de toi.*

Malheureusement, je ne dévie pas de ma trajectoire car j'ai peur de l'autre, surtout si c'est une femme. J'ai peur que l'autre compte sur moi pour tout et puis surtout pour cela.

Alors je continue à marcher et je baisse les yeux pour ne pas voir la tristesse que je devine dans les siens.

Je sens sur ma nuque un souffle, l'air déplacé par sa présence un instant près de moi. Puis elle me dépasse et poursuit sa course. Seule. Sans moi.

12.

Notre maison, le 30 mars 1997

Chère Lucie,

Il m'aura fallu du temps pour t'écrire cette première lettre. À la lecture de la tienne et alors que mon cœur luttait pour continuer à battre, j'avais tout de suite cherché les raisons de ton départ.

En rentrant ce soir-là dans une maison silencieuse et faiblement éclairée, j'imaginais le pire. Quel soulagement de découvrir ton enveloppe sur la table de l'entrée ! J'y voyais ton choix d'un autre lieu loin de moi et avant même de ressentir la peine, il y eut un soupçon de joie à l'idée que tu n'aies pas décidé de quitter définitivement notre monde pour un autre. Car même si je ne t'avais écoutée que d'une oreille, ma chère Lucie, même si je n'avais plus osé te regarder en face tant la souffrance dans tes yeux m'accablait, je savais.

Cependant, j'avais le sentiment que j'aurais beau tendre les bras, il était impossible de te sauver. Pour moi qui abhorrais l'échec et n'existais que dans l'efficacité, c'était une souffrance constante. Il n'y avait rien à faire. C'est ce que je me répétais dès que l'angoisse montait. Alors je t'abandonnais tout en demeurant à tes côtés, ce qui t'imposait la pire des solitudes, celle accompagnée.

Le matin, c'est les yeux baissés que je quittais notre foyer pour un travail qui n'avait plus de sens, te déposant un baiser distrait sur la joue, tout absorbé par ce qui serait ma meilleure excuse. Le soir, je m'attardais quand tous les bureaux autour avaient été désertés. Je trouvais toujours une tâche en plus à accomplir, voulant me rendre utile, indispensable à ceux qui avaient si peu besoin de moi. Je prétextais avoir des responsabilités là-bas alors que ma plus grande était ici, envers toi. Et pourtant, je n'étais pas sourd. Je t'entendais pleurer la nuit à mes côtés, te lever pour tenter en vain de trouver un sommeil auquel tu ne semblais plus avoir droit.

Il avait fallu ton départ, l'arrêt de mon cœur, l'hôpital et Harvey pour que je comprenne que désormais je voulais devenir ce mari-là, celui qui te sauverait.

Alors j'ai échafaudé un plan.

Ton Archibald

13.

Mary

Comme pour chaque rendez-vous médical, j'arrive trop tôt. L'idée d'être en retard chez le médecin m'est insupportable. Est-ce un respect craintif envers le corps médical ou la peur de manquer un moment déterminant ? Impossible de savoir ! Mon corps et mon esprit se mettent en branle avec une obsession : se dépêcher, peu importe l'heure.

Aujourd'hui, je suis encore plus en avance que d'habitude. Même si je me suis préparée aux questions comme pour un examen, mon ventre est malmené par l'angoisse. Au fond, j'ignore ce que l'on attend de moi. « *Ces entretiens visent à explorer votre projet de conception* », m'a-t-on annoncé laconiquement. J'ai tenté d'en savoir plus, sans succès.

Depuis quelques jours, je m'interroge sur le concept. J'ai l'impression qu'une petite voix s'est greffée en moi et qu'elle évalue mes actes et paroles au regard d'une nouvelle norme : est-ce qu'une mère digne de ce nom agirait ainsi ?

Loin de m'améliorer, cette petite emmerdeuse a plutôt commencé à me faire douter. C'est vrai, est-ce qu'une mère exemplaire mangerait des chips et du chocolat devant un bon film à quatre heures de l'après-midi ? Est-ce qu'elle danserait devant son miroir, lirait des thrillers en pleine nuit, serait incapable de préparer un pain de viande, glousserait bêtement quand elle est mal à l'aise ? J'imagine que non. Que se passera-t-il si je ne donne pas les bonnes réponses ? Si je n'adopte pas le profil psychologique adéquat ? Je pars d'ores et déjà avec si peu pour moi, jeune et privée du soutien de mes parents.

Et surtout, comment convaincre que je suis prête quand je n'ai pas pu mûrir mon ambition ?

Mes pas résonnent dans la salle d'attente vide. Je regarde tous ces sièges inoccupés, incapable de décider sur lequel m'asseoir. Encore un choix et, bizarrement, celui-ci fait écho à tous ceux qui m'attendent. Quel donneur choisir ? Voudrais-je connaître son profil psychologique ? Savoir quel genre d'être humain mon enfant pourrait devenir ? Plus j'y réfléchis et plus les choix se multiplient, du plus simple au plus complexe. Pour quel pédiatre opter ? Devrais-je l'allaiter ou non ? À quelle école l'inscrire ? Il ne me faut que quelques minutes pour générer une liste de dizaines de décisions à prendre, seule. Toujours seule.

J'observe mes vieilles sneakers en me disant qu'une mère, ça ne ressemble pas à ça. Une mère, ça sait où ça va et c'est plus apprêté, non ?

C'est l'image que j'ai conservée de la mienne, en tout cas. Une femme posée, élégante sans être maniérée. Je me rappelle la pose qu'elle adoptait lorsqu'on lui demandait son avis, une main sur le menton, la tête légèrement inclinée et sa bouche qui adopte une moue légère. J'essaie de ne pas pleurer, mais je me sens tellement petite dans ce projet d'enfanter. Comment pourrais-je guider cet enfant si je ne sais même pas sur quel siège m'asseoir ?

Je ne vais pas y arriver. Je ne suis pas à la hauteur. Comment ai-je pu seulement en rêver ? Maintenant que je suis proche du but, je perds pied. Je me dirige vers la porte pour quitter le cabinet de la psychologue lorsque j'entends une voix derrière moi.

— J'espère que je ne vous ai pas fait trop attendre ?

La voix est chaleureuse. Je n'ose pas me retourner de crainte qu'elle découvre la tristesse dans mes yeux. Ce sera perdu d'avance, alors autant partir. J'appuie sur la poignée de porte, mais elle insiste :

— C'est typique de vouloir partir, vous savez.

Le désespoir me saisit et mes yeux s'emplissent de larmes. J'ai tellement envie d'essayer, de tenter ma chance, mais je me sens fragile, telle une marionnette que la vie oriente selon son bon vouloir. Car soyons honnêtes un instant, sans cette foutue réserve ovarienne en diminution, je ne serais pas ici, à plaider ma cause pour avoir un enfant. Non, je serais à mon cours de dessin, occupée à m'interroger sur le trait qui suit, sur le mouvement à donner à ma courbe, loin des questionnements existentiels qui me paralysent.

— Je crois que je me suis trompée, je ne serai pas capable d'être mère, dis-je un sanglot dans la voix.

J'ai toujours une main sur la poignée, prête à m'enfuir, incapable de bouger, ni vers la sortie, ni vers mon projet presque avorté.

— Vous voulez prendre quelques minutes pour en discuter ? Cela ne vous engage à rien, précise-t-elle.

La douceur dans sa voix me fait hésiter. C'est vrai que je n'ai rien à perdre. Je suis déjà ici après tout. Je me retourne lentement et elle me tend la main comme si de rien n'était.

— Je suis Jacqueline Engel. Vous pouvez m'appeler Jacqueline. Vous devez être Mary ?

Sans attendre ma réponse, elle poursuit :

— Suivez-moi, nous serons mieux dans mon bureau pour discuter, propose-t-elle comme s'il s'agissait d'une option.

J'entre dans une pièce aux tons ocre, éclairée par des puits de lumière indirecte, propice aux confidences. Deux fauteuils confortables se font face et je me demande sur lequel m'asseoir lorsqu'elle me désigne celui de gauche. J'ignore pourquoi je suis toujours ici. Qui donnerait le feu vert à une future mère qui tente de fuir à la première occasion ? Jacqueline s'installe face à moi et croise les jambes avec légèreté. Pendant qu'elle cherche mon dossier parmi les fardes en carton empilées sur la table, j'en profite pour l'observer. Difficile d'évaluer son âge. Son attitude enjouée et son physique impeccable la font paraître assez jeune, seules quelques rides autour de la bouche et des yeux trahissent une certaine maturité.

— Le voici ! Je suis désolée, je ne suis pas très ordonnée, s'excuse-t-elle avec un petit rire qui me met à l'aise. Aujourd'hui est notre premier entretien. Je suis mandatée pour déterminer avec vous si vous vous sentez apte à aller de l'avant avec votre projet d'enfant. C'est une façon un peu pompeuse de dire que nous allons explorer ensemble comment vous abordez cela.

Je reste silencieuse, alors elle continue :

— Cet entretien est une opportunité de prendre le temps de parler de ce que cela représente pour vous. Loin de moi l'idée de vouloir délivrer une autorisation comme on accorde un permis de conduire. Après tout, ceux qui ont la chance de concevoir naturellement ne doivent pas passer par cette étape !

Elle tousse pour éclaircir sa voix et me regarde droit dans les yeux.

— Mary, pourriez-vous m'en raconter un peu plus sur vous ? Qu'est-ce qui vous amène à recourir à la procréation médicalement assistée ?

Je chipote la couture de ma manche dans l'espoir de trouver une réponse à cette question un peu vague.

— Pour être concise, mon corps ne pourra concevoir que pendant quelques mois encore… Et je n'avais pas envie de cueillir le père dans un bar un soir de fête, dis-je un sourire en coin.

— Donc c'est un souci médical qui vous pousse à vous lancer dans le processus ?

— Oui, je n'ai pas le choix. C'est maintenant ou jamais.

— Je vois, me rassure-t-elle en prenant quelques notes qui me font soudain douter de ma réponse.

— Je n'ai pas le choix si je veux un enfant et je veux un enfant.

Je tente de soutenir son regard pour confirmer la véracité de mes propos.

— Et qu'est-ce que cela signifie pour vous, être mère ?

Il faut répondre, mais mon regard est attiré par les maisons miniatures exposées sur l'étagère. La plupart incluent un dispositif avec une petite ampoule qui les illumine de l'intérieur et je me surprends à envier leurs habitants en papier mâché. Un homme est installé sur un *rocking-chair* sur la terrasse de l'une d'elles, une pipe à la bouche pendant que son épouse balaie le pas de porte. Leur vie paraît si simple. Dans quelques minutes, ils s'assoiront dans leur salon chaleureux baigné d'une lumière douce. Je rêverais de les rejoindre plutôt que de répondre à ces questions qui me crispent.

J'essaie de me concentrer.

Qu'est-ce que cela signifie pour moi être mère ? Se concentrer. Ne pas s'évader dans les petites maisons. Je me force à réfléchir. Les seules images qui viennent sont celles de ma mère. Je la vois me baigner chaque soir après l'école, passer un gant de toilette affectueusement sur mon dos d'enfant. Elle discute avec moi, assise sur le marchepied, son jean éclaboussé par mes jeux. Dans mon souvenir, elle sourit, replace une mèche derrière son oreille. Elle aurait su quoi répondre et m'aurait guidée sur ce chemin, mais au lieu de cela, je me retrouve à parler à une inconnue. Les larmes coulent désormais le long de mes joues, brouillant dans mon esprit le visage de ma mère.

— C'est tellement injuste.

— Essayez de m'en dire plus, qu'est-ce qui est injuste ? interroge-t-elle.

— Cette situation. J'apprends que j'aurai peu de chances d'avoir un enfant, je dois digérer cela puis tout de suite m'y mettre, sans soutien ni d'un compagnon ni de mes parents. C'est tellement évident que je ne suis pas prête pour avoir un enfant, surtout seule à mon âge ! Je ne sais même pas comment répondre à vos questions, dis-je le visage baigné de larmes.

— Nous venons à peine de commencer. Ne soyez pas si exigeante envers vous-même ! L'âge est un élément important mais ce n'est pas tout. Il est vrai que notre centre n'a pas l'habitude de soutenir des projets avec une mère si jeune. Cependant, votre cas est particulier. Vous avez une contrainte médicale et nous en tiendrons compte. Puis, vous savez, à travers le monde, il y a beaucoup de mères bien plus jeunes que vous qui élèvent seules leurs enfants ! Ce n'est pas simple, mais chaque maternité a ses défis.

La psychologue s'interrompt un instant pour me laisser l'opportunité de réagir. J'ose enfin lever la tête et la regarder dans les yeux. Jacqueline Engel est le genre de femme qu'il est difficile de ne pas apprécier. Sa prestance donne l'impression que sa vie est parfaitement maîtrisée. Cette élégance naturelle pourrait la placer au-dessus de moi, mais elle parvient constamment à compenser ce décalage, à raccourcir la distance qui pourrait nous éloigner, elle dans sa vie rangée et moi dans mon quotidien bouleversé. Elle replace son bracelet d'un geste et poursuit :

— Navrée si ma question était intimidante. Cela doit être compliqué pour vous d'en parler, surtout si vous n'avez pas eu le temps nécessaire pour mûrir votre projet.

Je me contente de sourire faiblement.

— Les problèmes de fertilité sont une pathologie reconnue par l'Organisation mondiale de la Santé. Une souffrance morale et physique qui n'est ni facile à vivre ni simple à accepter. Les autres voudraient que l'on puisse faire son deuil en un instant et opter pour la procréation médicalement assistée comme on change d'avis pour le parfum d'une glace ! C'est irréaliste ! Bien des gens arrivent ici perdus et blessés. C'est normal s'ils doivent assimiler le fait qu'ils ne pourront pas avoir un enfant de façon naturelle et, pour beaucoup, qu'ils devront recourir au don de sperme. Comment ne pas l'être ? Et les réactions de l'entourage n'aident pas ! Impuissants, ils essaient d'aider en assénant des conseils aussi idiots qu'inefficaces. J'entends de tout ici, vous savez. Ils pensent que ceux qui ont des difficultés à concevoir doivent apprendre à se relaxer. Vous imaginez ? On leur conseille « *d'arrêter d'y penser* », « *de prendre des vacances* », autant de remarques stupides qui les malmènent ! déclare-t-elle en me tendant un mouchoir.

Nous restons un moment en silence. Ses paroles m'apaisent. Je me sens bien en face de cette femme qui ne me juge pas. J'ai l'impression que je pourrai être honnête, lui confier mon ignorance.

— Abordons les choses différemment. Quand vous vous imaginez avoir un enfant, comment vous sentez-vous dans votre corps ? tente-t-elle. Vous pouvez fermer les yeux un instant si vous le souhaitez.

— Je n'ai pas besoin de fermer les yeux pour le savoir. À chaque fois, c'est la même chose. J'ai mal au ventre. Parce qu'en réalité, je ne sais pas du tout comment cela va se passer. J'ai toujours pensé que j'aurais un enfant plus tard et avec quelqu'un à mes côtés ! Je me voyais avec un test de grossesse entre les mains à sauter de joie dans ma salle de bains. Il y avait cet homme, grand, fort, qui m'épaulerait dans chacune de ces étapes. Et avant celles-ci, je voyais une vie avec lui, des voyages, une demande en mariage, du temps pour nous connaître avant de…

Je ne parviens pas à terminer ma phrase. Ma gorge se serre davantage à chaque mot. Il est vrai que j'y ai souvent pensé et l'histoire parfaite qui se jouait dans ma tête ne ressemble en rien à ma démarche actuelle.

— Mais aucune de ces images ne correspondent à ma réalité. Et cela me donne le sentiment d'avoir tout raté. C'est ça. J'ai tout raté. Tout aurait pu être si différent.

— Comment auriez-vous pu réussir ? demande-t-elle en penchant la tête, visiblement peinée pour moi.

— Si seulement j'avais su…

— Vous ne pouviez pas savoir ! On ne démarre pas sa vie d'adulte en se disant qu'il faut s'activer pour faire au plus vite un enfant !

— Je ne comprends pas pourquoi je me sens tellement coupable.

— Peut-être avez-vous besoin de trouver un responsable ? Quelqu'un sur qui être fâchée ? C'est très humain quand on souffre et, malheureusement, dans cette équation, vous êtes seule, avec personne d'autre à blâmer.

Jacqueline se tait un instant avant de poursuivre :

— L'important est que votre colère ne noircisse pas votre jugement, qu'elle ne vous pousse pas à conclure que vous ne seriez pas à la hauteur par exemple.

— Comment ?

— On apprend à s'accepter tel que l'on est, ce qui sera d'ailleurs un apprentissage précieux pour votre parcours.

Mon corps semble moins pesant et, enfin, vient une envie de savoir :

— On part en exploration ?

— Oui, dis-je, savourant cette première victoire, celle sur moi-même.

14.

Journal d'Adélaïde, le 15 avril 1997

J'ai fait ce rêve à nouveau. Ma mère se penche au-dessus de mon lit et caresse mon front. J'ignorais que sa main était si douce. Elle s'attarde un instant et sa paume sur ma peau prodigue une chaleur réconfortante. Je garde les yeux fermés. Si je les ouvre, l'enlèvera-t-elle ? Sans doute, car elle ne voudrait pas admettre qu'elle m'aime.

Je nous regarde d'en haut, de là où observent les âmes sur le départ. Suis-je morte ? Est-ce parce que je suis partie que ma mère commence à m'aimer ? Parce que le risque d'être proches s'est évanoui avec mon dernier souffle ?

Elle s'assied délicatement pour ne pas me réveiller. Je vois ses ongles impeccablement manucurés qui me font l'effet d'une vie parfaite à laquelle je n'aurais jamais espéré appartenir. Elle remonte la couverture sur mon corps apaisé puis s'allonge contre moi.

Elle est frêle, toute grignotée par la tristesse d'une vie de haine. Elle se rapproche pour réchauffer ce corps sec. C'est un spectacle perturbant, cette femme qui me déteste et qui soudain devient amour. C'est comme manger des choux de Bruxelles trempés dans du chocolat chaud. Dans mon songe, je sens la pointe de ses os dans mon dos alors qu'elle ne me touche même pas. Une odeur de café. Je la préfère à celle de la piquette qui n'annonce rien de bon.

Je reste un moment encore dans cette position double, à la fois près d'elle et nous regardant d'en haut, consciente que je vais devoir la quitter, elle, cette mère qui aime et ne boit que du café.

L'image se brouille, l'odeur et les os qui piquent s'éloignent. Je retrouve la solitude et ce grand lit blanc.

Le rêve se répète, la réalité et le monde des songes se mélangent et, avec le temps, le souvenir de ma mère s'adoucit en son absence.

15.

Mary

— J'ai sélectionné quelques profils de nounous, dis-je en chipotant à la lanière de mon sac. Je sais que mon projet dépend de la décision du comité, pourtant c'est le seul moyen que j'ai trouvé.

— Le seul moyen que vous avez trouvé pour… ? répète Jacqueline.

— Pour être moins dans l'abstrait. J'ai essayé d'y réfléchir, mais j'ai l'impression qu'au lieu de clarifier mes idées, je ne parviens qu'à amplifier mes doutes. Une question en amène une autre et je suis vite submergée. La difficulté est que je navigue dans l'inconnu complet. Ce n'est pas comme si l'une de mes amies avait déjà dû procéder à une insémination. Elles n'ont même pas d'enfant ! Nos préoccupations sont loin de celles de la maternité. Si seulement cela pouvait être plus concret ! Je rêverais de suivre une sorte de stage pendant lequel on me prêterait un bébé pour faire mes armes…

Immédiatement, je regrette le choix de mes mots. Avouons que cela ne fait pas vraiment mère modèle de placer « *armes* » si proche de « *bébé* » dans une même phrase. Heureusement, Jacqueline ne note rien et, d'un geste de la main, m'invite à poursuivre.

— Si un tel stage existait, je pourrais tester mes compétences et savoir si un enfant s'épanouirait avec une mère comme moi. Vous comprenez ? Comment puis-je me convaincre d'être prête alors que j'ignore tout de la maternité ? Est-ce que les autres mères se sentent prêtes le jour où elles se lancent ?

— Quand vous parlez, il semble que la seule question qui se pose réellement pour vous est celle du bien-être de votre enfant. Cela illustre quel genre de mère vous pourriez être, non ?

Jacqueline marque une pause et mon ventre se serre à l'idée de sa prochaine phrase. J'essaie de comprendre où elle veut en venir, mais la peur me paralyse. Il est évident que je ne me pose pas les bonnes questions.

— Et quel genre de mère pourrais-je être ?

Mes mains s'agrippent malgré moi aux accoudoirs du fauteuil.

— Une mère qui se soucie de son enfant, qui souhaite son bonheur, qui est capable de remettre en question ses aspirations personnelles lorsqu'elle n'est pas certaine qu'elles sont compatibles avec l'épanouissement de son enfant. C'est plutôt positif que vous fassiez face à toutes ces interrogations. Je serais moins encline à cautionner le projet d'une personne qui se lancerait dans pareille conception, totalement sûre d'elle et sans hésitation !

Je lâche les accoudoirs et les jointures de mes doigts devenues blanches sous la pression reprennent progressivement leur couleur naturelle.

— J'aimerais que vous puissiez vous détendre et me considérer davantage comme votre alliée. Je comprends que cela soit compliqué puisque je suis membre du comité qui donnera ou non l'aval pour votre projet. Néanmoins, j'ai le sentiment que la priorité aujourd'hui n'est pas d'obtenir l'assentiment d'un comité, mais plutôt de connaître la réponse pour vous. Je me trompe ?

— C'est vrai. Je ne veux pas que mon incertitude me porte préjudice. Le fait d'être si peu sûre de moi ne vous donne pas une mauvaise impression ?

— Absolument pas, au contraire. Cela me montre que vous avez conscience de l'ampleur du projet et c'est la première étape indispensable pour le mener à bien.

Mon corps se détend et les tensions dans le haut de mon dos commencent à s'atténuer.

— Si nous parlions des aspects plus concrets ? Peut-être cela vous aiderait-il à avancer dans votre réflexion ?

— D'accord.

Je me redresse dans mon siège, prête pour le défi.

— Avez-vous déjà songé à l'organisation pratique ? Qui s'en occupera avec vous ? Avez-vous du soutien de la famille ou d'amis ?

— Mes parents sont décédés donc il est essentiel que je sois entourée. J'ai les moyens d'engager une nounou, ce qui m'aiderait pendant les premiers mois. Je pensais choisir une personne expérimentée qui pourrait m'assister et m'enseigner les bons gestes. J'ai aussi une grand-mère qui pourrait me guider. Puis, il y a Max, un ami d'enfance, la seule personne avec laquelle j'ai osé aborder le sujet jusqu'à maintenant. Il m'a tout de suite demandé d'être le parrain, dis-je en riant.

— Un bon candidat pour le poste de tiers séparateur donc !

— Un tiers séparateur ?

— Oui, une figure masculine qui contribuera à l'équilibre de votre relation avec l'enfant. Nous y reviendrons plus tard, mais sachez que la présence d'un tiers séparateur dans un projet parental est un élément très important pour le comité.

— Aurais-je donc un élément en ma faveur ?

Mon ton ironique fait sourire Jacqueline.

— Vous en avez certainement plus d'un ! Avez-vous aussi réfléchi à la compatibilité de votre projet d'enfant avec une vie professionnelle ?

— Il y a presque deux ans, je me suis lancée dans un métier qui se combine parfaitement avec la maternité. Après des études de traduction en langues espagnole et anglaise, j'ai offert mes services à différentes maisons d'édition et j'ai rapidement reçu plusieurs textes. Au départ, j'ai accepté des livres de tous les styles et dans les deux langues puis j'ai eu l'opportunité de me spécialiser dans les romans anglophones. Aujourd'hui, je travaille avec deux maisons d'édition, dans la confiance et à un rythme agréable. Comme je suis indépendante, je peux accepter ou refuser les projets en fonction de mon agenda et travailler depuis chez moi.

Jacqueline prend note. Enthousiaste, je poursuis sur ma lancée, contente de pouvoir enfin compter sur des éléments positifs pour mon dossier.

— Sur le plan logistique, je vois quelle pièce pourrait convenir pour une chambre de bébé et elle n'est qu'à quelques pas de la mienne. C'est fou, dès qu'il s'agit des aspects pratiques, tout devient évident dans ma tête. Chaque souci apporte sa solution et, à défaut, je me répète que je pourrai toujours la chercher auprès de l'un ou l'autre.

— Oui, vous avez l'air de pouvoir vous projeter avec aisance !

— J'ai également discuté avec des cousines qui ont des enfants et ce qui m'a le plus marqué, c'est combien elles avaient vécu leur maternité comme un bouleversement, différent de tout ce qu'elles avaient imaginé ! Elles avaient l'air d'avoir traversé de réelles épreuves et n'en regrettaient pourtant aucune minute. En parlant avec elles, j'ai eu le sentiment que…

— Oui ?

— Que personne n'est vraiment prêt en réalité…

Les doutes qui m'étranglaient quelques minutes plus tôt semblent dissipés. Alors que le futur reste flou, les images se succèdent désormais. Je me vois changer mon bébé, jouer avec lui, le bercer et, pour la première fois, je ressens une profonde envie d'être mère.

Sur la terrasse en pierres bleues, un rouge-gorge se promène, enchaînant des mouvements saccadés. Jacqueline a posé son stylo et semble absorbée par ses pensées. Son regard joyeux et ses pommettes hautes lui donnent un côté enfantin.

— Même si je sens que je dois aller de l'avant, ce choix ne me paraît pas juste. En réalité, aucune des options ne me semble juste. C'est précisément cela qui me perd. Ce n'est pas que je sois incapable de choisir, c'est plutôt qu'aucune option n'est valable. Renoncer à avoir un enfant pour toujours ou faire un enfant tout de suite toute seule.

Serais-je en train d'effleurer le cœur du problème ? J'ai une envie soudaine de m'évader et je dois lutter pour rester assise. Mes pensées défilent à toute vitesse. J'essaie de me concentrer sur cette tension dans mon ventre. Je me sens oppressée, malmenée dans une réflexion pour laquelle je ne suis pas prête. Tout va trop vite pour moi, comme si je devais assimiler des quantités d'information sans pouvoir même les comprendre.

— Ce n'est pas mon rythme. Je brûle les étapes ! J'ai à peine le temps de digérer la nouvelle des résultats que déjà, je dois non seulement prendre une décision qui impactera toute ma vie, mais en plus, en convaincre toute une équipe de spécialistes ! Ce qui me manque le plus cruellement est que je n'ai pas eu le temps d'avoir envie d'un enfant. J'aurais d'abord voulu pleurer mes rêves de famille avant de me lancer dans cette aventure.

— C'est le temps qui manque. C'est pour cela que vous n'êtes pas paisible avec cette deuxième option, répète Jacqueline.

Dehors, le rouge-gorge se débat avec quelques brindilles.

— Oui, c'est le temps qui manque. Pour lui autant que pour moi, dis-je une main posée distraitement sur le ventre.

16.

Notre maison, le 20 avril 1997

Chère Lucie,

Tu ne devineras jamais ce que je suis devenu…

Notre tragédie commune a fait de moi un jardinier ! Je plonge mes mains dans la terre et le soir, je reviens à la maison le sourire aux lèvres et crotté comme un gamin de cinq ans ! Je défriche, je taille, je creuse, je sème et ma création prend forme. Tel un artiste qui sculpte la pierre, je dégrossis un territoire sauvage et sa beauté émerge lentement.

Depuis maintenant quelques mois, je travaille au service de Mary. Tout se passe bien même si souvent, je débute la journée un peu triste. J'avoue qu'il est difficile de ne pas penser à toi et à ce que nous sommes devenus. Des étrangers. J'ignore où tu vis, de quoi sont faites tes heures, si tu parviens désormais à dormir un peu mieux, si tu souris, bref si la vie t'a convaincue de rester avec nous.

Je me surprends à oublier certains détails de notre quotidien. Des trucs tout bêtes mais qui après trente ans en couple ne s'excusent pas. Par exemple, mettais-tu du sucre dans ton café ? C'est fou, comment ai-je pu effacer cela de mon esprit alors que, selon mes calculs, nous avons pris au moins dix mille neuf cent cinquante petits déjeuners ensemble !

Cela m'inquiète, ma Lucie. Je ne veux pas que tu disparaisses pour moi, que jour après jour, détail après détail, tu deviennes ce souvenir flou.

Je refuse de te réduire à un visage qui ne parvient plus à s'animer ou à quelques dates importantes, celle de notre mariage ou celle de la fausse couche qui nous a laissés le plus espérer.

Ma Lucie, j'ai peur. Combien de temps faut-il pour ne plus se connaître ? Il est certain que j'avais déjà entamé le travail avant ton départ, à vivre aussi loin de toi que possible.

Heureusement, c'est difficile d'être accablé quand on est jardinier, avec tout cet espace autour de soi, cette liberté de s'attaquer à un territoire ou à un autre et de parler aux plantes surtout. Les jours où je me lève dans une légère brume, je me prends par la main pour m'emmener travailler. Quand je suis dans cet état-là, je m'assieds sur un tabouret pour prendre soin de mes plantes. Depuis le parterre le plus grand, j'ai une vue magnifique sur les collines vertes entourant la propriété. Je salue mes plantes, leur demande comment elles se portent, leur confie ma météo du jour. C'est important l'honnêteté quand on discute avec une plante car cela ressemble vite à une conversation avec soi-même si tu vois ce que je veux dire… Ce n'est pas comme si la plante allait me répondre !

Tout en leur contant ce qui m'assombrit, j'attrape l'une ou l'autre mauvaise herbe venue se loger dans la terre autour d'elles puis j'entreprends de les tailler. J'opère toujours dans cet ordre pour ne pas risquer de les froisser. Je leur ôte quelques feuilles mortes, coupe là où il faut tout en les rassurant. Je leur murmure « tu seras encore plus belle, encore plus vigoureuse » et parfois, j'ai même l'impression que leurs feuilles frémissent de plaisir.

Dans mon ancienne vie, je n'y aurais pas prêté attention. J'étais tellement absorbé par mes objectifs qu'il aurait fallu le klaxon d'un camion pour me distraire de ma course. Je t'imagine un sourire amer aux lèvres en lisant ces lignes. Tu te dis que j'aurais pu m'y mettre plus tôt, et tu as raison.

C'est rageant qu'il ait fallu ton départ pour me réveiller. Le silence a fait de moi un homme différent. Un homme capable de percevoir un bruissement.

C'est dans ce silence que, du coin de l'œil, j'observe Mary. Tu me connais, je ne suis pas doué pour le contact. Pour elle, je suis un type qui ronchonne dans sa barbe, l'ermite qui veut embellir son jardin. Heureusement, nous sommes tous deux peu bavards. Moi, par nature, et elle, par nécessité. Je crois que quelque chose l'ennuie, mais j'ai beau l'épier, j'ignore quoi. Elle tourne en rond, cette petite. Elle ne sort pas assez. Elle est trop souvent assise dans un fauteuil, songeuse, un livre ouvert sur les genoux, toujours à la même page. Elle paraît ailleurs, vivant telle une petite vieille, recluse dans sa belle propriété.

Au début, je me suis présenté à la porte, en sonnant, puis, à la faveur du temps qui passe, j'ai osé longer la maison pour rejoindre les jardins. Et malgré mon arrivée discrète, je ne peux m'empêcher de noter un fait suspect. Cette petite guette mon arrivée, Lucie. Elle guette mon arrivée, comme si j'étais le clou de sa journée ! Ça ne peut pas aller quand on fait cela, non ? Qu'en penses-tu, toi qui connais si bien les êtres humains ?

Je continue d'adresser mes lettres à ta sœur, dans l'espoir qu'elle te les transmette. Je l'ai appelée pour connaître ta nouvelle adresse, mais elle a marmonné quelque chose que je n'ai pas saisi et m'a offert avec sa politesse toute personnelle de lui envoyer ce que je te destine. J'ignore donc si tu auras l'occasion de me lire.

De toute façon, t'écrire me suffit pour l'instant, les mots sur le papier délient les nœuds amassés et petit à petit peut-être, deviendrai-je à nouveau un mari fréquentable ?

Ton Archibald

17.

Mary

Je les ai quittés depuis quelques heures mais leurs regards inquisiteurs persistent. Pire, ils sont maintenant sur tous les visages que je croise. Sont-ce leurs silences ? Leur expression ? Le mouvement d'une main ? Un haussement de sourcil ?

Au fond, quelle est la recette d'un jugement implacable ?

Faut-il vraiment des mots assassins ? Ou seule une somme de gestes suffit à me réduire, moi qui suis entrée dans cette salle avec si peu, portant ce questionnement dont aucune réponse ne semble venir à bout.

Faut-il beaucoup pour que je me sente jugée dans mon envie d'enfant ? Coupable avant l'heure d'un projet non encore initié.

Je pousse la porte et leurs regards sont là, levés, en attente de ma première phrase, une de celles qui détermineront si je peux être mère ou non. Comment choisir celles qui présageront de mon destin ? Si je lance un bonjour évasif, conclurat-on que je ne suis pas résolue ? Si au contraire, je l'adresse à chacun, serais-je capable de dissimuler la colère qui m'anime à l'idée d'être évaluée par ce tribunal d'inconnus ? Parce que, après tout, qui sont ces gens pour décider de mon futur ? Ils sont d'autres comme moi, avec leurs rêves et leurs échecs, leurs petits secrets inavouables, autant de paquets de failles et de qualités, des humains capables du pire comme du meilleur. Et d'ailleurs, comment pourront-ils voir mon meilleur alors que la peur me pousse à me recroqueviller ?

Ils demeurent silencieux, suspendus à mes lèvres. Je bredouille et la douleur s'empare de mon ventre. Une voix intérieure m'assène qu'il est trop tard, ils sont déjà déçus par cette entrée ratée. Je pense un instant sortir de la pièce pour tout recommencer à zéro et, dans cette atmosphère pesante, l'image me fait sourire.

Je ne bouge pas, debout les bras ballants. Chaque particule de mon corps se paralyse, apeurée par leurs mines impassibles. L'un d'eux toussote pour occuper le vide. Je tente de me redresser, je cherche dans leurs yeux un signe indiquant d'aller dans un sens ou un autre, mais je ne vois rien. Perdue, j'avance lentement jusqu'à l'unique chaise inoccupée.

Ils ont leur liste de questions bien propre bien nette devant eux et je suis fatiguée à la simple idée de devoir y répondre. J'ai envie de m'allonger à même leur petite table pour plonger dans un sommeil profond. C'est cela, je veux être inatteignable. J'ai tant besoin d'un regard bienveillant, là juste maintenant, qu'on me prenne la main, non, mieux, qu'on me serre dans les bras en m'assurant que je suis quelqu'un de bien. Car je n'y crois plus. Sous le poids des interrogations, mon être a plié. Je l'ignorais encore quelques minutes auparavant, mais c'est désormais évident. Devant ces gens, j'ai ce sentiment terrible de n'avoir rien à offrir. Ni à eux ni à un enfant. Comme si la peur m'avait vidée pour ne laisser subsister que cette coquille dans laquelle chacune de leurs phrases résonne à l'infini, cherchant son but désespérément. J'ai tant besoin d'amour ! Alors je croise les jambes, puis les bras pour me protéger de leur jugement.

C'est la dame qui commence. Elle précise qu'elle est gynécologue mandatée pour donner son avis sur mon dossier. L'homme appartient aussi au corps médical et est présent pour la même raison.

Je ne peux m'empêcher d'entendre dans sa voix, une pointe d'arrogance lorsqu'elle prononce le mot « enfant ». Sans doute un mot facile pour elle. Elle le répète tous les jours. *Oui, moi j'ai trois enfants*, dit-elle comme si elle n'avait jamais dû les attendre. Voici qu'à mon tour, je les juge aussi, elle et lui. Sans doute, une vaine tentative d'accaparer mon esprit pour qu'il ne surveille pas trop la qualité de mes réponses.

Les questions s'enchaînent et je cherche à toute vitesse, comme si mon enfant était au bout d'un long couloir, chaque mot conforme me rapprochant de lui. Sa silhouette se dessine au loin et je me vois tendre le bras vers lui. Je me concentre. Il faut que je réponde correctement, que je leur donne les garanties qu'ils attendent. Je le vois. Je veux le prendre dans mes bras avec tout mon rien à offrir. Je rêve qu'il me choisisse malgré tout. Les mots affluent maintenant et je baisse les yeux pour ne pas apercevoir un autre haussement de sourcils.

La femme ne m'aime pas. Ses cheveux enserrés dans un minuscule chignon me font penser à ces maîtresses d'école d'un autre temps. À chacune de mes réponses, elle pince les lèvres. Un automatisme ? Un signe de mécontentement ? Je ne parviens pas à estimer. Inlassablement, elle répète chacune de mes phrases en les articulant exagérément et dans sa bouche, tout sonne faux. Elle fait une réflexion l'air de rien, une flèche à mon intention. À sa manière, elle semble me dire que je manque de compétence. Dans quelle société est-il donc possible d'être en échec avant même d'avoir essayé ?

Elle dissimule mal son contentement devant mon émoi. Un frisson de dégoût me gagne lorsqu'elle replace ses petites lunettes sur son nez et se penche à nouveau sur sa feuille.

Ils ne sourient pas. Ils notent. Ils m'évaluent. Ils décident. Ils imposent et l'air me manque. Ils grattent encore. Des phrases plus longues que celles que je prononce. Ils jaugent la future mère que je pourrais devenir. J'ignore si je dois parler plus lentement, leur laisser le temps d'écrire ou les submerger de mots comme ils me noient dans leur condamnation. Je lutte autant que je peux.

L'enfant est là au bout du couloir, mais je ne peux le toucher. Il est pourtant mon rêve, mon avenir, mon opportunité de devenir quelqu'un de meilleur.

18.

Journal d'Adélaïde, le 5 mai 1997

Aujourd'hui, Martha est à nouveau absente. Martha est l'assistante de la directrice du centre, comme elle se plaît à le répéter souvent. Quand elle s'exprime, on pourrait croire que son travail consiste à sauver la planète tant elle a une haute opinion d'elle-même !

Toujours une histoire sous le coude qu'elle vous impose au détour d'un couloir, un de ces récits où elle a secouru un médecin, trouvé la solution miracle à un problème ou apporté ce qu'il manquait au moment parfait. Elle vous explique cela en replaçant sa longue crinière blonde comme si elle allait prendre la pose pour figurer en première page du journal local. Seulement, elle n'est plus toute jeune, la Martha. Certes, on pressent qu'elle a été éblouissante, elle en a gardé l'allure et la conscience, mais la peau s'est flétrie. Juchée sur ses talons, elle ne me regarde jamais dans les yeux, ce qui accroît mon malaise. Est-ce que je ne le mérite pas ? Est-ce une pratique qu'elle fait subir à tous ? Je l'ignore. Elle enchaîne ses phrases de manière à ce qu'il soit pratiquement impossible de l'interrompre, sur un ton égal, excepté un mot par-ci par-là pour lequel elle monte dans les aigus, non pas parce qu'il est important, mais parce que l'interlocuteur a détourné le regard ou tenté de s'exprimer. Un rappel à l'ordre maîtrisé, une note perchée qui, dans son récit monotone et convenu, me préserve de la transe.

Quand elle se pointe à la machine à café, tout est perdu. Je l'aperçois et, d'un coup, je me sens fatiguée. Par un mouvement subtil, elle glisse vers moi pour me dire bonjour et avant même que j'aie pu ouvrir la bouche, elle s'est placée en travers de ma route, m'empêchant d'accéder à la machine. Elle a pris cette habitude de me précéder, l'importance de sa tâche supplantant apparemment celle de la mienne. Mon cerveau s'agite alors pour chercher une issue, mais Martha fait obstacle et, dans quelques minutes, je me sentirai misérable. Je me dirigerai vers le panier de bonbons et automatiquement, je choisirai un sachet pour l'engloutir derrière mon ordinateur, frustrée de n'être que moi. Comment peut-elle m'intimider autant ? Évidemment que tout cela est ridicule ! Évidemment que je ne devrais pas me mettre dans cet état-là !

Du coup, les jours où Martha n'est pas là, c'est la fête ! Je peux respirer librement, me lever de ma chaise et me promener dans les couloirs sans risquer de me coltiner la pimbêche. Mieux, si son absence tombe le jour d'une réunion d'approbation des projets, j'hérite du privilège de la remplacer pour la prise de note. Le comité composé de médecins et de psychologues se réunit une à deux fois par mois pour évaluer quels projets de parentalité seront soutenus par le centre. Pendant deux heures, ma tâche consiste à retranscrire les échanges et décisions prises. Ces débats qui portent sur ce qu'il faut pour être un parent épanouissant pour soi et l'enfant me fascinent.

J'imagine souvent ma mère examinée à l'aune de ces critères et elle perd à tous les coups. Elle n'était pas faite pour ce métier-là, même une enfant de cinq ans aurait pu l'attester. Dommage qu'il n'existe pas un comité pour donner le feu vert aux parents qui peuvent concevoir naturellement. Bien sûr, cette idée est idiote, mais, dans mon cas, elle m'aurait sauvée de bien des misères !

La réunion est plus chahutée qu'à l'habitude. Ma responsabilité est grande, les mots fusent entre ces esprits vifs et je peine parfois à en coucher l'essence. On traite de cas compliqués, notamment parce qu'il n'y a pas de science exacte en la matière. Comment être certain qu'il est juste d'aider telle personne et non telle autre ? Il y a une liste de critères, cependant ils ne résistent pas à la particularité de chaque dossier. Comment confronter des êtres humains et leur volonté à des mesures, des chiffres et des principes préétablis ?

Ces critères paraissent limpides et évidents. Pourtant, une fois appliqués à une histoire, on aurait envie de les mettre de côté. On rêve d'une exception car chaque récit touche. À l'exposé du cas, on se représente cette femme ou cet homme, ils prennent des couleurs, une chevelure longue, un crâne rasé, des vêtements sobres pour feindre la normalité, on les imagine prononcer ces phrases prises au vol par les médecins, ces mots qui plaident dans un sens ou dans un autre. On voyage un instant dans leur quotidien, remplis de proches prêts à aider, de parrains et de marraines volontaires. On découvre parfois aussi ces vies dépourvues d'amis et de famille, privées de ce tiers séparateur essentiel à tout projet et là, le désarroi s'abat comme une chape de plomb dans notre petite salle sans fenêtre et les épaules des médecins s'affaissent les unes après les autres. Ils baissent les yeux car, si le non est voté, la solitude sera encore plus grande.

On voudrait que chaque être puisse s'offrir une famille, mais chaque enfant a le droit à un équilibre et certaines conditions sont plus propices à sa construction. Un discours froid face à ces demandes désespérées. Nos cœurs se serrent, nous voulons être justes, mais nous n'en aurons jamais la certitude.

Ce matin, les membres du comité sont divisés sur un dossier, celui d'une jeune femme qui nécessite un don de sperme pour pouvoir être mère.

Un premier tour de table ne plaide pas en faveur de la patiente, une certaine Mary. Souvent, je peine à mettre un visage sur le projet en discussion. Pour Mary, c'est différent. Tout le monde a remarqué la jeune femme solitaire qui a presque la moitié de l'âge de la patientèle habituelle. Chacun ici connaît sa situation et a suivi son cas avec attention.

Ils discutent longtemps de son dossier, hésitants, embarrassés à l'idée d'argumenter dans un sens ou un autre.

Difficile de demeurer insensible à son sort. Dans la balance, il y a sur un plateau un projet de parentalité assez risqué et sur l'autre, condamner une femme à ne pas avoir d'enfant. Moi, j'ai mon idée, mais je ne suis pas une spécialiste donc il ne compte pas. Évidemment, Mary ne coche pas beaucoup de cases sur leur liste de critères. Être mère célibataire, gérer le développement de l'enfant et son bien-être sans figure paternelle et tout cela, avant même d'avoir pu vivre un désir d'enfant ! Car c'est sa condition médicale qui lui impose de se poser la question aujourd'hui. Elle l'a clairement formulé, insiste la gynécologue.

Un silence plane dans la salle de réunion. Certains s'imaginent peut-être à la place de Mary, condamnée à voir son choix d'enfant soumis à ceux qui ne vivront jamais sa souffrance.

C'est Jacqueline Engel, la psychologue, qui s'exprime en dernier lieu. Je tente de noter précisément chacune de ses interventions car son avis influence souvent les décisions.

« Vous êtes aussi conscients que moi que ce centre est parmi les plus progressistes de notre pays. Dans ce dossier, on ne décide pas si on peut ou non poursuivre le projet, on décide si cette jeune femme sera mère un jour. Car si nous refusons, personne d'autre ne l'approuvera ! Et soyons honnêtes un instant, c'est surtout son âge qui nous fait hésiter, non ? Refuser ce projet reviendrait à la pénaliser pour un élément sur lequel elle n'a aucun pouvoir ! »

J'ai rarement entendu Jacqueline s'exprimer de façon si catégorique, son ton est grave, presque menaçant.

« Vraiment, pourrez-vous vous regarder dans un miroir si vous décidez de ne pas la soutenir ? Pas moi », ajoute-t-elle en lâchant son crayon qui roule sous les regards perdus des membres du comité.

19.

Mary

— Celui-ci ! s'exclame Max en brandissant un profil tel un trophée. Je suis sûre que tu vas aimer !

— C'est la cinquième fois que tu dis cela !

— Écoute : « *Jeune homme âgé de vingt-cinq ans, cheveux clairs, de corpulence moyenne (85 kg pour 1,85 m), sportif…* »

— J'ai l'impression que tu lis un profil d'une agence de rencontres, dis-je en riant.

Max se penche vers moi pour me servir du vin, un excellent cru pour « *célébrer* » le choix du donneur, comme il l'a habilement formulé. À sa manière, il tente de me remonter le moral car on ne peut pas fêter grand-chose d'autre pour l'instant. Le comité n'a pas encore pris sa décision. On m'avait annoncé un délai d'une à deux semaines d'attente et nous sommes au seizième jour. Seize jours depuis le dépôt de ma demande. Une éternité. Chaque soir, je me couche en me répétant que c'est ma dernière nuit dans pareille incertitude et, chaque matin, je me lève en me persuadant qu'il ne s'agit plus que d'une question d'heures. Puis, le temps passe, la luminosité décline et la nuit arrive sans me délester de mon anxiété.

J'ai appelé le centre à plusieurs reprises, en quête de précisions. Apparemment, mon dossier a déjà été discuté lors d'une première réunion. Compte tenu de ma situation particulière (la secrétaire a insisté sur ce dernier mot), le comité a convenu de le remettre à l'agenda pour en débattre à nouveau, après un temps de réflexion accordé à chacun.

C'est Max qui a eu l'idée d'avancer malgré tout. Sans approbation du comité, cela m'a paru manquer de sens, mais il est parvenu à me convaincre. Il est vrai que j'ai un besoin urgent de me concentrer sur autre chose. Aborder l'étape suivante et me forcer à y croire est essentiel pour rester saine d'esprit.

Quand j'ai osé faire la demande auprès de la secrétaire, elle a semblé surprise. Elle a bredouillé quelques mots en fouillant dans ses papiers, feignant de chercher la réponse à ma question. Apparemment, ma requête était inhabituelle. Elle l'a répétée, souhaitant visiblement gagner du temps. « *Donc, vous voudriez la liste des profils de nos donneurs de sperme ? Mais... Si mes souvenirs sont bons, le comité n'a pas statué sur votre dossier... ?* » Pressentant l'absence de règle pour ce genre de démarche, j'ai insisté. La secrétaire a baissé ses lunettes pour m'observer par-dessus celles-ci, sans doute curieuse de voir de plus près l'énergumène qui voulait procéder à l'envers, puis m'a finalement tendu la précieuse liste.

— Trinquons à la trouvaille de l'homme le plus fabuleux de la planète, celui-là même qui t'offrira un magnifique bébé qui dormira la nuit, mangera facilement, remplira ses couches régulièrement et n'aura aucune colique ! déclare Max en levant son verre à mon attention.

— Dis, cher futur parrain, aurais-tu lu l'un ou l'autre livre sur les bébés ?

— Sérieusement, il faut s'y remettre. C'est plus complexe que ce que j'imaginais. Nous n'avons parcouru qu'une dizaine de profils et les informations se mélangent déjà. Merci de ne pas m'interrompre cette fois-ci, ajoute Max avec un large sourire. Bon, je reprends : « … *de corpulence moyenne (85 kg pour 1,85 m), sportif. Diplômé en droit, juriste d'entreprise. Traits de personnalité : calme, tolérant, fiable, diplomate, gourmand…* » Celui-ci a l'air idéal, non ?

— Tu le défends parce qu'il a ta personnalité ? dis-je en lui passant un bras autour du cou.

— Le rêve donc ?

— Très drôle… Tu ne penses pas que sa personnalité est un peu trop…

— Cool ? suggère Max le sourire aux lèvres.

— J'aurais dit molle…

— Excuse-moi Mary, mais n'es-tu pas censée, enfin si tu peux choisir, prendre un donneur qui… comment dire…

— Quoi ?

— … un donneur qui tempèrerait un peu ton adorable caractère ? ajoute Max en s'esclaffant.

— Pardon ?

— Enfin, réfléchis ! C'est une opportunité en or de compenser certaines facettes de ta délicieuse personnalité ! Bien entendu, la totalité n'est pas à éliminer, l'idée étant seulement de ne pas forcer le trait. On a une occasion de noyer carrément l'un ou l'autre défaut, c'est terrible quand même ! Tu vois, par exemple… commence un Max au bord du fou rire.

— Continue, je t'en prie. Ce n'est absolument pas offensant !

Mon bras autour de son cou sert désormais d'étau et je feins de l'étrangler tout en lui ébouriffant les cheveux. Max tente de se dégager de ma prise, mais son hilarité l'affaiblit. Il persévère malgré tout, articulant son idée entre deux gloussements.

— Si par exemple, tu étais plutôt bornée, ne serait-il pas judicieux de trouver un donneur un peu plus flexible, histoire d'avoir un mélange adéquat ?

— Donc, si je suis ta logique, dans mon cas, je devrais trouver un donneur stupide et moche ? dis-je en riant. Bizarre, je ne vois aucun candidat qui se présente avec ces caractéristiques…

Max lutte pour se libérer et manque de renverser nos verres de vin. J'ignore ce que je ferais sans lui. Il a le don d'alléger les moments les plus pesants. En le voyant rire de bon cœur, je réalise que je rêverais d'un donneur comme lui. Un homme bon, généreux, présent. Mais comment trouver cela ? J'ai beau parcourir les profils, aucune de ces qualités n'est mise en valeur. Pire, ils me paraissent tous assez impersonnels. En même temps, je me mets à la place des donneurs et j'imagine la complexité de se décrire avec justesse. Il faut avoir envie de se connaître, prendre le temps de s'observer et surtout oser se regarder tel que l'on est ! Puis, quel être humain peut prétendre être constant ? C'est utopique ! N'est-on pas en perpétuel changement ? Une somme de traits dont certains s'activent et d'autres s'endorment selon les circonstances. Doux comme un agneau en présence de l'être aimé ou féroce telle une lionne devant un patron sans pitié ? Au fond, qui est-on réellement ? J'ai moi-même le sentiment que certaines personnes suscitent le meilleur en moi. Leur chaleur me berce et, soudain, mon obstination n'est plus.

Max se lève pour débarrasser la table basse et emporte nos assiettes à dessert. Des bruits de casserole proviennent de la cuisine. Il revient avec deux bols fumants et la magie du jus de pomme à la cannelle opère : tout mon corps se détend. Je me pelotonne dans le canapé, décidée à dénicher le donneur parfait parmi les quelques profils restants. Max tente de réanimer le feu qui se meurt dans le foyer, avant de s'asseoir à mes côtés sur le divan.

— Je peux te confier un secret ?

— Évidemment, répond-il en m'entourant de son bras.

— Je vis mal l'idée d'avoir le sperme d'un inconnu en moi. Cela devrait être le cadet de mes soucis tant la liste des obstacles et des défis est longue, mais je ne peux m'empêcher d'être mal à l'aise avec cela. Toute la procédure est si étrange d'ailleurs, éloignée de toute la chaleur qui entoure habituellement la conception d'un enfant.

Max m'attire à lui et dépose un baiser sur mon front.

— Je suis tellement désolé que tu doives traverser tout cela.

Nous restons silencieux un moment. Le feu reprend dans l'âtre, faisant crépiter les bûches épaisses.

— Je me souviens une phrase de mon père, dis-je encore, absorbée par le spectacle des flammes. Quand, petite fille, j'appréhendais un moment ou une rencontre, il me répétait toujours : « *il faut adopter l'idée* ». Il me racontait que si je passais suffisamment de temps à tenir la main à une idée qui me faisait peur, cela m'apaiserait. « *Parce qu'avec le temps, on comprend et on accepte* », avait-il l'habitude de dire.

Je m'empare de la pile de profils et tente de me plonger à nouveau dans ma lecture. Les traits physiques, les caractéristiques, les chiffres se succèdent sans que rien ne me convainque. Ils me paraissent insipides et je me résous doucement à devoir effectuer un non-choix.

Sans doute ai-je été un peu naïve d'imaginer que je tomberais sous le charme de quelques lignes dactylographiées ? Comment déceler la perle rare quand ils paraissent tous formatés, à répondre aux exigences du plus grand nombre ?

J'aurais voulu pouvoir lire : « *Alfred aime mettre de la crème fraîche sur le bout de son nez pour amuser sa copine, barrer les éléments d'une liste de choses à effectuer et adore par-dessus tout pouvoir prendre son temps* », mais au lieu de cela, je suis confrontée à des mesures en tous genres, à des couleurs – de peau, d'iris, de cheveux –, comme si l'être humain devait être catégorisé pour chaque élément qui le compose.

J'entame l'avant-dernier profil quand un détail attire mon attention. Là, au bas de la page, une mention m'interpelle. Je le parcours à toute vitesse, avide de confirmer mon intuition. Les mots s'enchaînent et avec eux, l'espoir grandit.

Dans mon esprit, une image se dessine, celle d'un homme qui me sourit et tend la main. C'est lui.

20.

Notre maison, le 25 août 1997

Ma chère Lucie,

C'est au silence que j'aspirais quand j'ai quitté mon quotidien frénétique de consultant. J'avais si peu écouté ce besoin qu'il s'était mué en une soif profonde, puissante, imperturbable. Ce n'était pas un choix. Ta lettre, ma chute, mon corps qui faillit avaient précipité une évidence. Comme la vague gagne la plage, cette nouvelle nécessité m'avait conquis.

J'ignore où et quand elle avait pris sa source. Était-ce au milieu du vrombissement des ordinateurs ? Était-ce la saturation de ces réunions vides de sens qui lui avait donné sa force ? Au rythme de ces phrases qui s'enchaînent en vain ? Dans le fracas de ces vies qui s'épuisent et s'écroulent autour de moi ?

Ou bien, ce besoin de silence était-il né dans la douceur de tes pleurs la nuit ?

Les premiers jours, j'ai eu l'impression de ne jamais pouvoir tarir ce désir fou. Certain qu'il m'en faudrait toujours plus, j'ai craint que ma quête de quiétude ne me pousse lentement en marge de notre société.

Dans mes premières lettres, je t'écrivais que ce sont mes mains vertes qui m'ont guidé vers ce métier de jardinier. Bien sûr, la première fois que j'ai plongé les mains dans la terre, j'ai eu ce sentiment étrange d'y puiser mon oxygène, mes doigts tels des racines s'y enfonçant profondément, à la recherche de l'air dont j'avais été privé.

Mais c'était une justification facile.

Avec le temps, je réalise que c'est vers cette promesse de silence que je courais. La terre, les nuages qui l'effleurent au haut des collines, les feuilles qui vibrent au vent, c'est tout ce que je pouvais encore supporter sans que mon être ne craque définitivement.

Ton Archibald

21.

Jack

L'avion se soulève, et à travers le hublot, ma ville rétrécit en quelques secondes. Les rues semblent désormais bordées de maisons de poupées et le tableau de ces courbes qui s'entrelacent m'évoque un dessin d'enfant. Tous ces destins miniatures me renvoient à mes choix personnels. Vissé à mon siège, je peux difficilement fuir le malaise qui m'envahit en me remémorant ma conversation d'hier. Je n'aurais pas dû aborder le sujet avec ma mère. J'éprouvais le besoin de m'absoudre et espérais que l'amour maternel me préserve de tout jugement, mais il n'en a rien été.

Comment ignorer que je marche un peu à côté de mes baskets ? Ma mère avait inventé cette expression pour traduire un concept compliqué à l'enfant de cinq ans que j'étais. Elle voulait m'enseigner que, dans la vie, il faut marcher dans ses chaussures, avancer aligné avec ses valeurs et aspirations, agir en droite ligne avec qui l'on est profondément. Le mouvement contenu dans l'axe de notre être, comme elle le formulait subtilement.

Il ne faut pas marcher à côté de ses chaussures mon Jack, me répète-t-elle d'une voix attristée alors que nous entamons la préparation du dîner. Puis, elle se tait et je veux détourner les yeux, de crainte qu'elle sonde mon âme et y découvre toutes les casseroles qu'elle traîne. Ma mère pose sa main sur ma joue et je suis forcé de mesurer l'ampleur de mon erreur. Dans son regard, il y a ce mélange de déception et d'espoir, une combinaison étrange dont les mères ont le secret. Tel un coup dans le ventre, je saisis soudain combien mon ambition était dénuée d'éthique. Enchaîner les dons de sperme en dépit du raisonnable, négliger mes engagements et risquer de délivrer une semence peu encline à faire son office. Un manque de vigueur cruel pour ces couples qui espèrent. Dieu que je suis con parfois.

C'est Arthur qui a identifié cette faille dans le système, un moyen d'augmenter nos gains rapidement. Grâce à cette combine, seuls quelques mois seraient nécessaires pour réunir plus que la somme. C'est moche, mais après quelques semaines, j'ai faibli et, comme eux, j'ai profité de l'absence de coordination entre les différents centres de procréation médicalement assistée. Nous avons multiplié les signatures des chartes des centres nous intimant à ne donner notre sperme qu'à un certain rythme et dans un seul endroit et puis, nous les avons lâchement ignorées, enchaînant les branlettes et accumulant les dédommagements nous rapprochant de ce vol vers New York. Le doigt tendu, proche de toucher mon rêve, j'ai perdu la tête et mon projet de départ s'est mué en une course aux gains.

À l'origine, j'y avais vu une opportunité presque spirituelle de combiner en un seul geste un acte généreux et un désir personnel. Puis, j'ai cédé, me trouvant quelques excuses pour me rassurer. *M'enfin, on ne le fait qu'une fois par semaine maximum ! À notre âge, ça se régénère vite ces petites choses ! Puis, ils ont des machines pour vérifier la performance des spermatozoïdes, non ?* Avec mes amis, nous avons conclu que ce n'était pas si grave, les lèvres encore ourlées d'une mousse fraîche. La bière aidant, je me suis convaincu que mon geste restait noble et moi, quelqu'un de bien. Ce n'est qu'une fois la somme réunie, les tickets pour New York achetés et la valise bouclée que j'ai éprouvé les premiers remords.

Les nuages comme les questions se déploient maintenant à l'infini. Le doute émerge et mon univers s'altère, m'entraînant dans son mouvement. Je me demande à quoi ressembleront ces enfants issus de mes dons. Certains traits de personnalité peuvent-ils se transmettre par ce biais ? Ou pareil héritage ne s'acquiert qu'au contact de l'autre, par mimétisme, rejet ou admiration ? Je ne suis pas certain d'avoir quoi que ce soit qui mérite le transfert à ce stade… Alors pourvu que les mères soient bonnes… Pas dans le sens physique évidemment ! Non, pourvu qu'il s'agisse de bonnes personnes, de ces âmes qui pourront compenser mes failles et noyer mes défauts dans leur bonté.

Soudain, sa silhouette m'apparaît. Dans ma course, je l'avais oubliée. Cette femme fragile et belle qui a manqué de s'écrouler devant moi. Tout se mélange dans mon esprit, son col en mouton, sa main posée sur le bar, son corps qui vacille, l'assurance qui a quitté son regard, l'air doux produit par son mouvement quand elle est si proche de moi. Elle est tous ces contraires qui luttent et pourtant son image se dessine d'un seul tenant, dense et légère dans le contre-jour de ce couloir.

J'entends nos pas résonner et je me rappelle ces quelques secondes où ils s'accordent après s'être croisés, comme si malgré moi, son rythme s'était imposé au mien. C'est à elle que je pense maintenant. J'aurais dû toucher son bras, l'arrêter, lui proposer mon aide. Combien de centimètres aurais-je dû franchir pour la rejoindre ? Une dizaine seulement, un océan pour celui qui a peur.

J'aurais aimé être un homme comme ça. Un homme qui a le geste qui apaise. Un homme qui ose. Mais même assis sur le toit du monde, je ne suis que moi.

22.

Mary

Comment en suis-je arrivée là ? Sur cette table recouverte d'une feuille de papier, débarrassée du bas, vêtue d'un pull et de vieilles chaussettes. Je pensais le faire nue cet enfant, collée au corps de l'homme que j'aime. Uniques témoins de nos sourires reconnaissants, cachés sous ce drap blanc virevoltant au rythme de nos ébats.

J'aurais eu chaud dans ses bras. Au lieu de cela, je suis allongée dans cette salle aseptisée, confrontée à un silence accablant, mon rêve sacrifié alors que j'aspirais au souffle des amants.

Je n'aurai pas de plaisir à concevoir cet enfant, aucune main sur mes seins, pas de sexe qui s'engage dans le mien, seulement cet objet froid introduit pour faciliter une opération qui s'effectue en un instant. Moi qui m'imaginais faire l'amour lentement…

Comment en suis-je arrivée là ? À ne pas réaliser ce que des millions de femmes parviennent à accomplir chaque jour naturellement. Rencontrer un homme, apprendre à l'aimer, lui donner envie de rester et puis décider de se multiplier. Suis-je si différente des autres ? En quête de chaleur humaine, ma main cherche distraitement à en saisir une autre, comme on s'agrippe à une bouée de sauvetage pour ne pas couler.

Ce bureau où s'empilent les dossiers, ces instruments disposés sur un meuble à roulettes, cette table à étriers qui sera mon lit pour la conception, tout ici me renvoie à ma question.

Comment en suis-je arrivée là ? Dix mois se sont écoulés depuis l'annonce des résultats. C'est à la fois peu et beaucoup. Je n'aurai eu qu'une petite année alors que la plupart peuvent parcourir ces étapes au pas. Moi, j'ai cavalé et je suis essoufflée. Pourtant, il faut tenir bon dans la course. À cette pensée, mon corps se crispe : deux échecs ont précédé la présente tentative.

Naïvement, je croyais les épreuves derrière moi. La réflexion, l'immense responsabilité de décider de le concevoir seule, l'attente de la décision du comité, les tests, les incertitudes et puis un jour, ce rendez-vous, cette première date à laquelle je pourrais devenir maman.

Lorsque, quelques mois auparavant, j'avais décidé de me lancer, un déclic s'était produit. Je voulais avancer vite, comme si soudain, je réalisais le court délai qui m'était imparti. Cette procédure aux multiples étapes constituait un enclos pour la jeune pouliche que j'étais devenue, cabrant et galopant vers son nouvel objectif.

En route vers la clinique pour cette première tentative, je me rappelle la lumière sur les champs, leur beauté magnifiant mon engouement. Ce jour-là, j'avais le sourire aux lèvres. J'y croyais à cette vie à deux. Il suffisait d'un essai qui fonctionne. La procédure médicale méticuleuse, les jours comptés, ce cycle parfaitement maîtrisé, cette précision ultime du geste qui vient déposer la semence, tout portait à croire que l'échec serait exclu. On m'avait pourtant avertie que les chances étaient aussi élevées que lors d'une conception naturelle, mais mon cerveau se refusait à enregistrer cette information.

Aujourd'hui, ces souvenirs ne sont plus que des bribes, une séquence d'images qui se succèdent rapidement : le numéro de la clinique qui s'affiche sur mon téléphone, l'espoir et la crainte qui se mélangent, la voix de la secrétaire que je tente de sonder et, dans le combiné, l'intonation qui pique du nez, malheureusement peu enthousiaste à porter son message. Malgré mon taux d'hormones trop bas pour mener une grossesse à bien, je continue d'espérer. Seul le sang dans la cuvette me convainc que rien ne prendra vie en moi cette fois-ci. Il faut encore essayer.

En me confrontant à l'ampleur de mon désir, ces pertes ont accru ma volonté. C'est le seul mérite que je leur ai trouvé.

On m'a demandé de rester allongée quelques minutes. J'observe le plafond pendant que le sperme d'un inconnu se fraye un chemin en moi.

C'est à la fois mon rêve et tout le contraire de ce à quoi j'aspirais.

La vie a décidé, me forçant sur ce chemin peu commun. J'aurais voulu contempler longtemps l'homme que je choisirais pour me faire un enfant alors qu'ici, il n'est que quelques mots, une liste de diplômes, une couleur de cheveux et les traits de la personnalité qu'il aura bien voulu s'accorder.

Je redoute ce sperme qui semble tout sauf vivant. M'offrira-il un enfant lisse, terne, sans visage ?

Heureusement, il y a cette possibilité dans laquelle j'ai vu toute son humanité.

Celle de le rencontrer un jour.

PARTIE II

Et elle me choisit

Quelques mois plus tard
Juin 1998 – Avril 1999

23.

Mary

Ces premiers mouvements tels ceux des papillons me coupent le souffle. Comment peut-il en être autrement lorsque l'on touche au miracle ? Dans la rue, les gens poursuivent leur chemin, ils se rendent à leur travail, vont faire des emplettes ou voir un film au cinéma. Moi, je n'y arrive pas. Je tente de me glisser dans ma vie d'avant, mais aujourd'hui, il n'y a plus que toi. Je m'agite, je feins de participer au monde alors que mon univers se résume désormais à ce ventre arrondi. À celle qui a bien voulu s'attarder.

Les semaines défilent et l'émotion reste intacte. Je pense à notre rencontre. Te voir naître. Te toucher pour la première fois.

Alors que d'autres dévalisent les magasins de puériculture pour se sentir prête, moi je n'ose pas. Ce serait affirmer que tout est gagné quand ton existence ne tient qu'à un fil. Les jours se succèdent et l'angoisse demeure, attribut loyal de mes choix. Ma vie est ce tissu d'incertitudes que j'ai tricoté comme j'ai pu et, aujourd'hui plus que jamais, il me tient chaud.

Pour être proche de toi, je t'imagine. La lumière blanche là-haut, ces milliers d'âmes qui chantent et se mélangent dans l'attente d'un corps. Un spectacle aérien de valses entre la terre et le ciel, de ces êtres qui volent de vie en vie pour apprendre à naître mieux, au monde, puis à eux-mêmes.

Des centaines de jours à t'attendre m'ont incitée à broder. Je te vois balayer du regard l'horizon et toutes les histoires qu'il contient pour choisir la tienne. De ton nuage, je veux croire que tu as suivi ma quête folle. Foncer et répéter ce choix malgré tous les obstacles. Pas de compagnon, pas le corps ni les ovules qu'il faut, une chance ou deux sur cent, rien dans mon camp et tout dans celui de l'adversaire. Le comité me donnera-t-il son soutien ? Mon corps parviendra-t-il à retenir ce début de vie ? Et surtout, resteras-tu dans mon ventre ?

Pour me sentir moins seule, je me dis que tu es là près de moi. Comme un souffle sur ma peau, une chaleur près du cœur, une image fugace de notre bonheur prochain. Lorsqu'à l'échographie, je te découvre pour la première fois, quand je pleure en entendant le battement de ce cœur, je me dis que tu es là.

Le temps passe et celui qui me sépare encore de toi se dissipe jusqu'à n'être plus qu'un jour, une heure, une seconde.

24.

Jack

— Monsieur, c'est trop tard. Votre profil a déjà été sélectionné.

Mon cœur balance un instant entre la fierté d'avoir été choisi et la crainte de rencontrer une foule de marmots dans un peu plus de dix-huit ans.

— Vous rigolez ?

— J'ai l'air ? rétorque la secrétaire en baissant ses lunettes pour me regarder dans le blanc des yeux.

— C'est inadmissible ! Ce formulaire est rédigé n'importe comment !

— Il est pourtant clairement indiqué : « *cochez cette case si vous souhaitez que le don de sperme soit semi-anonyme* », lit-elle à voix haute en pointant la phrase du doigt.

Elle marque une pause puis reprend en s'efforçant de parler lentement.

— Nous expliquons la procédure en détails dans le fascicule remis lors de la rencontre avec le spécialiste. Devant le mot « *anonyme* », il y a « *semi* », cela ne vous a pas mis la puce à l'oreille ? interroge-t-elle avec un petit rire.

Face à mon silence, la petite dame insiste.

— Vous n'aviez pas lu que dans ce centre, nous offrons la possibilité de rencontrer le donneur aux dix-huit ans de l'enfant ? Notre centre est un des premiers à innover dans ce domaine, mais c'est déjà courant dans d'autres pays.

— Et c'est légal tout ça ?

— Bien sûr que c'est légal ! Voyons ! En réalité, les législations ne régissent pas tous les aspects du prélèvement et de l'accès au don de sperme. Certains points sont laissés à la discrétion du centre qui doit créer sa propre réglementation. Nous disposons donc d'une certaine liberté d'action tout en demeurant dans le carcan légal.

— Des centaines d'enfants vont vouloir me rencontrer dans dix-huit ans et vous me dites que je ne peux rien faire ?

Ma dernière remarque provoque son hilarité.

— Ohhhh que j'aimerais en avoir plus des comme vous ! Cela pimenterait un peu mon quotidien ! Donc, si je comprends bien, vous n'avez ni ouvert le fascicule ni écouté le spécialiste qui vous a expliqué la procédure et les conditions dans lesquelles le sperme est prélevé et utilisé ? s'enquiert-elle pour la forme plus que pour le fond.

— Je crois que j'ai pu oublier une partie des explications…

Je scrute mes baskets et mon air gêné semble attendrir la secrétaire qui me tend un nouvel exemplaire du fascicule.

— Si d'autres questions se posent, vous pourrez le consulter ou nous appeler. Pour le reste, ne vous inquiétez pas. Le règlement du centre prévoit un nombre maximum de six inséminations donnant lieu à naissance avec les spermatozoïdes d'un même donneur. Ils ne viendront donc pas par centaines, ajoute-t-elle en m'adressant un clin d'œil.

— Merci.

— Je peux vous dire quelque chose ?

— Je vous en prie, dis-je davantage pour être poli que par réel intérêt.

— Vous êtes encore jeune, mais je crois que nous, les êtres humains, on oublie trop souvent un principe important…

— Oui ?

— On ignore ce que notre existence nous réserve ! Aujourd'hui, vous avez la vie devant vous et peut-être avez-vous ce sentiment merveilleux qu'elle vous appartient, que vous avez tout le temps du monde pour construire vos projets et vos relations et faire les bons choix, mais…

La secrétaire cherche ses mots et je crois apercevoir une émotion dans son regard.

— … ce sentiment merveilleux d'avoir la vie devant soi peut aussi nous rendre présomptueux. Je fais partie de ceux qui pensent que l'on ne coche pas des cases par hasard. Voilà.

La petite dame commence à m'exaspérer. Ce n'est pas parce que je ne lis pas les fascicules ennuyeux que je suis incapable de conduire ma vie correctement ! En dépit de mon agacement, je tente de rester courtois. Son approche semble empreinte de bonté et je suis contraint d'admettre qu'une partie de moi (une toute petite partie, bien sûr) est touchée par son discours convenu.

— On ne coche pas des cases par hasard…

— Non, vraiment pas, renchérit-elle le visage soudain serein.

En sortant de la clinique, j'ai le sentiment bizarre qu'un changement s'est produit. L'air sur ma peau n'est plus anodin, les bâtiments, le béton sous mes pieds, les arbres qui bordent la rue, tout paraît plus réel, comme si cette nouvelle donne m'avait ramené au présent. Pour la première fois, je me surprends à m'interroger sur le sens de mon passage sur terre. À ma façon, je contribue à la naissance de ces êtres et la perspective de les rencontrer un jour, même dans dix-huit ans, m'impose de devenir quelqu'un. Sinon, comment leur faire face ? Évidemment, cette responsabilité ne signifie pas grand-chose aujourd'hui, mais un jour, je devrai répondre à leurs questions.

Même si le statut semi-anonyme n'est disponible que dans un seul des centres où nous avons fourni le meilleur de nous, même s'ils sont sans doute moins nombreux que les doigts d'une main, la possibilité de chacun d'eux exige que je grandisse.

Jusqu'ici, j'ai été largement à la hauteur, mais dans les yeux d'un jeune de dix-huit ans, je serai facilement relayé au rang d'adolescent attardé. Plutôt du genre à me laisser bercer, j'ai vaguement participé à quelques projets de films en qualité d'assistant, alors que mon idéal est tout autre. J'aspire à réaliser un long métrage, je rêve que le spectateur n'en sorte pas indemne, enrichi ou malmené dans ses certitudes.

J'ai eu de grandes ambitions et le temps qui s'écoule, vorace comme à son habitude, les a progressivement englouties. J'ai le sentiment d'avoir, année après année, glissé dans un coma et confortablement installée dans ce climat ouateux, j'ai laissé mes forces en friche pour me recroqueviller sur moi-même. Mon quotidien ne consiste qu'à produire les tâches qui me sont déléguées par le mécanisme de cascade du maître à l'esclave sous-payé. Les vexations accumulées, j'ai renoncé, moins assuré de mes talents, plus loin que jamais de mes premiers rêves.

J'ai oublié et l'oubli est terrible ici-bas. Oublier qui l'on est et où l'on va suffit à gâcher une existence.

Mais aujourd'hui tout peut changer.

Mon geste ne sera pas sans suite. Je suis désormais un homme qui a coché une case.

25.

Mary

Son corps chaud est abandonné contre moi, ventre contre ventre. Je découvre ses pieds minuscules, ses longs doigts fins, ses jambes qui reposent mollement.

Je n'ose pas la toucher. Son souffle tiède glisse sur ma peau. J'effleure son duvet blond et sa douceur m'émeut. Elle a fermé les yeux maintenant.

Nous vivons les premières minutes de notre histoire. Je voudrais lui dire tant de choses. Les mots défilent, mais aucun d'eux ne semble à la hauteur de l'émotion qui m'étreint. Je tiens ma fille dans les bras.

Elle remue la tête légèrement. Chacun de ses mouvements me captive. Je sais que nous n'aurons que le temps d'une de nos vies pour nous aimer, et cela donne toute sa valeur à chaque minute.

Dans un élan irrésistible, je m'incline pour poser mes lèvres sur son front et l'embrasser.

26.

Notre maison, le 22 août 1998

Ma chère Lucie,

Nous sommes tous à la fête : Mary vient d'accoucher ! Une petite Ella, trois kilos, cinquante centimètres de perfection ! Tu savais qu'un nourrisson pouvait être si petit ? Ces doigts minuscules et ces longs cils qui vibrent subtilement m'émeuvent à chaque fois ! Mary m'a appris à la bercer et je suis assez doué.

De temps à autre, je l'emmène dans le jardin pour lui montrer les fleurs, les oiseaux, le ciel et elle m'écoute patiemment. Elle n'a que quelques jours et pourtant, je suis persuadé que, par instants, elle m'observe vraiment, ses yeux plongés dans les miens. La profondeur de son regard me bouleverse, j'y vois la paix, la joie et le sens de notre passage sur terre. Alors je glisse mon doigt dans sa petite main, ma façon à moi de lui dire que oui, je comprends.

Ne t'inquiète pas ma chère Lucie, Mary n'est pas seule. Elle a engagé quelques jours par semaine une nounou au délicat prénom d'Aimée. Ne t'y fie pas ! Elle a un sacré caractère, cette femme-là ! Je t'assure ! Pas méchante du tout, mais on sent qu'elle sait ce qu'elle veut et tu sais que ce genre-là m'a toujours impressionné.

Tiens, l'autre jour, elle est venue me voir au potager. Elle m'a salué à voix basse pour ne pas réveiller Ella qu'elle portait dans une sorte de longue écharpe nouée sur la hanche. Tu vois, celle où tu te demandes à tout instant si le bébé ne va pas tomber ? Je me dis, bon, Archibald, celle-là avec son tempérament, il vaut mieux l'avoir dans la poche ! Donc j'essaie d'être plus sympathique et bavard qu'à mon habitude, posant des questions un peu ennuyeuses de gens normaux. Je lui demande si elle se plaît ici, si elle habite la région, si elle apprécie sa nouvelle fonction. Bref, je fais mon petit effort, croyant naïvement qu'elle venait pour la causette. Mais non ! Figure-toi qu'elle avait un but précis : en savoir plus sur ma production. Tiens-toi bien, elle voulait même l'influencer !

Sans prendre la peine de répondre à mes questions, elle m'interroge d'un air songeur : est-ce que vous cultivez aussi sous serre ? Y a-t-il des légumes qui poussent pendant l'hiver d'une manière ou d'une autre ?

Je lui demande le plus poliment possible pourquoi cet intérêt soudain pour le jardinage et elle me répond que cela ne l'intéresse absolument pas (charmante, la dame !). Non, ce dont elle voulait s'assurer, c'était d'avoir un stock de légumes pour l'hiver car dans trois à quatre mois, la petite commencera les panades. Je n'en revenais pas ! Ella pourrait manger mes propres légumes ? Et vos fruits ! m'a-t-elle répondu. Tu n'imagines pas ma fierté !

Ma chère Lucie, où que tu sois, quoi que tu fasses, sache que je t'aime.

Ton Archibald

27.

Mary

Il est quatorze heures et je suis heureuse de manger mon premier repas de la journée, ce qui en dit long sur mon degré d'esclavage. Bien sûr que je ne vais pas me plaindre, il ne manquerait plus que cela ! C'est ce que les gens pensent tout bas, non ? Elle qui a eu tant de difficultés à avoir son bébé, elle devrait être contente maintenant ! Trop épuisée pour m'offusquer de la liste d'inepties que ma condition de jeune mère célibataire génère, je les subis en silence.

« *Mais enfin, vous ne pouviez pas attendre de trouver un mari ?* » est sans conteste la remarque la plus déplacée, suivie de près par « *Donc vous avez choisi d'aller de l'avant sans père ?* », deux commentaires qui me placent aux commandes d'un destin que je ne maîtrisais pourtant pas. J'ai vite renoncé à me justifier et j'ai été surprise de découvrir combien ceux qui ne s'intéressent pas vraiment à Ella et moi abandonnent facilement leur interrogatoire même en l'absence de réponse.

Ils abordent un autre sujet, me poussant à prendre la fuite au plus vite.

Avant d'avoir Ella et alors que je baladais mon gros ventre dans les rues de mon village, j'avais élaboré toutes sortes de stratégies lorsque, d'aventure, un regard suspicieux me rappelait quelles remarques je devrais endurer, une fois mon enfant dans les bras.

L'humour était de loin mon option préférée. Le commentaire « *Mais enfin, vous ne pouviez pas attendre de trouver un mari ?* » inspirait particulièrement Max qui avait suggéré plusieurs réparties : « *Aucun d'eux n'était assez beau !* », « *Mon Dieu, un père ! Je savais que j'avais oublié quelque chose !* » et ma préférée, que je me réjouissais d'asséner aux plus étroits d'esprit : « *Pourquoi s'embarrasser d'un homme maintenant qu'on peut faire sans ?* »

Un chant de gazouillis, proche des pépiements d'oiseaux, provient de la chambre d'Ella. Je m'empresse d'engloutir une cuillère bien chargée et gravis les quelques volées d'escalier qui me séparent d'elle. Elle est là dans son petit lit, poupon rose qui appelle, le regard encore dans le vague. Ella a deux semaines aujourd'hui, quatorze jours, trois cent trente-six heures seulement et j'ai l'impression qu'elle fait partie de ma vie depuis toujours. Comment un si petit être peut-il prendre sa place sans un mot, à coup de cris, de bouche pleine de désir, de petits poings qui s'agitent dans l'air ?

Je me penche pour la prendre délicatement. Son corps dépourvu d'une bonne musculature me paraît tout mou et je dois me concentrer pour soutenir sa tête et la placer dans le creux de mon bras. Je m'assieds un instant dans le fauteuil à côté de son berceau.

C'est Aimée, sa nounou, qui m'a appris à procéder ainsi. Elle m'a expliqué avec sa voix caverneuse « *une maman a toujours quelque chose à faire, toute sa vie ! Faire, faire, faire* », a-t-elle répété à force de grands gestes en riant. Puis, plus sérieuse, elle a poursuivi : « *Alors, avant de commencer* avec *la liste sans fin, il faut prendre un moment avec son bébé ! Voir si elle a grandi depuis la veille. Lui demander comment elle va.* »

Aimée possède un sens inné des bébés. Il y a longtemps, elle a donné naissance à quatre enfants, adultes aujourd'hui, et comme elle le répète souvent pour asseoir ses propos, depuis lors, elle en a élevé des dizaines. Originaire d'Afrique, elle est venue s'installer ici il y a vingt ans. Heureusement, notre culture perfectionniste a échoué à lui faire perdre son accent chantant et sa corpulence généreuse qui font de ses câlins un retour au foyer.

Je me penche sur Ella pour l'embrasser dans le cou et respirer sa délicieuse odeur de coton et de vanille. *Alors comment vas-tu aujourd'hui, ma petite Ella ?*

J'ai l'impression qu'aujourd'hui, nous allons bien. Ses pieds semblent désormais à l'étroit dans son pyjama de naissance. Je soupire de contentement en réalisant que mon bébé grandit. Ella se tortille et semble vouloir se rapprocher de mon sein, m'intimant d'initier un autre de ces cycles qui se répètent à l'infini : déboutonner son pyjama, rafraîchir ses petites fesses, changer son lange, la mettre à un sein tout en buvant goulument une bouteille d'eau destinée à apaiser la soif de la mère nourricière, maintenir la petite cocotte à la verticale, attendre son rot, la bercer et prier pour qu'elle dorme et éloigne d'autant le cycle suivant. Ils se succèdent jour et nuit et je suis soulagée d'avoir Aimée pour me soutenir quelques jours par semaine. Elle partage sa sagesse et son expérience sans s'imposer. En me posant de bonnes questions, elle m'amène doucement à découvrir la mère que je voudrais être et cela me donne confiance en l'avenir.

Bien entendu, il y aura toujours la bêtise des gens, la fatigue, les tâches reproduites indéfiniment et un jour, les questions d'Ella, mais aujourd'hui, à cet instant précis, ma fille a levé les yeux vers moi et tout s'efface pour ne laisser place qu'à une seule chose.

Son sourire.

28.

Journal d'Adélaïde, le 26 août 1998

Dans mon travail de secrétaire, je rencontre principalement deux types de personnes : ceux qui offrent et ceux qui demandent. Les premiers sont presque détendus, ils viennent proposer un peu de leur personne, un geste généreux. Courageux même. Les autres sont plus anxieux, ils prient pour ce miracle que la vie leur a jusqu'ici refusé.

Je sais que je ne devrais pas, mais je ne peux m'en empêcher… Dans ma tête, celui qui donne et celui qui reçoit se mélangent. Évidemment, j'ignore tout de ces données confidentielles ! Mais mon esprit romanesque aime former ces couples insolites, produits d'hasards et de choix. Cette association improbable que personne ne connaîtra, ce mélange des fluides pour concevoir l'enfant inespéré.

Lorsque le temps me paraît long, je m'amuse à marier le jeune donneur du matin à la quarantenaire de l'après-midi. Je les vois prendre leur petit déjeuner au lit, ce couple que la vie n'a pas su créer. Dans l'histoire que j'élabore, je peine souvent à trouver leur lieu de rencontre. Où est-ce que deux personnes si différentes auraient pu se croiser ? Dans un parc ? Au supermarché ? À un cours d'œnologie peut-être ? Aurait-elle baissé les yeux sur lui, perchée sur ses hauts talons ? Aurait-il toléré sa rigidité, lui pour qui tout semble aisé et amusant ? Je n'en suis pas certaine. Elle rit d'une de ses blagues, lui boit un café, le journal posé devant lui. Un instant simple mais qui contiendrait tous ces possibles. Tous ces possibles dont un enfant.

Quel mystère que cette valse de rencontres et de rendez-vous manqués ! En cherchant vraiment, n'y a-t-il pas un autre pour chacun d'entre nous ? En prenant de la hauteur, en scannant ces milliers d'êtres qui peuplent la planète, ne serait-il pas possible de les accorder tous ? Moi y compris ?

J'ignore pourquoi j'ai ce besoin compulsif d'unir les autres en permanence, comme si leur solitude m'était insupportable. Sans doute parce qu'elle est le reflet évident de la mienne.

Les deux piliers de mon existence : la solitude et le manque d'amour.

À force d'y réfléchir, je commence à comprendre pourquoi je me suis éloignée des autres, vivant recluse dans ma petite maison où tout est à usage simple : le lit, le couvert, le linge de toilette...

Sans le vouloir, je m'organise comme si la possibilité d'un autre était exclue parce que, à l'âge des biberons et des culottes courtes, je n'ai pas appris à aimer, ni l'autre ni moi.

C'est venu tout naturellement et aussi longtemps que je me souvienne, je n'ai pas osé m'approcher des autres, même si j'en ai souvent rêvé.

Je me souviens cette cour de récréation au milieu des champs. Le soleil bas offre une lumière rose de fin de saison et embellit les clichés pris par mon esprit. Je les observe de loin. Ils se déplacent par grappes, courant les uns après les autres, se tenant la main ou mêlant leurs corps, bras dessus bras dessous. Dans ma tête d'enfant, ils paraissent inséparables, ils sourient, ils sont heureux et, en les contemplant, je me sens encore plus seule.

Je suis assise sur une pierre qui perd progressivement sa chaleur et ce contact dur et froid est le seul que je peux espérer. J'ai sept ans, huit ans ? Je ne me rappelle pas précisément. Tout ce dont je suis sûre, c'est que sur cette pierre, je suis déjà résignée. Je ne suis pas un cadeau. Enfin, c'est ce que ma mère me répète…

Si je ne le suis pas pour elle, alors comment pourrais-je espérer l'être pour quiconque ?

Les combats des premières années m'épuisent, je veux qu'elle m'aime, mais je dois renoncer, baisser les bras et accepter mon lot. Devenir cette petite personne qui trimballe son destin, invisible, incolore, presque inexistante. Un meuble dans une pièce. Voilà ce à quoi je peux aspirer.

Pour la plupart, cela ressemble à une vie triste ; pour moi, c'est la seule voie pour me préserver de la haine de ma mère. Car lorsque j'existe un peu, dans ces moments où j'ose respirer, je ne connais que sa haine. Elle emplit notre maison tel un brouillard, une glue qui recouvre les murs, la table, mon lit et, partout, je m'y colle. À force de pleurer ma douleur la nuit dans les cauchemars et les insomnies, à force d'entendre hurler la sienne, mon être s'est meurtri.

J'aurais tant aimé comprendre, choisir cette attitude qui me mènerait à son cœur. Je me suis battue pourtant. Je n'ai pas tout de suite abandonné devant son visage fermé. J'ai multiplié les sourires, je suis restée silencieuse face aux cris et j'ai appris à vivre avec l'injustice. Mais rien ne l'a satisfaite.

Chacune de ses colères me montrait que je me trompais de chemin et, malgré la fatigue, je tentais une autre approche.

J'aurais rêvé qu'un jour, elle m'observe en silence, comme le font ces mamans qui admirent leurs enfants.

Qu'un instant, elle se demande qui je suis.

Suis-je réellement ce monstre dont elle se plaint constamment ? Ou est-ce sa tragédie à elle qui a noirci son regard sur moi ? Je ne le saurai jamais.

Ma mère ne m'a pas désirée. Je suis le fruit d'une grossesse découverte tardivement et d'une impossibilité d'avorter. Avec force, je me suis imposée à elle, accrochée malgré son dégoût pour ce ventre qui s'arrondissait contre sa volonté. Elle a eu beau courir, sauter, je suis restée plantée là telle une mauvaise herbe, décidée à naître en dépit de tout.

Lorsqu'un matin il y a vingt ans, un recruteur m'a appelée pour m'annoncer que mon profil était retenu pour un poste dans cette clinique, j'ai bien ri. Je ne mourrais pas en ignorant ce qu'être ardemment désirée signifie.

Non, mon quotidien serait désormais rempli de ces regards anxieux et pleins d'envie, de ces milliers de mères potentielles qui attendent un enfant.

Et je serais le témoin silencieux de tout cet amour à offrir. Tout cet amour qui m'a manqué.

29.

Mary

— Il ne faut pas que je craque !

Jacqueline m'observe un instant avant de réagir. Il est réconfortant de retrouver la chaleur de son cabinet et son visage bienveillant. J'ai beaucoup hésité à la contacter. Les nuits sont courtes et interrompues depuis plusieurs semaines. Une crampe, un léger reflux ou une petite faim. Les raisons se succèdent et, entre toutes ces évaluations à effectuer au creux de la nuit, je me sens de plus en plus dépassée. Le manque de sommeil a accru mes inquiétudes de maman, nourrissant aussi le flot de reproches que je n'ai pas tardé à m'adresser.

« *Une autre aurait mieux géré* », ai-je pris l'habitude de me répéter. Cette voix critique s'est faite chaque jour plus acerbe et les cris d'Ella n'ont pas aidé. « *Une autre aurait su quoi faire !* » et si *elle* ne savait pas, *lui* aurait pu l'aider. Tous m'affirment : « *Tu verras, ce sont les plus beaux moments de ta vie !* » et pourtant, je me sens démunie. Les plus beaux moments de ma vie ? Quel désastre ! Épuisée, il m'arrive de ne plus comprendre comment j'ai pu tant désirer cet enfant !

— Vous ne pouvez pas craquer ? répète Jacqueline en se penchant légèrement vers l'avant pour encourager la confidence.

— Je ne vais quand même pas me plaindre !

— Pourquoi pas ?

— Parce que j'ai voulu cet enfant ! Je me suis battue pour l'avoir ! J'ai déjà l'impression que beaucoup me jugent, vous imaginez s'ils devaient apprendre qu'en plus de tout, je suis une mauvaise mère !

— Vous êtes une mauvaise mère ?

— Mais bien sûr ! Les autres mères sont comblées à la simple vue de leur enfant, elles comprennent leurs pleurs ; savent comment réagir ! Moi, j'ai la hantise qu'Ella se réveille la nuit, je me sens totalement impuissante face à ses pleurs, pire même, j'ai souvent envie de pleurer avec elle !

Je fouille dans mon sac à la recherche d'un mouchoir. Ces foutues larmes sont de retour. Ella se tortille dans son landau comme elle a l'habitude de le faire juste avant de s'éveiller. Ses petits bras s'agitent et sa tête tourne de droite à gauche en quête d'un sein chaud.

— Ça vous ennuie si je l'allaite ?

— Non, pas du tout, répond-elle en se levant. Attendez, je vais vous donner un coussin d'allaitement et un verre d'eau.

— Un coussin d'allaitement ? N'êtes-vous pas spécialisée dans les entretiens avant conception ?

— Si tout à fait ! Mais si vous saviez le nombre de mamans qui débarquent ici après la naissance pour m'expliquer qu'elles sont de mauvaises mères... déclare-t-elle avec un large sourire.

Jacqueline pose le coussin d'allaitement sur l'accoudoir du fauteuil.

— Vous permettez que je la prenne ? demande-t-elle en se tournant vers Ella qui commence à geindre.

J'acquiesce et Jacqueline se penche pour prendre mon bébé. En quelques gestes habiles, elle libère Ella de son cocon moelleux et la positionne au creux de son bras. Elle défroisse délicatement le pyjama en velours et caresse la joue de ma fille. Ella gigote de plaisir et tend un bras maladroit vers le visage de Jacqueline.

— Elle est vraiment très belle.

Je ressens une pointe de fierté et me redresse dans mon siège.

— Merci. Nous sommes donc nombreuses à être de mauvaises mères ? dis-je sur un ton plus heureux.

— Pire que cela ! Certaines de mes collègues psychologues reçoivent un nombre croissant de mères qui ne s'estiment pas à la hauteur ! Il semblerait qu'il y ait une véritable épidémie de « *mauvaisemèrite aiguë* »... Et cette maladie ne se limite pas aux seules femmes qui ont eu recours à la procréation médicalement assistée. En vous parlant, je pense à mon entourage et je réalise qu'en réalité, elle touche pratiquement toutes les mères, à un moment ou à un autre de leur parcours, explique-t-elle tout en m'aidant à disposer Ella sur le coussin.

— Mais personne ne nous a prévenues ! On voit ces images magnifiques de mère avec leur enfant, on en parle comme si c'était la chose la plus facile et la plus évidente qui soit alors qu'en fait... cela peut être si éprouvant ! Je croyais que ce serait plus naturel... Je pensais pouvoir calmer les pleurs de mon bébé seulement en le berçant ! Jamais je n'aurais imaginé ne pas savoir la consoler ni qu'elle puisse dormir si peu la nuit ! Comment font les autres mères ?

Jacqueline dépose son dossier sur la table et croise les jambes.

— Mary, vous êtes dans une phase de vie bouleversante et vous apprenez le métier le plus compliqué du monde. Il exige de vous que vous soyez à la fois sensible à l'autre, inépuisable, patiente, diplômée en pédiatrie ou presque, courageuse, déterminée, capable d'amour inconditionnel et la liste est encore longue ! C'est beaucoup à intégrer en peu de temps, vous en conviendrez, non ? D'autant plus que les mouvements hormonaux et la fatigue ne vous facilitent pas la vie. Alors, si on commençait par le début ?

Sa voix est mélodieuse et je sens mon corps se détendre en l'écoutant. Devant la multiplicité des urgences, j'ai perdu de vue l'essentiel. C'est pourtant évident que la tâche est ardue et qu'il me faut du temps pour m'adapter ! Face à mon silence, elle poursuit :

— C'est quoi, être une « *bonne mère* » pour vous ?

Sa question me fait sourire. Ella lâche un instant mon sein pour me regarder. J'ai parfois l'impression qu'elle aimerait me remercier. Pour le bon lait et pour le reste. Ce serait si simple si elle pouvait s'exprimer. Mieux, si elle pouvait déclarer « *tu sais maman, je suis heureuse d'être en vie, merci d'avoir fait ce choix* ». Cette pensée m'émeut aux larmes, mes épaules me paraissent soudain moins pesantes. Ella m'offre son joli sourire sans dents avant d'engloutir mon sein goulument.

— Être comme ma mère, dis-je en soupirant. Elle me manque tellement. Vivre tout cela sans elle… Je crois que c'est cela le plus dur pour moi. Son quotidien paraissait si maîtrisé au regard du mien. Je donnerais cher pour savoir comment elle a vécu ses débuts de maman. Est-ce que tout a été facile dès le départ ? J'avoue que c'est l'impression qu'elle m'a laissée, qu'elle était faite pour être mère alors que moi… je suis la dernière de la classe en rattrapage constant.

Ella s'est endormie contre mon sein. Je tente de la redresser sans la réveiller tout en refermant prestement mon soutien-gorge d'allaitement qui ressemble à ceux que ma grand-mère mettait à sécher dans le jardin. Un truc informe couleur chair qui me fait craindre que, plus jamais, je ne pourrai susciter le désir chez un homme.

La petite tête d'Ella repose maintenant lourdement sur mon épaule, ce qui me garantit quelques minutes paisibles.

— Je crois que je dois demander plus d'aide à Aimée. J'aimerais aussi reprendre mon activité de traductrice, au moins quelques heures par semaine. Les maisons d'édition m'ont proposé quelques beaux textes et je souhaiterais pouvoir accepter la traduction de l'un d'entre eux.

— Il y a ce proverbe africain selon lequel il faut tout un village pour élever un enfant.

— C'est exactement cela ! Il me faut mon village ! dis-je en riant. On avait pourtant discuté de cela ensemble et je m'étais promis de tout mettre en place avant la naissance et puis… j'ai présagé de mes forces…

— Peut-être essayez-vous de vous prouver quelque chose ? essaie Jacqueline.

Elle a raison. Je me répète sans cesse que je dois y arriver, mais j'ignore la destination.

— Oui. Je veux me prouver que je suis une bonne mère.

— En quoi est-ce important pour vous ?

Cette obsession me taraude depuis la naissance d'Ella et, malgré tout, je ne me suis pas posé la question. Pourquoi est-ce si important pour moi d'être une bonne mère ? Je réponds lentement, comme si la voie s'éclaircissait en prononçant ces mots.

— J'ai l'impression que… si je le suis, mon enfant sera heureux… et son bonheur signifiera que j'ai fait le bon choix.

— Quelle pression ! C'est tout ?

— Non. Je dois aussi être une bonne mère parce qu'il n'y a pas de père, dis-je en mesurant encore une fois la grande responsabilité qui m'incombe.

— Vous imaginez le poids qui repose sur vous ? Vous pouvez être la meilleure mère qui soit, le bonheur de votre enfant dépendra de multiples aléas sur lesquels vous n'aurez aucune prise. Je comprends que vous vouliez vous assurer avoir fait le bon choix, mais en réalité, procréation médicalement assistée ou pas, don de sperme ou non, chaque mère décide de mettre un enfant au monde et aucune ne peut lui garantir un père pendant toute son existence ! La vie est incertaine et la seule chose qui soit entre nos mains est d'aimer, sans avoir un quelconque pouvoir sur la façon dont cela sera reçu.

La respiration d'Ella est pratiquement inaudible tant son sommeil est profond. Sa bouche est entrouverte et ses paupières tremblent de temps à autre. De quoi rêve-t-elle ? Mon cœur se serre en y pensant. Je me sens soudain fragile, si petite devant l'immensité de la tâche.

— Je veux tout pour elle.

Jacqueline me sourit.

— Et si c'était cela, être une bonne mère ? Vouloir le meilleur pour son enfant ?

Pour la première fois depuis le début de la séance, je me renfonce dans le fauteuil en cuir en quête de douceur, comme si enfin je pouvais m'apaiser.

30.

Journal d'Adélaïde, le 10 janvier 1999

Tout au long de notre vie partagée, ma mère a été cette présence haineuse qu'aucun sourire n'adoucit. Et en grandissant, cette double souffrance m'a collé à la peau : subir son absence et pleurer son rejet.

Il ne m'aura fallu que quelques années de ce régime pour réaliser une chose étrange. J'ai dix ans lorsque ce sentiment m'envahit pour la première fois.

La journée a été difficile et je navigue péniblement entre les cris et les insultes de ma mère. Quand la méchanceté attaque de toutes parts et qu'il n'y a aucun moyen d'y échapper, il se produit un phénomène particulier. Mon cerveau s'anesthésie ! Il ne capte plus rien, les mots fusent et aucun n'est plus traité, comme si, pour se protéger de la douleur, l'esprit arrêtait de comprendre. Avec cette mémoire qui peut trahir, ce que je m'apprête à confier ne retrace peut-être pas exactement le déroulement de cette après-midi-là, mais c'est de cette façon qu'elle s'est inscrite en moi.

Je me suis réfugiée dans une cachette pour fuir sa colère. Est-ce la niche du chien ? J'ai le chic pour trouver les repaires secrets me rendant inatteignable. Il faut dire aussi que ma mère est plutôt paresseuse lorsqu'il s'agit de retrouver sa fille, surtout si elle a bu, ce qui est presque toujours le cas. Je me suis donc pelotonnée dans la niche d'un chien que je n'ai pas connu, son existence ayant pris fin avant la mienne. Recroquevillée, je tente de respirer doucement pour qu'elle ne m'entende pas et les minutes s'écoulent, accroissant mon sentiment de sécurité.

Est-elle partie s'allonger pour une sieste ? Se réveillera-t-elle de bonne humeur ? Cela n'arrive jamais, mais j'ai besoin d'y croire pour continuer d'exister. C'est marrant, cette manière particulière que la vie a de nous enseigner l'optimisme…

Le temps passe et mon être se relâche. La possibilité que ma mère m'atteigne a presque disparu. Combien d'heures se sont envolées ? Une heure, deux, peut-être trois ? La faim malmène mon ventre et j'envisage désormais de sortir de ma cachette pour aller manger. C'est alors qu'une image traverse mon esprit, celle de ma mère debout sur le pas de la cuisine, m'attendant avec une assiette de soupe ou un petit sandwich.

Rien de compliqué, quelque chose qu'elle aurait préparé pour moi. Et bien involontairement, l'image se mue en une envie profonde qui me cloue sur place.

J'ai dix ans et je découvre une vérité cruelle : ma mère peut me haïr à souhait, moi, je ne cesserai jamais d'espérer.

31.

Jack

J'embrasse sa paume machinalement, j'accomplis mon rituel mais je suis ailleurs.

Tel un robot, j'enchaîne les gestes qui avant m'ont enivré : soulever ses cheveux pour caresser son cou de mes lèvres, respirer son parfum, plonger mon nez dans sa chevelure soyeuse, découvrir délicatement son épaule pour l'embrasser puis déboutonner son chemisier et, le plus rapidement possible, poser mes mains sur son ventre. Le ventre d'une femme, fait de rondeurs et de creux, d'une peau plus douce que tout autre partie du corps et embelli par un nombril unique, m'émeut.

Comme les autres, elle est sur le point de s'offrir à moi. Quoi de plus troublant ? Pourtant, je reste indifférent. Elle a consenti à boire ce dernier verre, scellant le contrat implicite qui nous unit désormais.

Je dois l'honorer. Il me faut la déshabiller ou au moins le tenter. C'est bête mais j'ai l'impression que m'abstenir offusquerait cette femme-là. Belle, élégante, sûre d'elle, elle ne semble pas être le genre à accepter pareille invitation. Que faut-il de désespoir pour qu'elle se contente de ma médiocre proposition : le mélange de nos corps et un adieu au petit matin ? Je suis un homme absent qui tend distraitement l'oreille pour saisir ses propos, sourire poliment et les laisser quitter mon esprit comme ils l'avaient gagné, sans m'émouvoir.

Au fond, personne ne mérite cela.

Ne rêve-t-on pas de recevoir le monde de celui dont on partage le lit ?

Pourquoi ai-je soudain ce sentiment étrange d'avoir si peu à offrir ?

32.

Mary

Nous sommes installées en demi-cercle, chacune arborant fièrement son poupon sur les genoux.

C'est Max qui, quelques semaines auparavant, m'a encouragée à m'inscrire. Avec humour, il a lancé depuis la cuisine :

— Dis, ce serait bien ce cours d'éveil à la musique pour notre Ella, non ? Je ne veux rien dire, mais il me semble que ton éducation sur ce point est un peu légère… Mozart, Chopin, elle connaît déjà ? Elle a six mois quand même, il ne faudrait pas que tu en fasses une inculte…

Il m'a rejointe au salon brandissant la publicité pour ce cours « *rencontre maman-bébé* », tentant péniblement de réprimer un fou rire.

Je me concentrais pour qu'Ella tète correctement mais, agitée, elle s'interrompait toutes les vingt secondes, donnant à l'allaitement les allures d'une partie de catch. Notre société véhicule ces images d'un allaitement serein, résultat d'un processus naturel, et malgré tout, mes efforts semblaient vains. Fatiguée, je commençais à perdre patience et l'esprit de Max me tendait encore davantage.

Face à mon agacement, Max s'est arrêté net. Tout penaud, il s'est assis à mes côtés et sa sollicitude a eu raison de mes dernières tentatives pour me contenir. Rien n'allait vraiment mal et pourtant, je me suis effondrée dans ses bras.

Il a pris Ella et l'a déposée dans son couffin, en prenant soin de glisser un ours en peluche contre sa joue. Puis, il m'a regardée un instant, l'air d'évaluer la situation. Je m'attendais à ce qu'il me raisonne, il était évident que je pouvais demander de l'aide, qu'avec un peu plus de sommeil, tout irait mieux, Ella grandirait et mon combat de ce jour ne serait pas éternel. Heureusement, à la place de ce discours convenu, il a choisi de se taire. Tout mon corps était épuisé et je ne voulais pas entendre un mot de plus.

Il m'a allongée sur le divan et s'est installé près de moi. Il a posé ma tête contre son buste et caressé mes cheveux doucement. Blottie contre lui, j'ai éprouvé soudain un sentiment différent pour cet homme à la présence sereine. Comme s'il n'était plus cet ami que je connais trop bien, mais se révélait sous un jour plus mystérieux.

Lorsque mes larmes ont cessé, il a insisté :

— Je crois que vous devriez aller à ce cours, Ella et toi. Pas pour la musique, mais pour voir que vous n'êtes pas les seules à galérer.

Et pour ces quelques mots, je l'ai encore plus aimé.

Aujourd'hui, nous ne sommes que quelques mamans à assister au cours pompeusement intitulé « *Faites de votre enfant un amoureux de Mozart !* ». Comme pour chaque session, la formatrice donne la parole à chacune pour recueillir nos impressions du moment.

Lors de la première séance, nous nous étions présentées au groupe. Au départ, le ton n'était pas à la confidence. Ce n'était qu'au fur et à mesure de nos rendez-vous que les participantes s'étaient ouvertes, donnant l'impression que notre rencontre avec Mozart virait légèrement en rencontre avec Jung. Peu importe, le plaisir de se rencontrer était palpable et nous nous autorisions désormais à nous dévoiler un peu plus.

— J'avoue que je croyais pouvoir mieux m'organiser, commence Charlotte. Je suis avocate et je dois reprendre la gestion de mes dossiers. Je cherche activement une crèche mais rien ne me paraît assez bien pour mon enfant. Vraiment, je pensais que ces questions d'organisation seraient beaucoup plus simples !

Cette grande rousse semble constamment distraite par son enfant. Le moindre grognement et elle s'affaire autour de son bébé comme autour d'une machine qui vient de montrer les premiers signes d'une détérioration prochaine. J'ai tout de suite eu un faible pour elle, d'abord parce qu'elle m'a parue autant dépassée que moi, mais aussi et surtout parce que nous avons un secret. Je l'ai immédiatement reconnue. Nous nous sommes déjà croisées avant, à la clinique de procréation médicalement assistée.

— Oui, c'est vrai, murmurent certaines d'entre nous.

— Quand j'étais célibataire, je pensais que mes copines déjà mères ne savaient pas gérer, ajoute Gabrielle en riant. Si j'avais su !

— Je suis déjà fière lorsqu'on est toutes les deux lavées et habillées avant midi, dis-je en m'esclaffant.

Alors que tout le monde y va de son aveu, Annie nous écoute en silence, la tête légèrement inclinée, donnant à son carré parfaitement lisse une apparence inégale. Nous sommes toutes vêtues d'un jean et d'un pull déformé par l'allaitement et le portage de nourrissons baveux, excepté Annie. Elle s'habille comme si notre rencontre avec Mozart était un cocktail mondain. Blouse en soie, perles aux oreilles, pantalon à pinces, elle est parfaite. Nous pourrions la détester si elle n'avait pas cette tendance à l'autodérision, transformant chacune de ses confidences en histoire rocambolesque. Annie est clairement l'épouse modèle qui, tel qu'elle le formule avec délicatesse, est enfin parvenue à respecter sa part du contrat après plusieurs essais infructueux. Son sourire ne s'est effacé qu'une seule fois, lorsque nous avons abordé nos vies professionnelles. Elle a répondu à la hâte n'être que femme au foyer, comme si elle avait endossé un rôle de moindre valeur.

— L'autre jour, j'étais tellement fatiguée que j'ai mis son lange à l'envers… sous les yeux ahuris de la pédiatre. Vous imaginez l'effet ? ajoute Charlotte. Dans ces conditions, je me demande quelle sera la qualité de mon travail. Rédiger des conclusions, respecter les délais, plaider face à des confrères qui, eux, dorment la nuit, tout cela me donne des crampes au ventre… Mais, étant indépendante, je n'ai pas le choix !

— Je te comprends tellement ! renchérit Gabrielle. La sage-femme qui m'a suivie m'a dit qu'il ne fallait pas trop attendre de soi l'année qui suit un accouchement.

Gabrielle, la plus âgée d'entre nous, est une architecte qui a rencontré l'amour tardivement, a-t-elle ajouté l'air de s'excuser pour notre écart d'âge.

— J'ai posé un congé supplémentaire. Je ne me sens pas capable de retourner tout de suite travailler, d'autant plus que ce travail ne me correspond absolument pas ! Vous n'imaginez pas combien je m'y ennuie ! Sans compter que j'ai la vive impression qu'il ne sert à rien ! Alors comment m'éloigner de cette adorable petite bouille pour aller accomplir une fonction dépourvue de sens ? demande Gabrielle comme si nous pouvions lui apporter une réponse.

Gabrielle la rêveuse, Gabrielle l'artiste. Gabrielle et son incroyable chevelure ondulée. C'est elle qui s'était confiée la première. Elle avait osé parler de cette réalité loin des images idylliques de la maternité, expliquant que l'amour pour son enfant n'avait pas été immédiat. Elle avait aussi abordé ses craintes et ses nuits à écouter le souffle paisible de son bébé. Elle s'était exprimée lentement, nous regardant tour à tour dans les yeux comme si ses confidences n'étaient pas destinées au groupe, mais à chacune d'entre nous. Je ne me rappelle pas ce qui les avait suscitées. Une question ? Les pleurs de son bébé ? Une fatigue trop pesante ? Peu importe, elle avait dit tout haut ce que nous pensions toutes tout bas et, en partageant ses doutes et ses difficultés, elle avait ouvert une porte, soudant définitivement notre petit groupe.

Pour notre cinquième session, l'animatrice choisit un morceau intitulé « *Vladimir's Blues* » et nous propose de l'écouter en imaginant un moment que nous aimerions vivre avec notre enfant.

Ella s'endort dans mes bras lorsque les premières notes de piano s'élèvent dans la petite salle.

Il est surprenant combien la musique peut nous métamorphoser. J'ai traîné les pieds jusqu'à notre session hebdomadaire et soudain, tout semble s'éclaircir. La musique m'accueille et me porte vers tous ces possibles.

Je vois Ella sourire, grandir, marcher et je réalise que nous ne serons pas toujours ce binôme solitaire aux prises avec nos défis quotidiens. Non, nous allons poursuivre notre chemin et laisser d'autres entrer dans notre vie. Je vois Ella courir sur l'herbe, portée par ses seules jambes et, en un souffle, le poids sur mes épaules s'allège. Je saisis maintenant que chacune de nos épreuves a un début, un milieu et une fin.

Et pour la première fois depuis sa naissance, une grande sérénité m'envahit.

33.

Notre maison, le 20 mars 1999

Chère Lucie,

C'est le premier printemps chez Mary qui m'a réconcilié avec la douceur.

Ma vie dans les bureaux m'avait rendu insensible. Bien entendu, au sortir des journées frénétiques, mon corps était encore en contact avec cet air chaud qui annonce l'été, mais il ne ressentait plus rien. Mon quotidien de robot l'avait réduit à une masse de chair et d'os dans laquelle plus aucune cellule ne vibrait.

Mary semble s'épanouir beaucoup dans son rôle de maman. Nous veillons sur elle, chacun à notre manière ! Tu me connais, je ne suis pas un grand bavard. Chaque jour, vers quinze heures, j'ai pris l'habitude de déposer une corbeille de fruits et légumes sur la table de la cuisine. Cette formule a le mérite de la faire participer aux progrès de mon travail puisque ma collecte maigre des débuts n'a cessé de croître en nombre et en diversité. La dizaine de baies sauvages s'est transformée en carottes, courgettes, brocolis et herbes aromatiques.

Si Mary est là, nous échangeons quelques mots, rien de profond en réalité. Je lui demande si elle préfère les tulipes rouges ou roses. Si elle a vu les papillons blancs ce matin. Quel est son légume préféré. Souvent, la vie se résume à ces questions-là, non ?

Nous parviendrons à réparer, ma Lucie. Tu me répondras que c'est impossible mais je ne suis pas d'accord. Oui, le mal est fait, mais nous pouvons atténuer la peine et c'est cet objectif que je poursuis. Avec toi et avec elle.

Atténuer la peine et apporter de la joie. Autant que je peux.

Ton Archibald

34.

Journal d'Adélaïde, le 25 mars 1999

L'autre jour, j'ai lu un article vantant les mérites d'une technique pour se préserver des collègues pénibles ! J'ai tout de suite sauté dessus. Je l'ai lu attentivement et j'ai pratiqué à la maison avant de l'appliquer sur le terrain : respirer profondément, m'imaginer sur la plage ou me remémorer un moment agréable, intensifier ce sentiment en augmentant les couleurs, tenter de percevoir le souffle de l'air sur ma peau et concevoir les parois de cette bulle tout autour de ce moment idyllique.

Depuis lors, je tente de perfectionner ma petite bulle censée me protéger des flèches de cette chère Martha, mais rien n'y fait ! Les mots traversent l'écran et, lorsqu'ils me parviennent, même brouillés, ils me heurtent. Pas tous bien sûr ! Et en me penchant sur la question, je réalise que ce ne sont peut-être même pas les mots mais le ton général de l'affaire qui me tend !

Cette après-midi, alors que je me concentre encore sur la création de ma bulle inefficace, Martha prononce cette phrase troublante. Elle me confie une énième querelle de voisinage lorsqu'elle ajoute d'un ton entendu : « Enfin, toi tu me connais, tu sais que je ne suis pas comme cela ! Depuis le temps que nous sommes amies ! »

Vous imaginez ma surprise en entendant ces mots, presque collés les uns aux autres « amies », « nous », « toi » !

Mon Dieu, suis-je donc cela pour Martha ? Une amie ?

Et c'est là que la vérité me frappe !

Si je ne change rien, il se pourrait que dans cette vie-ci, ma seule et unique amie soit cette pimbêche de Martha !

35.

Mary

Après s'être éloigné de cette face de la terre, le soleil nous revient chaud et puissant, émergeant en un éclair au-dessus de la croûte terrestre gelée par des dizaines de journées glaciales. Faisant valser les températures, il se déploie sur une nature encore endormie. Il n'a pas eu besoin d'être tiède, non, il a osé être immédiatement pleinement lui, brûlant, transformant notre plaine humide et assombrie en une réplique des lumineuses campagnes italiennes.

Allongée sur une couverture à l'ombre d'un noyer, je caresse le visage de ma fille endormie. Je le touche du bout des doigts et elle remue légèrement. Je m'étends sur le dos pour admirer les branches bourgeonnantes vibrer au vent et se mélanger dans un dessin chaque fois nouveau.

Malgré la disparition prématurée de mes parents dans cet accident de voiture, je me demande souvent ce qu'ils auraient fait dans telle ou telle situation. À force de lui donner la parole, ma mère a pris sa place à mes côtés, en une présence imaginée. Son regard bienveillant me porte et fait barrage contre la solitude.

Aujourd'hui, je me demande ce qu'elle penserait de la mère que je suis devenue. J'ai toujours été ce genre de personne dont une émotion chasse une autre avec une facilité déconcertante. Quelques semaines de calme et la confiance prend la place de la peur, j'oublie combien les nuits ont été dures, je m'ouvre, je vis et tourne enfin mon visage vers le soleil.

Et depuis quelques jours, cette question que je ne peux ignorer quand j'observe ma fille. Quels sont ses traits à lui ?

36.

Jack

Une seule touche. Il suffit d'appuyer sur la touche « envoi ».

Des jours que je relis ma candidature pour postuler à une bourse pour la réalisation d'un long métrage. Chaque virgule, chaque mot, tout a été analysé une dizaine de fois, mais je reste incapable de poser mon doigt sur cette touche, celle qui pourrait changer ma vie.

Depuis ma visite à la clinique, depuis que je suis devenu ce père potentiel en attente, mes rêves me poursuivent. Dans les bars, au supermarché, sur les plateaux de tournage, même dans mon lit. Ils ne me laissent aucun répit.

Le rêve de réaliser un film et puis tous les autres aussi, comme si le fait d'avoir coché cette case avait réveillé une partie de moi, longtemps endormie. Une partie inépuisable, têtue, brûlante, l'homme que j'étais il y a dix ans en entrant dans l'âge adulte, celui que j'avais perdu en chemin.

Ma main s'approche de la touche puis s'arrête. Une hésitation, une question laissée en suspens. J'ai l'air d'être ce robot victime d'un court-circuit au moment fatidique. J'avance puis je recule. J'étais pourtant celui qui n'avait peur de rien, Bon Dieu ! Celui qui avait la vie devant lui ! Et maintenant, je ressemble à ces vieux bourrés de doutes. Ce n'est qu'une bourse, enfin ! Si je ne l'ai pas, j'aurai toujours le loisir de postuler pour une autre.

Il faut juste appuyer sur cette touche.

Mais je reste immobile car cette touche signifie bien plus pour moi.

Appuyer sur cette touche, c'est accepter une autre vie, une vie où j'ose. Une vie où je peux tout rater. Une touche et je serai mis à nu, offert au jugement des autres sur ce qui m'est le plus précieux. Une touche et je ne pourrai plus jamais être ce type qui s'en fout.

Et au fond, je ne m'en fous pas.

Une touche et je pourrai retourner à ma vie. Aller à cette fête, par exemple.

37.

Mary

Ces huit premiers mois d'Ella ont été les plus intenses de ma vie. Je me retourne sur les semaines qui précèdent et je ne vois qu'apprentissage, dépassement de soi et amour. Beaucoup d'amour heureusement. Il en faut pour naître mère. Il faut son village africain.

Je suis à une fête. Une fête comme les dizaines que j'ai connues avant l'arrivée d'Ella et pourtant, tout semble différent.

Les guirlandes lumineuses accrochées aux arbres du grand verger sont le seul éclairage de ce début de soirée, ma première sans ma fille. En une fois, je récupère ma vie d'avant, ma vie de jeune. J'étais impatiente, mais maintenant qu'elle est mienne pendant une soirée, j'ignore que faire de toute cette liberté. À force de m'occuper d'un autre, j'ai oublié comment m'occuper de moi. Mes épaules sont tendues et je consulte constamment mon téléphone. Comment pourrais-je être insouciante, ne fût-ce qu'un instant ? Est-ce perdu à jamais ? Est-ce cela le sacrifice de la maternité ? Être pour toujours dans une conscience vigilante ?

Les autres bougent au rythme des guitares, la nuit leur appartient. Je me sens loin de tous ceux qui récemment étaient au centre de ma vie. Je n'ai pourtant pas l'air différente. Physiquement, je suis encore cette fille incapable de faire un brushing. Mais, en moi, tout a changé. Les certitudes qui jadis me tenaient chaud ont volé en éclats. Avant, tout était facile, évident. Aujourd'hui, j'apprends à apprécier chaque progrès, même infime. Je découvre la valeur d'un pas, je comprends ceux qui suggèrent de se concentrer seulement sur le jour qui vient ou, pour les journées les plus difficiles, sur l'heure en cours. Et parfois, je me force à me contenter d'une minute.

La maternité m'a lavée de l'intérieur tel un torrent qui balaie tous les acquis pour ne laisser que le présent, dans ses yeux à elle. Son visage, ses besoins, sa petite bouche qui s'anime pour demander sans mots. Jour après jour, j'ai fait le silence en moi pour l'écouter. Lentement, la voix de mon enfant s'élève, plus claire. Et plus je la comprends, plus mon amour pour elle grandit, comme si pour aimer, il fallait me sentir qualifiée.

Je suis absorbée par ces pensées lorsqu'il s'approche et se place près de moi, face au spectacle de ces autres qui dansent. Soudain, je réalise que, pendant que mon univers s'était réduit à Ella et moi, les hommes ont continué d'exister. J'avais tout oublié d'eux, sans doute pour ne pas pâtir de leur absence. J'avais oublié combien cette présence proche, cet inconnu que je pourrais toucher du bout des doigts, est agréable.

S'est-il appuyé sur ce mur par hasard ? Ou est-il là pour moi ? Pour cette fille muette, témoin immobile de la joie des autres. Je regarde droit devant moi, intimidée.

Je sais qui est l'autre à quelques centimètres, un mètre tout au plus. Je ne connais pas son nom mais son visage est familier. Je l'ai observé plus tôt dans la soirée quand il parlait avec ses amis. Il racontait à force de grands gestes une histoire apparemment hilarante.

Maintenant, il est suffisamment proche pour que je perçoive son odeur, même son souffle. Il est là et ce simple fait me rend heureuse.

Je m'imagine me tourner vers lui, lui sourire, lui dire merci, accomplir toutes ces choses folles qu'une autre fille oserait peut-être. Secrètement, je rêve qu'il m'adresse la parole et en même temps, après tous ces mois loin des hommes, j'aurais peur de ne pas savoir comment réagir. Mais dans mon film, je ne laisse pas la place aux hésitations, je suis sûre de moi, drôle, décidée et cette fille-là me fait sourire. Le guitariste joue *Time after time.* Une version lente, langoureuse.

Je ferme les yeux un instant pour me sentir proche de lui. Son visage dont j'ai mémorisé les traits, ses cheveux ondulés, son buste solide, son sourire franc, tout m'apparaît maintenant avec plus d'intensité.

Et au son des cordes, une main effleure la mienne, telle une proposition. Légèrement, comme si rien n'était sûr dans ce monde. Puis, le vide à nouveau. Je garde les yeux fermés en espérant qu'elle revienne. Tel un souffle, ses doigts glissent le long des miens et en un instant, mon univers n'est plus que ce contact de nos peaux. Une caresse divine après des mois de solitude. Sa main reste un moment contre la mienne et la frôle délicatement.

J'ouvre les yeux sur les arbres illuminés, sur ceux qui fêtent le printemps et surtout, sur lui. L'homme qui manque à mon existence. Celui qui m'entraîne sur la piste de danse, me ramenant à la vie, dans ce monde. Ici.

PARTIE III

Et finalement, combien de nuits dans une vie ?

Neuf ans plus tard
Septembre 2008 – Août 2009

38.

Ella

Je suis certaine que c'est lui. Mon père. Je sais que maman répète que je n'en ai pas, que celui qui a offert sa petite graine est un donneur. Pas un père. Elle et la psychologue ont beaucoup insisté sur ces mots, comme si cela avait une grande importance. Comme si cela devait tout changer pour moi.

Mais depuis peu, j'ai un doute.

Bien sûr, je n'ai rien dit ! Si j'en parle, elle en fera tout un plat. Pourtant, ce sont juste des mots. Donneur, père. Des mots qui ne veulent pas dire grand-chose pour moi qui ne connais ni l'un ni l'autre. Alors devant elle, je dis *donneur,* mais tout bas, dans mon cœur, j'ai commencé à dire *papa.* Depuis ce fameux jour de ma fête d'anniversaire à l'école. Les enfants nés pendant les vacances d'été peuvent choisir un jour d'anniversaire au cours de l'année pour le fêter avec les copains. Impatiente, j'ai pris le 2 septembre car la maîtresse a demandé de ne pas alourdir le 1er septembre, *journée internationale du stress et de l'agitation* !

Comme à chacun de mes pseudo-anniversaires, on a préparé un gâteau pour l'école. Ma recette préférée : un cake au chocolat avec de la crème au chocolat et mon nom en pâte à sucre. *Écœurant*, a dit maman. *Miam*, j'ai répondu.

À l'école, on a chanté et soufflé les bougies. Tout se passe bien jusqu'au moment où Mélanie-la-peste s'approche de moi. Franchement, cette fille-là me fait mal au ventre alors d'habitude, je l'évite. Mais, là, je suis assise sur la chaise d'honneur… et ça, ce n'est pas tous les jours ! Je me dis aussi que le jour de mon anniversaire, elle va certainement être sympa, qu'il n'est pas nécessaire de m'enfuir. Grosse erreur !

— Tu ne manges pas tout ton gâteau ?

Mélanie pointe mon assiette du doigt. Elle fait souvent cela, regarder ce qui se passe dans l'assiette des autres.

Mélanie est la première de classe. Elle est toujours à l'heure de la cloche, bien habillée, bien coiffée. On admire tous ses jolis rubans bleus ou roses qui nouent ses tresses parfaites. C'est sa maman qui l'amène jusque dans la classe pour être certaine que rien ne lui arrive, comme si un ours pouvait se cacher dans la cour de récréation, prêt à la dévorer !

Chez nous, l'ambiance est différente. On n'arrête pas de courir pour arriver à l'heure ! On attrape ce qu'on peut de vêtements, un coup de brosse, si possible on se lave les dents, un pain au chocolat dans la voiture et, malgré tout, on est en retard. C'est la faute de maman, elle est incapable de se lever le matin !

— Si, si, je prends mon temps pour le manger, c'est tout…

Je tente de répondre calmement. Il ne faut pas que Mélanie comprenne combien j'ai peur d'elle et de sa méchanceté.

— Bon, maintenant on va savoir ! elle me dit avec son ton des mauvais jours.

— On va savoir quoi ? je lui demande une crampe au ventre.

— Ben qui est ton père ?

J'avale de travers et cela me fait tousser. Je crois que je deviens toute rouge. En tout cas, j'ai très chaud. D'un seul coup, les copains s'arrêtent de parler et j'ai l'impression qu'on ne voit plus que moi.

J'ai envie de pleurer mais ce serait pire que tout. Alors je cligne des yeux pour tenter de ravaler les larmes et, pour gagner un peu de temps, je m'essuie la bouche avec ma serviette.

— Alors, c'est qui ton père ?

Elle profite de l'absence de la maîtresse, occupée à nettoyer Noé qui a eu la bonne idée de se tartiner les cheveux avec mon gâteau. Franchement, il a deux ans ?

Quelle peste, cette Mélanie ! J'essaie de réfléchir à grande vitesse comme le train, comme dit souvent maman. À grande vitesse pour trouver la bonne réponse.

Les autres se taisent autour de moi. Il faut que je dise un truc bien. Un truc vachement bien. Je ne peux pas répondre un truc aussi nul que : « *ben c'est pas un père, c'est un donneur* ». Et c'est là que l'idée me vient ! Je me rappelle du monsieur à la radio et tout devient clair. Maman passe des heures à l'écouter parce qu'il est *ca-pti-vant* ! Oui c'est cela, elle me répète, toujours un sourire aux lèvres : « *Ma chérie, cet animateur est ca-pti-vant !* »

— Bien sûr que j'ai un père ! C'est juste qu'il travaille beaucoup.

— Ah oui ? Et c'est quiiiiiiiiiii ?

Cette peste qui ne veut pas me laisser tranquille, quelle plaie !

— C'est le monsieur à la radio. Jérôme Colin !

Oui, c'est le type de la radio mon père. C'est évident. Pour être honnête, j'ai un peu hésité entre lui et l'autre qui parle tout le temps des films que maman ne va finalement jamais voir, Hugues je sais pas quoi. Mais les copains se seraient moqués si je ne connaissais pas le nom de mon père. C'est vrai que ce serait suspect… Il y a aussi le rigolo qui fait pleurer de rire ma maman, je l'aime bien, mais il est clairement trop jeune, le Guillermo. Faut rester crédible ! Donc j'ai choisi Jérôme. « *Colin comme le poisson que tu ne veux pas manger* », m'a dit maman en rigolant. Facile à retenir ! J'ai toujours trouvé cela étrange qu'elle les écoute pendant des heures. Maintenant, je comprends. C'est parce que c'est mon père ! L'un ou l'autre en fait.

— C'est mon père ! Il ne peut pas être à l'école et à la radio en même temps donc voilà ! C'est pour ça qu'on ne le voit pas.

Les copains ont l'air surpris. Je n'ai pas l'impression qu'ils connaissent le Jérôme Colin, mais un papa qui parle à la radio, ça claque quand même ! Pas sûre qu'on m'ennuie encore avec cette question !

— Ton père travaille à la radio ? dit la peste.

— Donc c'est une star ? dit un autre copain que j'aime beaucoup depuis ce jour-là.

— Oui, si on veut.

Tout le monde se tait et me regarde maintenant comme si j'étais quelqu'un de super important.

La maîtresse nous rejoint avec Noé.

— Les enfants, de quoi parlez-vous ?

On sait tous qu'il y a certaines choses à ne pas dire aux adultes, enfin, si on veut être sûrs de profiter de la récréation. On a une sorte de radar pour cela : on connaît les sujets à éviter. Avec les copains, on se regarde et Jules se lance :

— On disait que c'est vraiment bête de mettre du chocolat dans ses cheveux, surtout quand on a neuf ans ! annonce-t-il en riant.

Toute la classe rigole. La maîtresse est rassurée et nous demande de laver nos assiettes avant la récréation.

Voilà, depuis ce matin-là, j'ai commencé à dire *papa* plutôt que *donneur*. Je me dis qu'il y a un espoir que mon père soit le monsieur de la radio ou quelqu'un comme lui, sympa avec un rire qui fait du bien, une voix toute douce et des mots sérieux.

Bien sûr, j'ai une petite idée de ce que c'est d'avoir un papa. Il y a Adam, le mari de maman. Il s'occupe de moi, il me borde le soir et m'emmène au cinéma. Il a toujours été là et je l'aime beaucoup mais ce n'est pas mon papa. Maman me l'a répété au moins cent fois. C'est sûr, la graine ne vient pas de lui. D'où vient donc cette graine ?

Quand je pose la question, maman semble ennuyée. Elle commence à chipoter une mèche de cheveux. Alors moi, j'insiste évidemment ! Parce que c'est rigolo un adulte qui ne sait pas quoi dire. Aussi parce que ça sent le secret, et les secrets, moi j'adore ça !

La première fois que j'ai posé la question, j'ai trouvé cela vraiment bizarre cette histoire de banque. Maman m'a promis qu'elle me dirait la vérité mais que certaines choses étaient difficiles à raconter. Elle m'a juré-craché qu'en grandissant, elle m'expliquerait mieux.

39.

Mary

— Nous n'avons que quelques minutes, me glisse-t-il à l'oreille.

Délicatement, Adam pose sa main sur ma joue et attire mon visage à lui pour l'embrasser. Je ferme les yeux et je suis à nouveau à cette soirée, celle de notre rencontre, les dizaines de mains levées vers le ciel, la douceur de l'air, le son des cordes et le regard de celui qui deviendra mon mari. C'est sa bonté qui m'a conquise. J'aspirais au calme, à la joie, j'avais besoin d'être enlacée tendrement et il s'est présenté sur mon chemin avec tout cela à offrir. Il me presse contre le mur comme si nous allions faire l'amour pour la première fois, avec fougue et conviction.

Comme lors de nos premiers ébats, ses gestes habiles et rapides me donnent le sentiment qu'il est partout à la fois, sur mon visage, sur mes seins, mon ventre, mes cuisses, me montrant que, malgré les années qui s'écoulent, tout est resté précieux pour lui. Il remonte sa paume le long de ma cuisse et le contact de nos peaux me fait frémir. Déjà ses mains se frayent un chemin sous ma robe, il effleure, étreint, alterne les rythmes et les pressions, éveillant lentement mon corps au plaisir. Tout en m'embrassant dans le cou, il murmure quelques mots dont je peine à saisir le sens.

La fenêtre entrouverte nous offre le pépiement des oiseaux, le vent dans les arbres et le silence de la campagne. À nouveau, Adam caresse mes lèvres avec les siennes et je devine son sourire. Il me répète qu'il est heureux, là, maintenant.

D'un geste, il replace une mèche échappée de mon chignon. Il la cale derrière mon oreille et ses doigts caressant ma nuque au passage gratifient ma peau d'une brise légère. Mon corps devient cette intrigue dont l'autre semble connaître tous les ressorts. De caresse en caresse, il émerge d'un profond sommeil et s'anime doucement. Je me coule contre lui et son souffle se fait plus rapide. Il glisse sa main sous la dentelle, mêlant chatouillement et délice.

Je réprime un rire pour ne pas le distraire de sa tâche et me concentre sur ses bras qui m'entourent, désormais prêts à me porter.

40.

Journal d'Adélaïde, 14 septembre 2008

Teint gris et crâne rasé, un homme lève péniblement la main pour me saluer. Heureusement que quelque chose dans son regard me rappelle vaguement quelqu'un, sinon j'aurais passé mon chemin. Je me rapproche pour voir ce que ce pauvre garçon me veut. Finalement, quand on se promène au parc, on a toujours cinq minutes à donner à un autre être humain, non ? Ce n'est pas comme si quelqu'un m'attendait quelque part.

Je fais cinq pas dans sa direction, méfiante quand même. Je ne suis pas paranoïaque, mais ce jeune homme a clairement plus l'apparence d'un drogué en manque que celle d'un lointain cousin. Et là, il me sourit, content de me voir ! Moi, je n'ose pas trop lui avouer mon trouble donc je me contente de sourire aussi et nous nous retrouvons, un peu ridicules, toutes dents visibles dans ce face-à-face silencieux.

J'attends qu'il me sauve, qu'il nous délivre de cet instant en révélant une partie de son identité, un indice au moins. Et là, il me sort le moins facile de tous. Le fameux « cela fait longtemps, n'est-ce pas ? »

J'oscille désormais entre la politesse et l'honnêteté puisque, avec sa question, il m'oblige maintenant à parler. Après quelques hésitations, je choisis de me rabattre sur une réponse convenue, lâche que je suis : « Oui, cela fait longtemps, très longtemps. »

Je veux savoir qui est cet inconnu lorsqu'une idée me vient. Me confondrait-il avec une autre ?

Il a ce petit rire qui me paraît familier puis me lance avec aisance : « Vous ne voyez absolument pas qui je suis, n'est-ce pas ? »

Cela doit être un tel gain d'énergie que de pouvoir fonctionner sans filtre ! Dire ce qui vient, sans se poser plus de questions. Ce vent de liberté m'inspire et, dans le même souffle, je me surprends à lui répondre avec autant de sincérité : « Vous savez, je ne suis pas le genre de personne qu'on reconnaît dans la rue. C'est d'ailleurs sans doute la première fois. J'ai peu d'amis (aurais-je dû dire que je n'en ai aucun ?) et on m'oublie vite. Enfin, je crois. »

Je réalise soudain combien mon discours est triste. Pourtant, ce n'est pas l'effet recherché, je n'ai aucune envie que l'on s'apitoie sur mon sort ! Non, je souhaite seulement être aussi vraie que lui.

Alors je souris bêtement pour altérer la tonalité maussade de mes dernières phrases. Il ne semble pas affligé, la tête penchée sur le côté, il réfléchit tout en m'observant avec attention.

« Mais moi, je ne vous ai pas oubliée. Jamais je ne pourrai vous oublier ! »

Le mystère s'épaissit. Mon esprit s'agite dans tous les sens pour l'élucider. Je scrute son visage et tente de l'imaginer avec un teint plus enviable et les quelques kilos qui lui manquent. La trentaine, il arbore le charme qui appartient à ceux qui ont plu. Chacun de ses gestes et de ses mots glissent car pour ces gens-là, tout est évidence.

Mais sa prestance entamée, il offre un mélange particulier.

Qui est donc cet homme superbe mais délustré ? J'hésite encore un instant alors que tout est clair. C'est un homme malade qui me regarde. Mon amusement fait soudain place à la stupeur en découvrant combien la vie peut user lorsqu'elle prend des détours moins heureux. On pressent le séducteur, mais le corps ne suit plus. Les cernes, les mains prises d'un léger tremblement, le ventre creux et les épaules voûtées sous le poids de la fatigue sont autant de signes de la maladie qui s'installe. Parce que j'ignore comment m'y prendre dans pareille situation, je réponds stupidement.

« Je ne suis qu'Adélaïde. Vous devez vous tromper de personne… »

Il me tend la main pour se présenter.

« Bonjour, je suis Jack. Oui, vous êtes Adélaïde et votre rencontre a changé ma vie. »

41.

Notre maison, le 15 septembre 2008

Chère Lucie,

Il est désormais certain que tu ne liras pas mes lettres. Pourtant, pour une raison que j'ignore, j'éprouve le besoin de t'écrire. Est-ce l'habitude, une loyauté inconsciente ou le besoin impérieux de retrouver notre univers, ton écoute, tes bras ouverts pour accueillir mes maux ?

Il est vrai que ta présence imaginée commande chacune de mes phrases, elles glissent sur la page comme l'eau se fraye un chemin entre les pierres, facilement, irrémédiablement. Elles sortent vraies car, face à toi, j'ose exister. Notre relation s'est muée en ces petits moments de confidence et, avec le temps, j'ai accepté que ta main ne se pose plus sur la mienne. J'ai compris que je ne serais pas le témoin des rides qui s'accumulent joyeusement sur ton visage, ni de tes soupirs la nuit.

Ne t'inquiète pas, les années ont eu l'effet d'un baume, allégeant ma peine et laissant seules dans son sillon mes innombrables questions. Tu ne me liras pas, mais je veux continuer à t'écrire, car ta seule lettre, abandonnée sur la table de l'entrée, vaut toutes les réponses. En partant, tu as lâché le fil ténu qui nous unissait encore et je dois être bien ridicule, accroché comme un naufragé à mon extrémité.

Mais seul avec mon lien échoué au sol, je persévère.

Plus pour moi que pour nous.

Ton Archibald

42.

Mary

Je me souviens de la première fois où j'ai ce sentiment extraordinaire. Je bataille pour asseoir ma réputation dans le monde de l'édition, mes parents me manquent et dans notre jeune couple, nous cherchons encore nos codes pour nous comprendre. Malgré tout cela, à ce moment précis, tout est parfait.

Il y a d'abord cette intensité, cette sensation d'exister pleinement puis cette impression que tout ce qui s'anime sous mes yeux me ravit. Ella a alors trois ans. Nous avons toutes les deux grandi, intégrant chacune notre part de savoir, traversant parfois douloureusement certaines phases, celle des courtes nuits, celle des premières panades ou celle de la propreté. Ces étapes sont des séismes dans cette relation que nous peinons à construire. Nous avons besoin de calme, nous aspirons à une petite pause, perdues au milieu de tous ces apprentissages essentiels. Et cette première trêve est aussitôt réussie, comme si la vie nous avait en une fois accouchées de nous-mêmes, apaisées et joyeuses.

Je me rappelle de cet instant touché par la grâce, cette musique douce et Ella qui s'élance devant moi, ses bras se lèvent, ses jambes se croisent, son corps se meut avec l'insouciance de son jeune âge. Elle tente de suivre une parole, elle accélère pour coller au rythme, elle oublie son public, moi, il n'y a plus qu'elle et sa musique, elle et son plaisir de découvrir la liberté.

Je la regarde et l'émotion croît. Il n'y a soudain plus rien d'autre que ce bonheur.

La joie d'avoir Ella balaie tout sur son chemin, le moche, le dur et même l'absent. Unique, fragile et puissante, elle se suffit à elle-même.

La vie prend tout son sens et, avec elle, tous les combats passés. Dans sa danse, Ella illumine le monde et chacun de ses mouvements conforte mes choix d'alors.

Puis vient l'angoisse, celle d'une mère qui sait que tout est éphémère ici, que cette danseuse légère n'existe que dans l'instant. Perdre mes parents m'a enseigné cela. Rien n'est dû et chaque jour qui contient ceux que j'aime est un miracle. C'est à la fois terrifiant et le plus beau cadeau qui soit.

43.

Jack

Recroquevillé sur la cuvette des toilettes, je vomis mes tripes. On m'a prévenu et pourtant, je suis surpris d'être si malmené.

— Tout va bien, monsieur ? me demande une infirmière.

Je bredouille un oui, ma prononciation altérée par la matière et l'effort. Elle se penche vers moi avec un essuie humide. D'un geste, elle me propose d'éponger mon visage. Ce n'est pas n'importe quelle infirmière. C'est Dina. Elle se charge des nuits depuis quelque temps. Quelle heure est-il d'ailleurs ? Difficile de se situer dans cette salle de bains dépourvue de fenêtre. Cela doit faire une heure que je me vide. La fraîcheur du carrelage m'empêche de m'assoupir entre deux crises, mais déjà les crampes reviennent. Il doit être vingt-deux heures.

La nuit commence et je vomis.

— Vous seriez peut-être mieux dans votre lit, monsieur ? Je peux vous aider. Avec une bassine, on devrait y arriver.

Je réponds que je suis prêt pour l'aventure, mon humour étant tout ce qu'il me reste du Jack Belloy que j'étais encore récemment. Je me hisse à l'aide du bras solide de ma bonne Dina et, une fois debout, vacille en quête d'équilibre. Cramponné à mon alliée, j'avance péniblement avec ce sentiment troublant que je ne commande plus mon corps. Il faut me concentrer pour mettre un pied devant l'autre.

Comment puis-je être réduit à cela ? *La fatigue et la maladie*, me répondent les médecins. *Le traitement aussi. C'est une mauvaise passe.* Naïvement, je croyais que les vomissements ne dureraient que quelques jours. Le jeune Jack Belloy, primé dans les plus grands festivals, est désormais au tapis.

Refusant d'informer les miens, je me cache dans cet hôpital, dans l'attente que la maladie s'en aille. *Seulement quelques semaines*, avaient annoncé les médecins, alors j'ai prétexté un repérage à l'étranger pour un prochain film et, en fait, je ne repère rien du tout. Je traîne les pieds de la toilette au lit, du lit à la douche, mon univers restreint à quelques mètres carrés d'un balatum moucheté qui colle par endroits. Sans doute n'ai-je pas atteint les toilettes assez vite ? Peu importe, la chambre est lavée tous les jours. Vers huit heures, je crois. Juste avant le petit déjeuner. Ces journées jumelles à l'infini me donnent le sentiment que mon existence s'est arrêtée, bloquée sur un cycle qui se répète. Voilà où la vie m'a conduit. Le grand Jack Belloy couvert de vomi, incapable de marcher seul jusqu'à son lit.

— Asseyez-vous doucement sur le lit. Voilà. Vous voyez, tout va bien se passer. Il faut juste prendre son temps, me dit gentiment celle qui ne dort pas la nuit.

Dina me couche avec une douceur maternelle et prend un gant de toilette pour me rafraîchir.

— On va faire disparaître les odeurs moins plaisantes. Dans quelques minutes, vous vous sentirez mieux.

Elle passe patiemment le gant sur ma peau triste et un parfum de lavande se dégage de ses gestes. Je ferme les yeux un instant. J'essaie de me détendre, de me rappeler cet été-là en Provence, quand tout était encore possible. On se projetait plus vieux, on s'imaginait avec une femme, des gosses, de beaux gosses même. Aujourd'hui, je me retrouve dans cette chambre avec des mains étrangères pour prendre soin de moi. Une boule monte dans ma gorge et je me cramponne comme je peux à la bonté de cette infirmière. Le contact de ses mains m'émeut car Bon Dieu qu'est-ce que je me sens seul ici !

Que va-t-il m'arriver ? Je n'ose pas poser la question. Ni à elle, ni aux médecins. Je ne veux pas connaître les pronostics, craignant que ceux-ci m'affaiblissent dans mon combat. J'imagine que j'ai mes chances, sinon pour quelles raisons m'infligerait-on un tel traitement ?

— Vous avez déjà contemplé le ciel pendant la nuit des étoiles filantes ? me demande Dina.

Non, jamais. À force de rester ici, j'oublie que le monde continue de tourner. D'autres naissent et meurent, partent en vacances, vont au théâtre, réservent un restaurant et même regardent les étoiles filantes.

Dans cette chambre d'hôpital, concentré sur ma maladie, j'avoue avoir oublié. Les étoiles et tout le reste.

Il n'y a plus que moi, mon ventre qui crache, mes yeux qui pleurent et mon être qui craint.

Et une question qui se faufile désormais dans la nuit.

Vais-je bientôt mourir ?

44.

Journal d'Adélaïde, le 23 septembre 2008

J'ai changé la vie d'un homme, moi, Adélaïde. Les jours passent et je ne me lasse pas d'y penser. J'ai changé la vie d'un homme. Je le répète tout bas en me réveillant le matin, en marchant vers l'arrêt de bus, en écoutant les patients, les médecins, la Martha, en faisant mes courses au supermarché, en regardant par la fenêtre allongée sur ma méridienne.

J'ai changé la vie d'un homme. Une petite phrase devenue mantra. Une petite phrase qui bouleverse ma vie et le sens que je lui avais donné. Si j'ai changé la vie d'un homme, alors cela signifie peut-être que j'ai ma place sur terre ? Que cela valait la peine de rester ?

Depuis quelques jours, l'air semble plus doux et je me surprends à avoir envie de dire bonjour, même aux gens que je ne connais pas.

J'ai changé la vie d'un homme.

45.

Mary

— Tu prépares la première boum d'Ella ?

Nous sommes nonchalamment allongées sur l'herbe, profitant de la chaleur de l'été tout en admirant notre progéniture s'égayer. Notre petit groupe, formé par la naissance le même été de nos aînés, a évolué avec le temps et Charlotte, Gabrielle et Annie sont devenues des amies.

— Oui, activement ! Nous avons prévu activité maquillage, cours de rap, un énorme gâteau au chocolat et, pour couronner le tout, une super *pyjama party* !

Je scrute leurs visages pour saisir leur réaction. Il m'a fallu du temps pour apprendre à me détendre en leur présence. Au départ, je croyais que ma situation de mère éternellement célibataire constituerait un obstacle insurmontable. J'avais beau avoir épousé un homme cordial, Ella restait le produit d'une conception peu commune pour nos campagnes. Qui donc irait faire un enfant avec le sperme d'un inconnu ? Un « *projet de parentalité atypique* » comme le formulait du bout des lèvres le corps professoral de l'école d'Ella. On sentait bien que la chose étonnait et que les gens devaient fournir un effort pour paraître ouverts et compréhensifs, sans l'être naturellement. Si j'avais vécu dans une grande ville, la seule densité de la population aurait accru la probabilité de rencontrer d'autres mamans comme moi. Mais, c'était peine perdue dans mon petit village !

Finalement, j'ai accepté un premier goûter avec elles, un autre a suivi, puis quelques anniversaires et, au rythme des saisons, mes appréhensions ont faibli. Je garde cependant cette réserve propre à ceux qui se sentent différents. Sans le vouloir, je me surprends encore parfois à soigner mes phrases pour qu'elles répondent à leurs attentes, imaginées ou réelles. C'est plus fort que moi, en présence de ces mamans normales, j'aspire à l'être aussi.

— Vous avez déjà réservé vos vacances d'hiver ?

Mes amies paraissent étrangement ennuyées. Intriguée, je m'assieds en tailleur.

— J'ai manqué un chapitre ?

— Tu ne sais pas ? me demande Charlotte en relevant en chignon sa longue chevelure rousse.

— Apparemment non, dis-je avec humour.

Annie tend le bras vers la bouteille de cidre et s'en sert un grand verre. Les enfants jouent plus loin et leurs corps sveltes au milieu des arbres offrent la vision idyllique de ces enfances dorées.

— Je crains que cela ne soit pas assez fort, soupire Annie. Je suis en instance de divorce !

— Tu divorces ?

Elles acquiescent tristement. Gabrielle essuie même une larme. Annie lisse sa chevelure impeccable tout en inclinant la tête positivement. Elle est vêtue d'une robe bleu Klein dont la coupe rappelle celles portées par Grace Kelly. Son apparence paisible et sa mine souriante ne laissent rien transparaître de son épreuve. Les personnes qui parviennent à dissimuler leur contrariété ou pire, leur souffrance, m'ont toujours subjuguée. Comment font-elles ?

Et surtout, comment a-t-il pu ? Annie est assurément l'épouse modèle dans notre petit groupe. Nous la taquinons d'ailleurs souvent : tirée à quatre épingles, douce, patiente, excellente cuisinière, elle semble tout droit sortie d'un manuel de savoir-vivre. L'incarnation parfaite de l'épouse d'un autre temps !

— Comment est-ce possible ? Je veux dire comment Grégoire a-t-il pu partir ? Tu es si… Enfin, comment a-t-il pu ?

À nouveau, elles se murent dans le silence et Charlotte s'empare de la bouteille de cidre pour la boire à même le goulot.

Bien sûr, Grégoire est le genre de mari négligent qui oublie les anniversaires et n'invite pas Annie au restaurant, mais de là à la quitter, il y a une étape que je ne le croyais pas près de franchir ! Malgré mes efforts, je ne parviens pas à apprécier le mari de mon amie. Lors de nos dîners, il ne s'installe jamais aux côtés d'Annie, mais a pris l'habitude de lui faire face et, depuis son siège, il lui lance des piques dont nous souhaiterions toutes ne pas être témoins.

Je déteste cette pratique selon laquelle un homme profite d'une audience pour déprécier son épouse. Les méchancetés sont dites, elles heurtent de plein fouet le destinataire et indisposent les autres convives. Grégoire semble attaquer en vain car Annie demeure inatteignable. Comme si elle ne s'était pas attendue à autre chose, elle sourit poliment, ne cillant même pas, et nous engage avec grâce sur un autre sujet. Devant ces échanges déroutants, nous avons appris à nous taire puis, nous liguant à la cause d'Annie, à la rejoindre dans sa tentative de diversion en parlant toutes en même temps.

— C'est si grave que cela ?

— Tu n'imagines pas, dit Charlotte. On est toutes sous le choc ! Annie a accepté que je sois son avocate et après avoir dû le supporter pendant des années, je serai ravie de me battre pour qu'elle obtienne ce à quoi elle a droit… !

Annie ne commente pas, elle pose juste sa main sur celle de Charlotte, en signe de reconnaissance.

— Entre nous, je ne suis pas mécontente de ne plus devoir assister à ces attaques ouvertes à chaque dîner ! ajoute Gabrielle.

— Comment vas-tu faire, Annie ?

— Ma chère Mary, il ne faut pas exagérer ! rétorque Annie sur un ton que je ne lui connais pas. Dis, tu n'as pas quelque chose de plus fort dans tes armoires ?

— Si, mais, devant les enfants, ce n'est… peut-être pas la meilleure idée ? dis-je, navigant désormais en eaux troubles.

— On boira raisonnablement, assure Gabrielle en me gratifiant d'une main sur l'épaule pour que j'obtempère.

Je me lève pour aller chercher une bouteille de vin, priant secrètement pour que cela suffise à mes copines nouvellement dévergondées. Que se passe-t-il donc ? Je tente de me remémorer nos dernières conversations, mais rien ne semblait prédire une rupture. À l'école, Annie m'abordait toujours joyeusement, me confiant sa dernière recette, les folies de sa belle-mère, les prouesses de ses enfants ou encore les détails de son livre de chevet.

Il est vrai que son comportement était différent depuis quelques semaines. Elle ne paraissait pas attristée ou même fatiguée, non, en y songeant, le changement résidait plutôt dans son attitude légèrement plus libre. Je fouille dans mes armoires et embarque à la hâte quelques verres à vin et une bouteille de syrah, curieuse d'en savoir plus.

— Ella, ne grimpe pas trop haut dans les arbres, ma chérie ! Ce soir, nous avons d'autres projets que de nous rendre à l'hôpital. Voici une petite bouteille qui j'espère vous plaira, mesdames, dis-je sur un ton enjoué.

À genoux sur l'herbe, je place la bouteille entre mes cuisses et me concentre pour l'ouvrir. Aucune d'entre nous n'est douée pour une tâche que nous laissons trop facilement aux hommes. Je parviens à extraire le bouchon et déjà, les bras se tendent nerveusement vers moi.

— Vous allez me raconter ce qui se trame ici ?

Toutes regardent Annie qui se redresse et enlève son serre-tête pour libérer sa chevelure. Quelque chose de nouveau se dégage d'elle et je me surprends à la trouver embellie. Elle ôte ses lunettes de soleil, comme nous le faisons quand l'heure est à la confidence et me regarde droit dans les yeux.

— J'ai un amant !

Je les dévisage une à une. Gabrielle et Charlotte avalent d'un coup leur verre de vin sans prendre le temps de l'apprécier.

— Un amant ?

Difficile de réprimer un sourire en imaginant la docile Annie se rendre à des rendez-vous secrets ! Je tente de rester sérieuse mais c'est sans compter sur l'image de Grégoire qui m'apparaît soudain. Grégoire est cocu ! Cocu ! C'est tellement cocasse, lui qui a passé des années à la rabaisser, voilà qu'il est mis au tapis en un simple *round* ! Je n'y tiens plus et pars dans un fou rire en imaginant la surprise de ce mari méprisant. Irrespectueux avec son épouse, condescendant avec nous toutes et particulièrement avec moi, j'ai toujours détesté ses questions inappropriées sur Ella et sa façon de réagir à mes réponses, en émettant de petits sons désapprobateurs.

Aujourd'hui, Annie semble heureuse alors, exaltée, je lève mon verre :

— Au divorce d'Annie !

— Au divorce d'Annie, répondent-elles en chœur.

Annie m'apparaît sous un jour nouveau. Je n'avais pas mesuré combien elle était jolie, trop apprêtée pour laisser s'exprimer sa vraie beauté. Je l'observe, occupée à vider un de mes meilleurs vins comme s'il s'agissait de jus de pomme et je découvre que je l'avais enfermée dans une caricature d'elle-même. Annie est amoureuse, affranchie, légère et ce tableau joyeux m'incite à m'interroger sur mon propre sort.

Au fond, ai-je déjà ressenti cela ?

46.

Notre maison, le 28 septembre 2008

Ma chère Lucie,

Depuis longtemps, je retarde ce moment. Aujourd'hui, il ne m'effraie plus. Il m'aura fallu plus de dix ans pour parvenir à cette conclusion et oser la coucher sur le papier mais maintenant, j'en suis convaincu : l'accident terrible dont tu te crois responsable est en réalité ma faute. J'y ai beaucoup réfléchi et je situe son origine un jour de mai, celui où, pour la première fois, je t'ai laissée monter nos provisions sans t'aider.

Tout jeune marié, j'avais pris l'habitude de porter avec toi nos achats du rez-de-chaussée à la cuisine au premier. Chaque semaine, durant des mois et des années.

Puis il y a eu ce jour de mai.

J'ignore ce qui a changé. Un infime détail suffit parfois. J'ai peut-être considéré être trop bien pour cela, avoir mieux à faire que de ranger des vivres, moi, l'homme fraîchement promu à ce poste important.

Alors je suis resté assis à t'écouter gravir les deux volées d'escalier les bras chargés. Certains pas plus lourds, d'autres glissant légèrement, comme si déjà ton équilibre commençait à faillir.

C'est vrai que tu t'étais plainte quelques fois de cette cheville douloureuse en fin de journée. Du bout des lèvres, discrètement, tout en massant ton pied. Et moi, comme un con, j'avais prié tout bas pour que tu ne vieillisses pas trop vite !

Oui, c'est moche.

Et notre mal et le sien ont pris leur source dans ce fait presque anodin, celui d'un homme qui a cessé de se lever pour son épouse.

Ton Archibald

47.

Jack

— Faire le fort à tout prix, c'est vraiment dépassé mon vieux ! Pour quelqu'un qui a toujours été dans le coup, je suis déçu !

Harry tente l'humour, sa seule ressource lorsqu'il ignore comment réagir. Je reste silencieux, allongé sur mon lit d'hôpital, relié au baxter comme à la vie. À voir le regard de mon ami, je dois faire pitié, mon corps aminci mis en valeur par les draps blancs. Pourtant, je ne parviens pas à saisir ces changements flagrants pour les autres. À force de me regarder chaque jour dans le miroir pour évaluer l'influence des médicaments sur mon visage, j'ai effacé toute chance de les repérer.

— Jack, tu es certain de ne pas vouloir en parler ? C'est quand même un cancer ! Je n'ose pas imaginer ton inquiétude… insiste Harry.

— Soit je m'en sors et j'aurai pourri un bon moment, soit je ne m'en sors pas et j'aurai pourri un bon moment. Je ne veux pas appliquer ce truc à la mode de pensée positive que, personnellement, je trouve débile ! Franchement, s'obliger à penser autre chose que ce à quoi on pense, très peu pour moi… Non, ici, c'est juste la seule manière que j'ai trouvée pour mieux le vivre. Autant que je peux, j'essaie de ne pas envisager la suite de l'histoire…

— Je comprends l'idée mais ne te mets pas trop sous pression… On n'est pas dans un de tes films ici, tout ne doit pas être parfait !

— Viens plutôt t'asseoir ici et me raconter tes aventures. J'ai besoin de vibrer mon Harry, lui dis-je en désignant une place sur mon lit telle une vieille dame en manque de compagnie.

Harry obéit et tente de s'installer si délicatement que j'ai l'impression d'être fait de cristal, prêt à éclater en mille morceaux si l'on m'approche sans précaution. Cette image me glace le sang. Suis-je si fragile ? Les médecins se montrent prudents, mais en dehors des crises de vomissement, je continue à me sentir assez vaillant. Je baisse la tête pour qu'il ne puisse pas lire l'appréhension sur mon visage.

Pour chasser ces craintes de mon esprit, j'essaie de me concentrer sur la vie, la sienne en l'occurrence.

— Comment se porte la petite famille ?

Harry gratte le drap avec son index dans le but d'effacer une tâche invisible. Je peux facilement comprendre son embarras. Comment aborder son existence heureuse, son épouse adorable, ses deux enfants en bonne santé, ce quotidien débordant d'amour face au solitaire abîmé que je suis ?

— Garance vient de rentrer à l'école. Elle a pleuré toutes les larmes de son corps. On n'en menait pas large tous les deux. Ses yeux étaient tout gonflés et la maîtresse qui nous pressait : « *Dites-lui au revoir !* » On s'est presque fait enguirlander devant notre fille. Je crois qu'elle s'en est vite remise, mais nous, mon Dieu, quelle journée ! Meg a pleuré dans mes bras pendant vingt bonnes minutes avant que je puisse la lâcher. Mon costume était trempé par les larmes de mes deux femmes que j'avais dû quitter trop vite, j'étais en retard à mon rendez-vous et, pour être honnête avec toi, j'avais plutôt l'impression d'avoir très mal géré la situation. Quand une femme pleure, tu n'as pas ce sentiment-là toi ? D'être vraiment foireux ?

Je souris devant son air penaud.

— J'avoue que je n'ai pas souvent vu une femme pleurer. J'ai le chic pour partir avant… Et Garance a aimé l'école ?

— Oui, je crois. Le soir même, en regardant Meg allaiter le bébé, elle lui a demandé avec son air sérieux : « *Dis, maman, est-ce que tu pourras allaiter mes bébés plus tard car moi je devrai travailler toute la journée ?* » Quelle imagination ! Tu devrais l'engager dans ton équipe pour ton prochain long métrage ! s'esclaffe Harry.

— Tu ne dois pas t'ennuyer avec une cocotte comme elle à la maison !

Harry se rembrunit et hésite un instant avant de continuer.

— Je suis tellement désolé que cela t'arrive Jack. Si je peux faire quelque chose pour t'aider, à part te parler de mes histoires débiles…

— J'adore tes histoires débiles. Raconte-moi ce que la petite folle de trois ans a encore inventé !

Je me redresse dans mon lit, prêt à l'écouter.

48.

Mary

Ce matin, je me suis assise sur le bord de son lit pour la regarder émerger d'un sommeil d'enfant, profond et coloré. Je ne me lasse pas d'admirer ses boucles blondes se mouvoir délicatement au rythme de sa respiration paisible.

Il n'est pas évident d'avoir un seul enfant sans jamais pouvoir en concevoir un autre. J'ignore si cette impossibilité a accru ma crainte de la perdre ou si celle-ci est le lot de toute maternité.

Cette peur m'a assaillie dès le début de sa vie pour ne plus me quitter. Rapidement, je me suis représentée cramponnée à ma fille pour le restant de nos jours, parant à tous les dangers pour préserver son existence. Mettre Ella au monde était à la fois le fruit d'un miracle, d'efforts immenses, de choix importants et tout cela la rendait encore plus précieuse à mes yeux.

La nuit, je m'éveillais trop souvent pour écouter son souffle et, le jour, mes mains se déplaçaient à toute vitesse pour adoucir coins de table, sol en pierre ou autres périls du quotidien, ou filer plus vite que l'éclair pour ôter de son chemin tout objet susceptible de causer la mort par quelques scénarios biscornus, fruits de ma seule imagination.

Il a fallu que les mois s'accumulent et se transforment en années pour que j'apprenne à me détendre.

J'ai découvert que l'insouciance relative d'une mère est une concoction dont chaque ingrédient est essentiel. Il faut quelques bonnes nuits de sommeil, le temps qui passe, un enfant qui devient autonome et, surtout, la joie qui force à se concentrer sur l'instant plutôt que sur le danger qui rôde, l'enfant étant à la fois la source et l'antidote d'une même angoisse. La peur a donc fait place à la rencontre avec une Ella en perpétuel mouvement.

Il n'y a pas école aujourd'hui alors je prends le temps de la contempler. Un instant, je veux m'allonger contre son corps chaud.

Comme les autres mères, je fais face à un processus inéluctable, celui d'une séparation progressive. Ella va grandir, elle viendra moins souvent se réfugier dans mes bras, elle se hasardera à découvrir notre monde puis y prendra goût et, lentement, se dégagera du giron maternel pour devenir une adulte à son tour.

Un sentiment de fierté se mêle à une certaine appréhension à imaginer le futur de ma fille et, sans plus attendre, j'ôte mes chaussures pour me coller à mon enfant assoupie. Sentir son odeur vanillée, poser la main sur sa peau douce, écouter le souffle discret de ses quelques années de vie.

Goûter à cette minute précieuse.

49.

Journal d'Adélaïde, le 2 octobre 2008

C'est l'effluve qui me touche en premier lieu, avant même la beauté des grands massifs qui bordent la pierre bleue. Un mélange de fleurs et d'herbes aromatiques unique, un parfum qui signifie désormais sa maison. Partout autour de moi, le spectacle de la nature explose en touches colorées, chaque bosquet semblant introduire celui à ses côtés et soutenir l'intensité de l'ensemble.

« Vous prendrez un peu de thé ? » me propose-t-il en souriant. J'ai accepté l'invitation de Gaston plus par défi que par réelle envie. Il fallait bien que je m'y mette si je ne voulais pas mourir seule ! Je ne pouvais pas laisser passer cette chance quelques jours plus tôt, celle d'un inconnu qui m'offre un chocolat. Sous l'abri d'un bus qui se fait attendre, il persévère et je me laisse faire. Nous engageons une conversation qui se conclut par cette promesse de rendez-vous. Chez lui. Ici.

« Volontiers. » Je tends ma tasse, un de ces modèles gracieux en porcelaine dont le liseré fleuri favorise une expérience

agréable. Il bascule la théière et un liquide couleur champagne s'écoule.

« Un sucre ? »

C'est amusant comme ces questions simples peuvent occuper l'espace entre deux inconnus, leur permettant de s'accoutumer doucement à la présence de l'autre.

« Non, merci » et notre silence reprend.

Je souffle sur mon thé plus pour me donner une contenance que parce que j'ai hâte de le boire. Pourquoi suis-je ici ? Dans le jardin de cet homme dont je ne connais rien. Bien entendu, il fallait que j'ose un jour, mais n'y a-t-il pas progression plus douce que de passer d'une hibernation sociale totale à un premier rendez-vous galant ? Un moment en compagnie d'une amie potentielle m'aurait déjà retourné l'estomac, alors pourquoi donc ai-je accepté cette rencontre ?

Gaston regarde son jardin, m'offrant son profil. En amour, j'ignore à quoi m'attendre et encore moins quelle attitude adopter. Tout mon savoir provient des films et livres romantiques et dans ceux-ci, il y a rarement un moment où deux amoureux potentiels admirent des fleurs sans prononcer un mot. Enfin si… Mais d'habitude, ce moment précède un baiser et ils sont tous deux debout face à face, les lèvres séparées de quelques centimètres et non assis côte à côte à se laisser mûrir dans un bonheur serein.

C'est exactement cela, notre entente silencieuse me donne le sentiment de sauter quelques étapes, nous transformant en ce vieux petit couple avant même d'avoir été de jeunes amoureux. Est-ce bon signe ? Je n'en sais rien. Un instant, j'envisage de poser la question à Martha. Voilà combien je suis désespérée par mon ignorance en amour.

Finalement, il met un terme à notre mutisme. Il se penche vers moi et me montre du doigt le pied d'un arbre au milieu de la pelouse.

« Là, vous voyez, c'est un pic-vert. Je l'adore. »

Celle-là, je suis certaine de ne l'avoir jamais eue dans mes histoires à l'eau de rose. Ce n'est pas une question et pourtant elle m'incite à répondre. Gaston a parlé à voix basse sur le ton de la confidence et soudain, j'ai moi aussi envie de me confier. Mais pour dire quoi ? Je parcours du regard les plantes, le ciel, nos tasses et nos pieds, cherchant à toute vitesse quelque chose à lui offrir. Mais je ne trouve rien. Tout sous mes yeux paraît convenu alors je murmure cette phrase un peu bizarre, car même si je ne connais pas grand-chose de la vie et des êtres, je suis consciente qu'on ne se livre pas comme cela à un inconnu.

« Un jour, j'ai changé la vie de quelqu'un. C'est un peu pour cela que je suis ici. »

Et dans ce paysage enchanté, je me surprends à espérer.

50.

Notre maison, le 29 octobre 2008

Ma chère Lucie,

La vie m'a enseigné qu'il ne faut pas nécessairement une énorme erreur pour aboutir au drame. Bien entendu, je comprends que tu te sois sentie coupable, mais ton seul faux pas a été la suite évidente de tous les miens. Je me souviens de cette première fois où tu as clairement manifesté ton besoin de consulter. Sans doute pensais-tu que je n'avais pas entendu. C'est vrai, au fond, sinon pourquoi ne pas répondre ? Le spécialiste pratiquait dans une autre ville et j'étais celui qui disposait de la voiture, rendant mon concours essentiel. Mais je répondais que nous pouvions attendre, que ta cheville guérirait naturellement. Si tu insistais, je me montrais agacé, prétextant que ma charge de travail était suffisamment importante sans ajouter d'autres obligations.

L'homme que je suis devenu aujourd'hui ne parvient pas à comprendre celui d'hier.

J'ignore dans quelle spirale de performance j'avais été aspiré, mais mes priorités étaient à l'envers. J'étais parvenu à me convaincre que si tu pouvais marcher, cela n'était pas grave. Que faut-il de mensonges pour vivre en égoïste ?

Face à mon indifférence, je suppose que tu as toi aussi opté pour la négligence parce que lorsque je te disais « plus tard », tu entendais « cela n'en vaut pas la peine » ou pire encore « je n'en vaux pas la peine ». Et de sursis en sursis, tu as adopté ta douleur comme on s'habitue à vieillir, en prenant son mal en patience.

Pour atténuer ta peine, peut-être auras-tu pris l'un ou l'autre médicament, fait une petite prière ou pensé honteusement que cette douleur n'était que le fruit de ton esprit, un caprice de petite dame pour attirer l'attention d'un mari peu présent ? Une ânerie que j'ai marmonnée un soir, énervé par un client exigeant.

Combien de refus aura-t-il fallu pour te décourager ? Car je ne te privais pas seulement d'un moyen de transport, je t'enlevais aussi mon soutien pour cette démarche peu agréable. Il faut toujours une petite dose de courage pour prendre rendez-vous chez le médecin et faire face aux éventuelles mauvaises nouvelles. À toi, il t'en fallait certainement davantage puisque ta mère était décédée d'un cancer des os alors que tu n'étais pas majeure. C'est là que se révélait toute la cruauté de ma négligence car je délaissais non seulement ton corps, mais également ton être pétri d'angoisses à l'idée de tous ces maux possibles.

Un jour, les plaintes se sont tues et l'idée d'un rendez-vous pour soigner cette jolie cheville s'est envolée.

Avec force, la gravité et les mouvements quotidiens ont néanmoins poursuivi leur travail, la fragilisant chaque jour plus. Elle guérirait bientôt, avais-tu pris le pli de penser. Sauf qu'elle ne guérirait jamais.

Ton Archibald

51.

Jack

Ils ne me disent rien mais je vois bien que mes progrès ne sont pas ceux attendus.

Quand on est le patient, on décrypte chaque expression, même infime, sur le visage du médecin qui nous soigne. On est à l'affût du geste qui viendra nous éclairer, un hochement de tête, un sourire, une main compatissante sur l'épaule, une bouche qui se crispe à la lecture des résultats. La démarche est vaine puisqu'il existe d'innombrables façons de réagir et autant de les interpréter et pourtant, je ne peux m'en empêcher. Pire, j'ai étendu la pratique à mes proches et amis. Je scrute leur regard, j'analyse leur discours. C'est encore plus stupide puisqu'ils ne connaissent rien de mon dossier médical.

Et sur tous ces visages, je ne lis qu'une seule chose : rien ne va.

J'ignore si cela est normal… Va-t-on très mal avant d'aller bien lorsque l'on est atteint d'un cancer ? Peut-on avoir ce sentiment que l'on est proche de mourir puis reprendre vie quelques jours plus tard telle une plante verte qui aurait manqué d'eau ? Je suis plongé dans cet univers aux codes mystérieux que je ne parviens pas à déchiffrer, ce qui m'oblige à avancer à l'aveugle, craignant le jour qui vient.

On me demande de prendre patience, il faut du temps pour que le traitement agisse. Est-ce la vérité ou une façon de me réconforter ? Voilà la question qui occupe mes journées. Je veux bien prendre le temps si seulement j'ai la garantie d'en avoir encore !

Mon futur désormais teinté d'incertitude m'apparaît différent. Mes priorités sont bousculées et la perspective de quitter cette planète en laissant derrière moi mes seuls longs métrages et conquêtes d'un soir m'attriste. J'ai avancé, convaincu que ma vie était devant moi. Une vie pour apprendre à aimer une femme, pour s'engager et enfin concevoir un enfant. Une vie... Et je n'ai pas songé que cette vie, j'étais précisément en train de la vivre et qu'elle ne serait pas éternelle.

Grâce à cette case cochée, j'avais commencé à réaliser mes rêves, mais pour une raison obscure, j'en avais laissé certains de côté. J'avais pris plaisir à un quotidien sans contrainte et retenu par mes peurs, je n'avais pas osé rester près de l'une de celles qui avaient partagé mon lit. Je trouvais un prétexte pour fuir au petit matin, après quelques jours, ou plus rarement, après quelques mois. La fin était inéluctable.

Était-ce une erreur de casting ou un manque de talent ? Depuis peu, je m'interroge. Aimer est un art qui exige du temps. J'aurais pu être doué si seulement j'y avais consacré mon attention et mon énergie, mais mes histoires de cœur ont toujours été si tristement secondaires.

Avant le début du traitement, l'ironie du sort m'a conduit à prélever à nouveau ces précieux spermatozoïdes, pour mon usage personnel cette fois, dans l'hypothèse plus que probable où le traitement affecterait ma fertilité. La cryopréservation, un mot bizarre qui signifie pour moi que tout espoir d'enfant n'est pas perdu.

En m'asseyant pour m'exécuter, j'ai songé à ma vie dix ans auparavant, à sa simplicité exceptionnelle. Dans quelle insouciance j'ai baigné ! Je suis un papillon de nuit qui s'est fait avoir par un néon.

Tant de fois, j'ai tourné des scènes dans lesquelles un destin se décidait sans pour autant me pencher sur le mien. Je jouais avec les personnages de mes films comme on s'amuse avec des marionnettes, les propulsant au dernier moment vers un avenir lumineux. Comme dans toute bonne intrigue, je multipliais les obstacles, je les éloignais de cet amour évident puis je créais enfin cet instant de lucidité indispensable au bonheur. Pourquoi donc n'avais-je rien appris en répétant ce scénario ? Mes personnages en proie à des luttes incessantes parvenaient à triompher alors que je demeurais immobile.

Aujourd'hui, tout me paraît limpide. Je me retourne sur ma vie et je suis saisi par son tracé sinueux. Il n'y avait pourtant aucun obstacle sur mon chemin. Je me retourne sur ma vie et, vissé à mon lit, je réalise que c'est peut-être la seule histoire que j'ai ratée.

52.

Journal d'Adélaïde, le 3 décembre 2008

Hier soir, j'ai vu le film du fameux Jack Belloy. Le dernier film, devrais-je dire car ce cinéaste a collectionné les succès ! Ma confidence lors de ce premier rendez-vous galant a suscité la curiosité de mon passionné de pic-vert. Il piaffait d'impatience, il voulait admirer « l'œuvre d'Adélaïde », comme il l'a pompeusement baptisée !

« Vous exagérez, ce Jack Belloy n'est pas mon œuvre ! Je ne me souviens même pas lui avoir dit quoi que ce soit d'intelligent ! » ai-je rétorqué, pétrie de contentement.

« Il faut aller voir son film ! » a déclaré Gaston sans me laisser d'autre latitude que le choix du jour et de la séance.

J'ai opté pour un mardi, le jour où les gens normaux vont au cinéma d'après ce que j'ai compris. Le jour où ils ne se réunissent pas autour d'un bon plat chez l'un ou l'autre, où il n'y a ni sport ni dîner romantique. Alors j'ai fait semblant d'être comme tout le monde, qu'il n'y avait donc pas d'hésitation : ce serait un mardi évidemment !

Mon prétendant s'est poliment enquis de l'effet que j'ai eu sur le destin du jeune homme. J'éprouve malheureusement une réelle difficulté à fournir des détails. Lors de ma rencontre avec Jack, j'ai dû me contenter de l'essentiel. J'étais sous le coup de l'émotion, découvrant au même moment mon influence sur la vie d'un autre et la maladie qui le touche. D'après ce que j'ai saisi, il était question d'une case qu'il aurait cochée et puis d'une phrase qui l'aurait réveillé. J'aurais dit quelque chose tel que « on ne coche pas des cases par hasard » et ces mots dans cet ordre précis l'auraient bouleversé. Il est resté évasif, ajoutant simplement qu'à partir de ce jour-là, il avait pris la mesure de ses rêves et en avait fait des résolutions. Je n'ai pas voulu l'ennuyer avec mes questions, lui qui semblait si affaibli. J'ai simplement pris note de son numéro de téléphone, promettant de lui rendre visite plus tard, à la maison ou à l'hôpital.

Quel talent ce Jack ! Malgré tous mes efforts, je ne suis pas parvenue à me contenir devant mon buveur de thé. J'ai pleuré comme une Madeleine. Les larmes ont coulé et mon galant a dû me tendre jusqu'à son mouchoir en tissu brodé de ses initiales, un de ceux de l'époque.

Cette histoire de femme qui poursuit sa quête seule contre tous me rappelait vaguement quelqu'un. J'ignore si c'est le physique du personnage principal, son histoire, sa gestuelle ou sa voix, mais au fur et à mesure du film, mon sentiment s'est confirmé. J'ai eu beau passer en revue ceux qui ont traversé ma vie, presque exclusivement des patients, le mystère a persisté. J'ai donc continué à réfléchir, écoutant distraitement mon bel ami prendre congé.

Il m'a fallu quelques heures pour comprendre cette impression de familiarité.

Alia Cardyn

Ce n'est que dans la nuit noire que son image m'est apparue enfin et malgré les années, dans ma tête, Mary avait toujours vingt-cinq ans.

53.

Mary

— Pourquoi ne pas lui en parler au plus vite ? Pourquoi attendre ? me demande Adam.

Je suis plongée dans le chapitre d'un nouveau texte à traduire, mes pages éparpillées sur la table de la cuisine. Ce récit est captivant et je tente de gagner encore quelques secondes.

— Lui parler de quoi ?

Je n'ai suivi que distraitement la conversation, mais son regard sérieux m'incite à me concentrer.

— De cette rencontre avec son père !

Je me lève d'un bond pour fermer la porte.

— Parle moins fort ! Combien de fois t'ai-je dit que ce n'est pas un père ? C'est un donneur ! Je ne comprends pas que tu abordes ce sujet à la légère, porte ouverte, alors qu'Ella n'est peut-être pas endormie !

La mine renfrognée, Adam s'assied et se verse un verre de vin.

— C'est gentil de t'intéresser à la question, mais j'ai besoin de temps pour mûrir ma décision et je ne suis pas sûre que, dans la précipitation, tu mesures toutes les conséquences.

— Excuse-moi. Depuis que tu t'es confiée hier, je n'arrête pas de retourner cela dans ma tête. Je crois que j'aurais apprécié que tu m'en parles avant. Je me sens… dupé. Oui, vraiment dupé ! On est marié depuis longtemps non ? Ce n'est pas comme si nous n'avions pas eu des milliers d'heures pour aborder le sujet ?

— Je suis vraiment désolée.

Je ferme à regret mon ordinateur. Aucune chance que je puisse encore avancer sur cette traduction du dernier roman de Fiona Barton, nouvelle romancière à succès. J'hésite un moment puis me résigne à rassembler les documents et à les ranger dans la pièce attenante qui devrait me servir de bureau. Tant de fois, j'ai tenté de m'y asseoir pour travailler, mais mon cerveau a toujours mieux fonctionné au milieu des marmites et des corbeilles de fruits.

Adam s'empare des assiettes et des couverts qu'il dépose négligemment sur la table, le couteau à la place de la fourchette, les assiettes dans un face-à-face douteux, les serviettes dépareillées, autant de détails qui titillent mon sens de l'harmonie. Il tourne un instant le dos et j'en profite pour rapidement replacer le tout en un ensemble agréable.

Puisqu'il semble muré dans son silence, je persévère dans mes explications. En réalité, je patauge car je n'ai aucune excuse valable.

— Je comprends que tu puisses te sentir dupé. J'ignore si cela peut t'aider, mais je n'ai jamais décidé de te cacher quoi que ce soit. Je me voyais mal te confier ce secret lors de nos premiers rendez-vous puis, sans le vouloir, j'ai omis de t'en parler. Cela doit paraître inimaginable, mais j'ai carrément oublié.

Il est vrai qu'avec l'intensité des premières années d'Ella, j'ai laissé de côté cette information capitale. Ce n'est que plus tard que cette possibilité de rencontre avec le donneur a ressurgi, avec les premières questions d'Ella sans doute. En la regardant souffler ses cinq bougies sur le gâteau, j'ai soudain songé « *plus que treize ans* ».

Je n'ai pas mesuré combien le choix d'un donneur semi-anonyme m'importait bien plus, en suscitant des interrogations profondes. La joie de le découvrir un jour mêlée à la crainte qu'il refuse ont multiplié mes doutes. À force d'être malmenée par des sentiments contraires, mes certitudes ont faibli et je me demande désormais comment aborder la question.

Je ne suis pas fière d'avoir laissé filer toutes ces années sans avoir mis Adam dans la confidence. Il m'a fallu un certain courage pour finalement lui en parler avec l'espoir qu'il puisse m'aider. Quand devrais-je l'annoncer à Ella ? Avec quels mots ? Nous avons déjà eu tant de difficultés à lui expliquer la différence entre un donneur et un père et j'appréhende une nouvelle confusion. Il n'est pourtant pas envisageable de dissimuler cette possibilité de rencontre. *Plus tard*, ai-je pris l'habitude de me répéter. *Plus tard.* Et il est vrai que reporter cette discussion semble toujours la meilleure option.

L'attente est déjà difficile pour l'adulte, que penser de la faire endurer à une enfant ? Comment puis-je lui apprendre qu'elle pourrait un jour voir ce donneur, puis lui imposer un nombre d'années avant le moment fatidique ? Pire, je n'ai aucune garantie que cette rencontre ait lieu. Elle dépend de nos existences et du nombre de nuits qu'elles contiennent.

— Impossible de lui dire maintenant. La rencontre sera son choix plus que le mien, mais je ne peux en aucun cas lui faire vivre cette attente et tout ce qu'elle comporte.

— Je ne comprends pas que tu n'aies pas plus réfléchi à tout cela !

Sa remarque me blesse, mais je tente de me concentrer sur l'essentiel. Après tout, la délicatesse n'a jamais été son fort et j'ai renoncé depuis longtemps à le changer sur ce point.

— Personne ne peut comprendre, ni juger d'ailleurs.

Ma colère contenue l'oblige à baisser le regard.

— Peut-être que ce n'est pas évident pour toi, mais sache que j'ai fait du mieux que j'ai pu. À l'époque, mon intuition m'a poussée à choisir cet homme-là, notamment parce qu'il avait accepté cette rencontre. Cette possibilité le rendait humain à mes yeux. C'est toujours le cas d'ailleurs.

J'avale quelques gorgées de vin pour étouffer la peur qui m'envahit soudain. Il faut que cet homme vive !

— Je crains que tu doives encore longtemps garder le secret.

— Tu ne comptes pas lui dire, Mary ?

— Je le ferai le jour où je la sentirai prête. Le jour où nous serons prêtes toutes les deux et j'espère qu'elle comprendra ma décision.

Je veux poser ma main sur la sienne en signe d'apaisement mais quelque chose me retient. Adam a ouvert son journal sur la table de la cuisine et semble absorbé par un article. En un instant, il est passé de notre querelle aux faits divers, comme s'il n'y avait rien à ajouter, comme si tout pouvait être abandonné sans s'abîmer.

Je l'observe tourner les pages et en moi, ce sentiment étrange mais familier grandit. Nous sommes deux autour de cette table face à ce jardin enneigé et pourtant, je me sens seule.

54.

Notre maison, le 25 février 2009

Chère Lucie,

L'autre jour, alors que j'entreprends de sortir le mobilier de jardin pour lui redonner son éclat à coup de brosse et d'eau, j'aperçois Mary à travers la fenêtre de la cuisine. Je lève spontanément le bras pour la saluer, mais elle reste tête baissée, absorbée par sa tâche.

Le front plissé, elle frotte frénétiquement un petit objet à l'aide de ce qui ressemble à une brosse à dents. De temps à autre, elle ajoute un peu de liquide vaisselle puis s'entête à briguer la petite chose qu'elle tient maintenant entre deux doigts. Un instant, elle la lève vers le ciel pour contempler le résultat de son labeur et je reconnais sa bague de fiançailles. Combien cela fait-il aujourd'hui ? Sept ans ? Huit ans qu'elle s'est mariée ? Peut-être plus ? J'ai toujours été mauvais pour les dates et je ne change pas.

Son acharnement à faire briller la bague m'évoque le temps où toi aussi, tu as tenté de tronquer les apparences, en dissimu-

lant ta tristesse sous une couche de maquillage. Est-ce un trait féminin que de vouloir faire rêver à une histoire qui n'est plus ? Le couple de Mary comme le nôtre semble s'être dangereusement vidé de sa substance.

Comment, moi, le petit jardinier, suis-je parvenu à pareille conclusion ? Parce que je les observe pardi ! Enfin, je l'observe surtout elle et cela me suffit amplement. Je n'ai pas besoin d'être dans ses confidences pour voir qu'elle n'est plus amoureuse. D'ailleurs, je ne me rappelle plus bien quand elle a arrêté de l'être et j'ai fini par me demander si elle l'a jamais été ! Mais je ne la blâmerai pas d'avoir voulu croire à un amour inexistant, elle qui avait cette perspective de toutes ces années en solitaire face à son enfant.

Elle m'a présenté Adam un jour d'été. La mémoire a ses secrets et j'ai renoncé à comprendre comment certains souvenirs demeurent si vivaces alors que d'autres sombrent dans un brouillard opaque. Bref, j'étais occupé à repiquer mes salades quand elle m'a appelé depuis la terrasse, brandissant une cruche de limonade tel un trophée. Il faisait chaud ce jour-là et je n'étais pas contre une petite pause.

Il m'a tendu mon verre en m'adressant un « Enchanté, moi c'est Adam » convenu mais sympathique.

Ce sont ses épaules qui ont attiré mon attention en premier lieu. Elles étaient larges et j'ai pensé qu'elles pourraient décharger Mary d'une partie de ses responsabilités. C'est marrant, ces jeux de l'esprit, ces détails qu'il retient et dont il joue pour perpétuer le flot des pensées. J'ai levé les yeux pour jauger son sourire. Il était impératif que cet homme soit gentil. Mary avait eu son lot d'épreuves et de déconvenues et je voulais pour elle quelqu'un qui reste. Un de ceux qui font la vaisselle, même ! Il paraît que c'est courant dans la nouvelle génération. Son sourire était sin-

cère. Cela ne m'a pas apaisé pour autant. Sa poignée de main molle, son regard rapidement détourné et son sourire tristement fugace m'ont donné le sentiment que cet homme-là ne s'engagerait jamais vraiment. Mais la joie sur le visage de Mary et l'entrain avec lequel elle me racontait leur dernière sortie m'ont obligé à faire fi de mes impressions pour lui donner sa chance. Après tout, notre histoire m'avait prouvé combien je manquais d'intuition en amour !

Avec le temps, je crains que leur couple ne soit devenu cette coquille vide qui subsiste pour de mauvaises raisons. Il est compliqué de déterminer à quel moment l'amour de l'un ou l'autre s'en va. Est-ce par petites touches ou en un éclair ? En la voyant s'activer ainsi sur sa bague, j'ai compris que Mary n'avait pas encore renoncé. Il fallait que la bague brille pour compenser le manque d'éclat de leur amour, aveugler les proches et maintenir les apparences.

Que personne ne se doute, surtout que personne ne se doute, qu'un jour, dans la maison de Mary et dans la mienne, l'amour s'en est allé !

Sur ce, je vais aller cirer mes chaussures.

Ton Archibald

55.

Jack

— *Colchiques dans les prés, fleurissent, fleurissent, colchiques dans les prés, c'est la fin de l'été…*

Devant moi, toutes les couleurs de l'arc-en-ciel sont réunies sur la bénévole en charge de l'animation. Guitare en bandoulière, jupe longue à volants qui tournoie joyeusement, je n'aurais pas mieux imaginé pareil personnage pour un film !

— *Les feuilles d'automne, emportées par le vent…* Allez, on chante avec moi… nous encourage-t-elle.

Je vois mes compagnons d'infortune qui bredouillent ces paroles que nous avons tous oubliées. Pourtant, nous avons l'impression de les connaître alors les bouches se meuvent, se trompent, essaient à nouveau.

La bohème a lâché sa guitare pour s'activer frénétiquement sur son tambourin. Dina m'avait dit que cela m'aiderait à me distraire et, pour lui faire plaisir, j'ai accepté de participer.

Dina avait raison, il est clair qu'il est impossible de penser à mes malheurs ici. Certainement parce que, dans pareil tintamarre, il est difficile de penser tout court ! Je reste pourtant circonspect. Je ne crois pas que le bruit puisse longtemps être un refuge pour moi. Dans quelques minutes, je rejoindrai ma chambre silencieuse et l'angoisse m'assaillira à nouveau.

— Allez tous ensemble, on se lève et on se donne la main ! Enfin, pour ceux qui savent marcher !

Délicate et pragmatique, notre animatrice s'efforce de susciter un peu de joie dans l'univers morne de la salle des loisirs attenante à notre section de l'hôpital. La moitié d'entre nous s'apprêtent peut-être à crever, mais l'heure doit être à la danse, à la farandole même !

Oui, je suis bougon aujourd'hui. Non, je ne comprends pas ce que cette demi-folle aux allures de hippie essaie d'accomplir.

— Bravo ! Bravo ! Tout le monde lève les bras ! Vous aussi monsieur ! ajoute-t-elle à mon intention.

Mais qu'elle me laisse vivre ! Enfin, façon de parler… Je fais signe que je suis bien comme cela et ma bienfaitrice me lance un regard compatissant. Sans doute croit-elle que mon traitement me rend inapte à lever les bras. Quelle connerie, toute cette allégresse simulée !

— On peut s'asseoir à nouveau en rond maintenant. Chacun fait de son mieux. Il ne faut pas forcer… Acceptons là où nous sommes aujourd'hui… Nous devons respecter cela, chantonne-t-elle en m'adressant un clin d'œil.

Je me fous de faire de mon mieux ! Je suis sur le point de quitter la pièce lorsque je me rappelle du Jack que j'étais encore récemment ; celui-là même aurait rêvé de pareille opportunité. Complètement allumée, une caricature d'elle-même, un vrai personnage de film dans la réalité ! Je regarde mon animatrice bariolée et je réalise combien je manque d'humour désormais. Le Jack d'avant aurait ri, maintenant puis plus tard à raconter ses aventures de patient cancéreux qu'on contraint à chanter ! Il se serait engagé dans cette voie, celle de participer pleinement, voire d'en rajouter une couche ! La perspective de la mort ne peut quand même pas me faire ça ? Me transformer en ce type morne et rigide dénué d'humour ?

Non, il faut que je reste ce Jack-là. Je ne peux pas tout perdre. Alors, pour tenter d'être lui, je me force à me lever. La madone enthousiaste s'étonne, mais conforme à ses principes d'ouverture du cœur à tout prix et à tout instant, s'oblige à accueillir mon mouvement. Au milieu des autres patients docilement assis, je reste debout les bras ballants, en l'attente d'une inspiration, priant pour que le vieux Jack s'incarne à nouveau en moi.

Soudain, il est là et devant mes compagnons de souffrance, je lève les bras et j'entonne *a capella* :

— *Making love in the afternoon with Cecilia up in my bedroom*[1].

Un silence plane dans la salle avant d'être rompu par une voix aiguë.

— *Making looooooove*, enchaîne en écho mon animatrice au bord de l'extase devant mon éveil.

— *I got up to wash my face when I come back to bed, someone's taken my place. Cecilia, you're breaking my heart...*

Sans le vouloir, je m'emballe, j'ai l'impression de chanter juste et la frénésie s'empare de mon corps. J'accompagne

1. Paroles de la merveilleuse chanson "Cecilia" de Simon & Garfunkel.

nos voix d'un petit déhanchement assez sexy et la jupe multicolore se rapproche pour adapter son déhanchement au mien. Elle a attrapé sa guitare pour soutenir notre chant et nous ne sommes plus Marguerite de l'association « *Rendons la joie à ceux qui souffrent* » et Jack. Devant la foule qui s'égaye, nous nous métamorphosons ! Nous devenons Simon & Garfunkel ! Non, mieux, nous sommes une version légèrement déjantée de Simon & Garfunkel, elle qui semble tout droit sortie des années soixante-huit et moi qui n'ai plus rien à perdre ! Devant les mines ébahies de nos spectateurs, nous nous agitons. Pour nous faire plaisir. Pour leur faire plaisir aussi.

Eux hésitent. Leurs corps s'animent mais ils n'osent pas se mettre debout. Ils me regardent avec désir, le nouveau moche qui a l'audace de s'exhiber, le malade qui danse comme s'il n'allait pas mourir demain. Ils ont envie mais attendent une invitation.

Finalement, la grâce l'emporte et tous se lèvent en poussant cris et pas de danse. Ma comparse de folie me prend sous le bras pour m'entraîner dans ce tour sur nous-mêmes. Je ris et elle entame une nouvelle fois la chanson qui a réjoui son public difficile.

Les tambourins sont désormais dans toutes les mains et le temps d'une après-midi, la mort s'éloigne. Notre clique de patients chauves et émaciés se donnent la main, remuent leurs fesses et chantent comme s'ils sonnaient juste.

Le vieux Jack est toujours là. Nous sommes vivants. Vraiment vivants.

56.

Journal d'Adélaïde, le 20 mars 2009

Gaston m'a invitée à la fête du printemps ! Au milieu des champs, vêtus de blanc, le rendez-vous le plus romantique qui soit ! Je fouille mon armoire, désespérément, à la recherche de vêtements blancs. Il va falloir faire les boutiques ! Mais lesquelles ? Mes derniers achats remontent à plusieurs années et j'ignore quelles sont les enseignes à la mode.

J'ouvre mon ordinateur.

C'est ainsi que Martha procède lorsqu'elle cherche une nouvelle tenue. Je confie mon rêve à la barre de recherche « Robe blanche en dentelle pour rendez-vous amoureux ». Cinq cent septante résultats ! Mon Dieu ! Je clique sur le volet images et fais défiler les dizaines de photos de robes vaporeuses dont la plupart ressemblent à des robes de mariée.

À la vue de ces jeunettes endimanchées, je réalise soudain qu'il n'est pas trop tard, que peut-être un jour, moi aussi, je revêtirai une de ces robes et pas seulement pour célébrer le printemps.

57.

Notre maison, le 2 avril 2009

Ma chère Lucie,

Dans mon mea culpa, je me rapproche lentement du jour du drame.

J'ai besoin d'aller à mon rythme. Personne n'aime être responsable du malheur des autres. Il me faut digérer mes choix, essayer de les comprendre peut-être aussi.

Avec l'âge, je deviens plus tolérant. Mon parcours ici-bas m'apparaît sinueux, pourtant je peux presque en accepter chaque pas.

Cela ne veut pas dire que je ne regrette pas, mais accepter reste le meilleur remède contre les aigreurs d'estomac.

Je revois ces nuits et ces jours où j'aurais pu subitement changer d'avis. Tout aurait été alors différent. Tu ne serais pas partie, je ne serais pas devenu jardinier et il n'y aurait pas eu de Mary dans ma vie.

Combien de semaines se sont écoulées sans que ma conscience s'éveille face au drame que j'allais précipiter ? J'ai eu tout ce temps et je n'en ai rien fait.

Et de négligence en négligence, je t'ai poussée vers la chute.

Ton Archibald

58.

Mary

— Et quel était son défaut ?

Max soupire et s'étend sur l'herbe, les bras croisés sous la tête. Intriguée, j'insiste :

— Sérieusement Max ? Elle avait l'air parfaite ! Agréable, pleine de charme, intéressée par les autres…

— Oui, elle avait l'air parfaite… mais elle ne l'était pas pour moi. Et depuis quand je dois justifier mes choix amoureux auprès de toi ?

— Depuis toujours si mon souvenir est bon !

— Très drôle ! Si cela ne t'ennuie pas, je te propose la version abrégée de notre conversation habituelle. Oui, je suis conscient que s'engager est merveilleux et que je ferais un père fantastique. Oui, j'ai bien intégré qu'un couple a ses hauts et ses bas et qu'il faut de la patience pour construire de belles relations. Contente ?

Devant mon silence, Max poursuit.

— Mais si je peux être honnête avec toi, je ne suis pas convaincu par ton histoire de patience. Je crois plutôt que l'amour est là ou pas.

Je m'étends près de lui, mes yeux suivant la course paisible des nuages.

— Je n'en sais rien, en fait.

— Quoi ? Toi, ma donneuse de leçon adorée, tu n'as pas d'avis sur la question ?

Je me retourne sur le ventre et prends appui sur les coudes pour regarder Max dans les yeux.

— Je crois que je me suis trompée.

— Serait-ce possible ? enchaîne-t-il avec ironie.

— Max, si tu veux mes confidences, il va falloir laisser tomber ce petit ton, dis-je en souriant.

— D'accord, d'accord. Des confidences ?

Max se rapproche, curieux. Je peux maintenant apercevoir les petites tâches dorées qui parsèment ses yeux verts, les mêmes qu'Ella.

— Pour être honnête, je suis perdue.

— Perdue ?

— J'ai une vie merveilleuse avec Ella, mais depuis quelque temps, je doute. Je ne sais plus si Adam est vraiment un homme pour moi. Il est arrivé dans ma vie à un moment où tout était flou et peut-être que… je ne l'ai pas vraiment choisi. Il était plus une terrible nécessité. Je crois que j'ai eu peur de la solitude et lui m'offrait sa présence et son amour.

J'hésite un instant avant de poursuivre :

— L'autre jour, Annie nous a confié avoir une relation extraconjugale et c'est en l'observant que le doute est né. Elle avait l'air d'une gamine, légère, pétillante, heureuse et soudain si libre de se montrer telle qu'elle est ! Je ne suis pas sûre d'avoir jamais ressenti cela avec Adam.

Max m'écoute, un léger sourire sur les lèvres.

— Tu ne dis rien ?

— Tu l'aimes ? m'interroge-t-il.

— Je n'ai pas l'impression. Plus, je veux dire. Je n'ai plus l'impression.

— Alors pourquoi doutes-tu ?

— Il a été à mes côtés pour éduquer Ella. Il nous a consacré tant de temps, surtout pendant les premières années. Il se levait avec moi la nuit, donnait les biberons le jour, changeait les couches, m'aidait à prendre les décisions importantes. Sans sa patience et son soutien, j'ignore comment j'aurais géré les choses ! Il a tellement fait pour nous... A-t-on vraiment le droit de partir dans ces conditions ?

— Je comprends... cependant, même dans ces conditions, ma décision serait de rompre ! Je ne pourrais jamais rester avec une personne que je n'aime pas. Pas une seconde. Ni pour moi, ni pour l'autre d'ailleurs ! Personne ne mérite cela, une relation dépourvue d'amour. Mais suis-je vraiment la bonne personne pour en parler ? Tu discutes avec un éternel célibataire... c'est risqué, non ?

Il est libre Max. Pour lui, tout paraît simple. On aime ou on n'aime pas. Il m'observe avec attention puis ajoute avec un air moqueur :

— En plus, avec ta délicieuse personnalité, tu n'auras aucun mal à retrouver quelqu'un, non ?

— Mais ce n'est pas fini, oui ? dis-je en m'approchant de lui pour le chatouiller sous les bras.

En tentant de repousser mes attaques, il persévère, ses phrases hachées par son rire.

— Non, je le pense… vraiment ! Ta douceur… On peut en parler de ta douceur ? Ta diplomatie infinie, ton adorable caractère, ta délicatesse…

Il tente de reprendre le contrôle de la situation, se dégage de ma prise et me maintient désormais sur le dos, bloquant à l'aide de ses mains mes deux bras qui s'agitent en vain. Il est maintenant au-dessus de moi, riant encore. Aérien, heureux, Max mon ami. Max, celui qui a toujours été là.

Est-ce parce que j'ai arrêté de sourire, absorbée par mes pensées, qu'il se tait lui aussi ?

Dans ce face-à-face soudain sérieux, tout semble changer en un souffle et nous nous dévisageons comme si nous nous découvrions pour la première fois. J'imagine devenir une femme comme une autre pour lui et je le regarde comme s'il n'était plus ce vieil ami dont je connais chaque trait.

Notre amitié demeure pourtant cette prison qui nous empêche de bouger. Une envie monte, mais dans ma tête, les années de notre histoire défilent. Tous ces moments enfilés comme des perles sur la ligne du temps nous ont conduits ici, à nos corps qui s'éveillent.

Il ne faut pas, pense-t-il sans doute. *J'ai trop à perdre.* Je me répète ces quelques mots pour me convaincre alors que tout paraît déjà décidé. Max se rapproche encore de moi, il hésite un instant et me regarde en quête d'une réponse. Je ne dis rien et mon silence vaut consentement.

Il est libre Max. Je voudrais pouvoir tout claquer pour le seul motif que ce n'est pas moi ! Cette spontanéité m'enivre et je ne sais plus si c'est Max qui m'attire ou la perspective de toucher de si près cette incroyable liberté, comme si son corps collé au mien pouvait lui insuffler cette possibilité.

Tout est flou dans mon désir, les raisons se mêlent et me poussent vers lui, vers ses lèvres.

Il est libre Max. Il passe sa main dans mes cheveux et m'attire à lui pour m'embrasser. Il n'est plus mon Max, je ne suis plus sa Mary.

Nous sommes un élan, une danse, un abandon.

59.

Journal d'Adélaïde, le 11 avril 2009

À cette fête, ils sont nombreux à s'avancer vers nous, ils saluent Gaston, lui me présente, je rougis et nous entamons la conversation. Je dis « nous » alors que je devrais dire « ils » car je me réfugie dans le silence, l'ami que je connais bien.

Je fulmine. Il me montre à ses amis, je devrais faire un effort, non ? Que vont-ils penser ? Qui est la godiche qui accompagnait Gaston l'autre soir ? Oui, la petite dame qui semble débarquer d'une autre planète ! Celle qui murmurait son prénom comme s'il s'agissait d'un code secret !

Vous n'imaginez pas combien je rage ! J'ai l'impression que tout mon être est une forteresse et que, derrière ses murs épais, je m'essouffle à crier sans qu'aucun son ne parvienne au-dehors. J'ai pourtant tant à raconter. Ils abordent un sujet et j'ai immédiatement un avis, autant de remarques pertinentes dont le monde sera privé. Je me mure dans ma colère et à l'intérieur, les mots s'agitent, comme s'ils voulaient s'évader tous à la fois. Cette danse mortuaire de toutes ces phrases qui n'existeront jamais me donne le tournis.

Le voient-ils ? Peuvent-ils lire sur mon visage ma souffrance ? Un instant, je le crois. Cette dame blonde m'a souri et je me dis qu'elle sait. Une ancienne timide peut-être, sensible à mon désarroi. Les minutes passent et m'exhortent à parler. Au moins un mot. Je m'encourage comme si j'avais cinq ans. Un mot car ce mot me donnerait de l'espoir. Car s'il y a un mot, il peut y en avoir dix, cent, des milliers. Un mot pour lui qui, malgré mon silence, se poste fièrement à mes côtés. Un mot parce qu'il a passé un bras autour de ma taille et que sa main sur ma hanche me donne envie de voler.

« Papillon »

L'esprit a ses mystères que je peine à élucider. Pourquoi donc ce mot-là ? Oui, je devrais être contente, j'ai réussi ! Mais quand même, il va falloir en faire quelque chose et dès la tombée de la nuit, les papillons se reposent, non ?

« De nuit »

Sauvée ! Enfin presque… Tous les regards sont désormais braqués sur moi et j'éprouve de la difficulté à respirer. Ils sont patients, par amitié pour lui. Ils attendent la fin de ma phrase, une indication supplémentaire, un indice qui les aiderait à me donner la réplique ! Mais je n'ai rien. Le mot s'est échappé avec mon envie de voler, se manifestant malgré moi.

Je veux m'enfuir quand soudain mon Gaston tend le bras vers la nuit noire qui enveloppe le fond du jardin.

« Ah oui, un papillon de nuit ! »

Quelques mots pour accompagner son geste, une exclamation pour donner sens à mon égarement. Ceux qui nous entourent paraissent perplexes, leurs regards allant de Gaston à moi. Ils essaient de comprendre. Pensent-ils à un secret de jeunes amou-

reux ? Parviennent-ils à construire une histoire avec ce qui se joue sous leurs yeux ? Sont-ils généreux au point de me secourir eux aussi ? Je n'aurai pas ma réponse aujourd'hui car Gaston renchérit.

« Vous aimez les papillons ? Moi, je les aime presque autant que les pics-verts. »

Sa main presse légèrement ma hanche tel un clin d'œil d'une autre forme. Et sa voix joyeuse unie à ce bras qui m'enlace et me soutient sont autant de promesses d'un amour inattendu.

Il ne faut plus parler, il ne faut plus bouger, surtout qu'il ne réalise pas que je ne suis que moi.

Alors muette dans la nuit, enfin, je souris.

60.

Mary

— Comment as-tu soudain décidé qu'il était temps de partir ?

— Jeannette, arrête de couler ton frère ! crie Gabrielle.

— Tu disais ? me demande Annie sans quitter la piscine des yeux.

— Je te demandais comment tu as su.

L'image est trompeuse, nous sommes allongées sur des chaises longues telles des pachas et pourtant nous veillons à chaque instant. Balayer du regard la piscine pour identifier les éventuels problèmes, solutionner les crises, embrasser les bobos ou sauver de la noyade la victime d'une bouée dégonflée. Parler d'un sujet important dans ces conditions est parfaitement utopique. Pourtant, je persévère. J'ai besoin de savoir. Savoir quand est-ce qu'il est temps de quitter quelqu'un. Je me doute qu'avec les années, une relation peut perdre en intensité. Peut-être ai-je de la difficulté à me souvenir combien je suis éprise d'Adam ? Peut-être est-ce juste une phase ?

Les enfants courent autour de la piscine, sautent en bombes et je crois que nous buvons désormais toutes un Spritz avec un soupçon de chlore.

— Qui te dit que j'ai choisi ? me répond Annie.

— Il y a bien eu un moment où tu t'es dit que tu renonçais à vous, à votre couple ?

Annie regarde ses enfants qui se disputent un ballon puis se tourne à nouveau vers moi.

— Je crois que je savais depuis longtemps, mais que je n'ai pas voulu partir à cause d'eux, fait-elle en désignant du menton ses deux fils qui se battent désormais à mains nues pour couler l'autre. C'est tellement commun !

— Ah oui, tu as raison, c'est tellement quelconque, dis-je en imitant son ton légèrement apprêté.

Gabrielle et Charlotte sourient de mes taquineries. Annie semble ne pas y prêter attention et, plongée dans ses pensées, elle poursuit en cherchant ses mots.

— Beaucoup de femmes utilisent cette excuse pour ne pas partir, mais dans mon cas, j'avoue qu'elle m'a été nécessaire très rapidement. J'allaitais encore Hugo que j'avais déjà perdu tout espoir pour notre couple. C'est stupide, j'aurais dû être plus réaliste avant de l'épouser ! Je pensais qu'il était jeune, qu'il s'améliorerait avec l'âge, que sans doute j'étais moi-même trop sensible. Bref, toutes les histoires qu'on peut se raconter pour traficoter nos choix et les faire ressembler à ceux des contes de fées !

— Comment as-tu pu supporter cela toutes ces années ? Maintenant qu'on peut parler ouvertement, je n'ai jamais compris comment tu pouvais subir les remarques de Grégoire ! renchérit Charlotte.

— Et surtout, sans sourciller ! Pas que j'admire ceux qui savent cacher leurs états d'âme, mais cela m'intrigue ! dit Gabrielle.

— Pour être honnête, ses remarques m'ont toujours blessée, mais, au début, j'ai cru que c'était seulement la fatigue qui parlait. Deux jeunes garçons à élever, peu d'aide de Grégoire parce que lui avait un métier sérieux, comme il se plaisait à le répéter. Les rares fois où j'ai abordé le sujet avec lui, il s'offusquait, m'assurant qu'il s'agissait de plaisanteries et que je manquais d'humour. Épuisée par mes accouchements rapprochés, je n'envisageais même pas de le contredire. Pire, j'ai consulté un psychologue pour apprendre à être moins touchée par les remarques des autres ! Vous imaginez ? dit Annie à voix basse comme si elle nous confiait un secret d'État. Je n'ai même pas osé dire au psychologue que le principal pourvoyeur de remarques était mon mari !

— Et dire qu'on était là tout ce temps. Pourquoi n'avoir rien dit ? demande Charlotte.

— J'avais honte, j'étais persuadée que s'il me traitait de cette façon, c'était parce que j'étais incapable de lui inspirer plus de respect.

Annie essuie d'un geste une larme égarée et nous restons silencieuses.

— Vous aviez l'air de tellement bien gérer votre vie, je me suis convaincue qu'il fallait me relever et avancer, coûte que coûte. Je me répétais qu'il fallait un peu de patience, qu'une fois l'énergie retrouvée, tout rentrerait dans l'ordre, explique Annie.

— C'est fou combien on peut avoir ce sentiment que les autres gèrent mieux que nous ! dis-je, songeuse.

— À notre naïveté ! lance Gabrielle en levant son verre de Spritz.

— À notre naïveté ! répond-on gaiement comme si le temps qui passe avait ôté toute dimension dramatique à nos erreurs.

— Et ensuite, une fois que tu as retrouvé la forme, pourquoi ne l'as-tu pas quitté ? s'enquiert Charlotte.

— Lorsque Damien et Hugo ont eu trois et cinq ans, je ne pouvais en effet plus utiliser le prétexte de la fatigue. J'aimais les voir grandir et leur simple présence m'épanouissait. Mais à l'approche de la nuit, quand les petits étaient couchés, je devenais mélancolique. Grégoire m'avait gentiment surnommée « *sa petite dépressive* ». Quel abominable surnom ! Le soir, une étrange tristesse s'emparait de moi et je n'avais qu'une seule envie, me réfugier dans mon lit pour dormir. J'ai longtemps tenté d'élucider ce mystère : comment mes journées pouvaient-elles être si lumineuses alors que leur fin était irrémédiablement chagrine ? Mon moral allait-il de pair avec le soleil, se couchant avec celui-ci en soirée ? Puis, un jour, j'ai cru avoir trouvé.

Nous sommes pendues aux lèvres de notre amie qui a pris goût à nous mener de révélation en révélation. Libérée, elle ne semble plus craindre le regard des autres sur ses choix, et il y a une fraîcheur dans son attitude qui m'attire de plus en plus. La vie est profondément intéressante lorsqu'on la débarrasse de son vernis et Annie ne nous a jamais parue aussi vivante qu'aujourd'hui.

— Et tu as trouvé quoi ? insiste Gabrielle.

— J'ai dit « *j'ai cru avoir trouvé* », précise Annie. Après être allées voir toutes sortes de personnes qui clamaient haut et fort pouvoir m'aider, j'ai rencontré un jour cette dame. Je profitais du soleil en regardant les garçons jouer lorsqu'elle s'est assise à mes côtés sur un banc du parc. On a sympathisé un peu. Elle semblait avoir envie de parler et je n'étais pas contre l'idée. Puisqu'elle s'intéressait gentiment à ma vie, j'ai voulu lui rendre la politesse en lui posant quelques questions sur la sienne. Et c'est là qu'elle m'a raconté son incroyable carrière. Seule femme médecin parmi les hommes, elle avait eu une vie palpitante. Chirurgienne spécialisée dans la transplantation d'organes, elle avait pratiquement tenu les destins de nombreux patients entre ses mains ! J'en ai encore des palpitations rien qu'à vous en parler ! Cette femme paraissait vibrer et je ne l'imaginais pas s'éteindre comme moi, à la tombée du jour. Et c'est à ce moment précis que j'avais réalisé. J'étais triste parce que moi, je n'avais pas trouvé de sens à ma vie.

— Quelle épopée, Annie ! Sous tes dehors de jeune fille bien élevée, le feu brûle ! déclare Gabrielle en riant.

— Tu n'imagines même pas, rétorque Annie avec un clin d'œil.

— Tu es métamorphosée, dis-je plus pour moi que pour elle. Si j'avais su qui était la véritable Annie pendant toutes ces années !

— Qu'est-ce que cela aurait changé ? demande Charlotte.

— Eh bien, j'aurais osé me lâcher aussi !

— Et ce n'est pas fini, chantonne Annie. Il m'a fallu deux ans pour comprendre que cela n'était pas le problème. Trouver un sens à ma vie ne compenserait jamais la solitude et la souffrance que j'endurais dans mon couple. Il fallait partir. Un jour. Quand je serais prête.

Comme nous attendons la suite de l'histoire dans un silence religieux, Annie poursuit.

— Alors j'ai attendu. Longtemps. J'ai attendu un signe, une petite voix qui me dirait : « *Allez Annie, lève-toi ! Fais tes valises, il est temps de partir !* » Une certitude. Mais rien… Jusqu'au jour où il y a eu son baiser.

61.

Jack

— Attends, je vais mieux disposer cela. Il faut que tu sois confortable.

Ma mère gonfle mes oreillers et les replace pour qu'ils constituent ce nid douillet dont mon corps meurtri a tant besoin.

— Voilà, repose ta tête maintenant. C'est mieux ? Tu es sûr ? Il faut le dire sinon. C'est important.

Elle est à mon chevet depuis quelques jours, s'activant pour alléger mon quotidien. Elle ne m'a pas reproché d'avoir dissimulé ma maladie les premières semaines. Elle est comme cela, ma mère, elle saisit l'essentiel et aujourd'hui, l'essentiel consiste à adoucir mes jours sans aborder l'issue. J'imagine le défi immense que cela représente pour une mère et pourtant, il n'y paraît rien.

Toute la journée, elle s'affaire autour de moi, elle amène les délicieux plats du traiteur, masse mes mollets et mes pieds à l'huile d'amande douce, lit un extrait d'un livre ou me fait découvrir un nouveau morceau de musique.

Elle a dégoté dans son grenier les vieux carnets dans lesquels quelques dizaines d'années auparavant, elle a retranscrit nos aventures d'enfant. Chaque jour, nous en lisons quelques pages. Jusqu'ici, je vivais par instants, les accumulant sans y prêter beaucoup d'attention. Désormais privé d'insouciance, mon existence se transforme en cette histoire que je regarde avec un mélange de reconnaissance et de mélancolie.

Il faut que les jours manquent pour mesurer combien nous sommes ce parcours sur terre. Réunir d'un tenant mon début de vie et la fin qui s'approche me bouleverse et me donne plus que jamais envie d'être présent à chaque minute.

Si seulement j'avais compris plus tôt, j'aurais fait tellement mieux. Mais dans ce qui me reste de temps, il n'y a pas de place pour les regrets, alors pour m'en distraire, je regarde ma mère qui s'agite, qui donne tout ce qu'elle a d'amour pour me porter sur mon chemin. Même si le jour du grand départ semble dangereusement se rapprocher, elle est parvenue à rendre ma vie agréable et la plupart du temps, je ne crains plus le lendemain.

— Je te lis notre extrait du jour ? Prêt à découvrir le sacré coco que tu étais à trois ans ? demande ma mère, le sourire aux lèvres.

— Je n'ai peur de rien !

— C'est marrant, c'est déjà ce que tu disais à l'époque ! Finalement, tu n'as pas beaucoup changé ! Voyons, dit-elle en reprenant l'endroit où nous nous sommes arrêtés hier. Je me lance !

« *Juillet 1975.*

Il y a quelques jours, nous avons fêté tes trois ans. Tu étais comme un roi au milieu de tes amis et de tous ces cadeaux ! J'ai laissé ce cahier en friche pendant quelques semaines et tu en as profité pour accomplir mille progrès !

Tout d'abord, le plus grand de tous, tu dis enfin "oui" ! Un petit mot qui trouvait difficilement sa place dans ton vocabulaire pourtant impressionnant. Tu sais nous raconter des histoires rocambolesques de loups et de lapins, tu connais en détail tout ce qui constitue un tracteur ou un camion-citerne, mais tu peinais à utiliser ce petit mot de rien du tout. Tu avais pris le parti de sortir tes "non" à tout-va et souvent avant même que la question ou le bol de soupe soit posé. Non, non, non, irrémédiablement non.

Puis, il y eut ce premier oui, annonçant des milliers d'autres.

Tu es bon comme le pain, mon petit garçon et lâcher ce "non" automatique, passage obligatoire du développement de soi, fut pour toi une réelle libération. En un coup, j'ai senti ton être se détendre et tes colères puissantes se dissiper.

Je crois que c'est cela grandir, pouvoir gagner en liberté, choisir son bonheur et lui donner une place. J'ai l'impression que c'est seulement ainsi que la colère et la tristesse peuvent retrouver la leur, des émotions importantes qui t'enseignent ce qui est bon pour toi mais qui ne doivent pas occuper tout l'espace d'une vie.

Pardon, je m'égare. Nulle envie de te dire ce que tu dois faire, je suis convaincue que tu trouveras toi-même ton chemin. Tu es déjà si doué pour cela !

Ce matin, en vous conduisant ton frère et toi à l'école, tu as dit quelque chose qui a transformé ma journée. Il faut avouer que j'étais un peu maussade. Trop peu de sommeil, un projet difficile au travail et une météo tristounette suffisent parfois à m'assombrir. C'est bête hein la vie ?

La voiture s'est engagée sur cette route qui plonge dans la vallée et nous offre ce paysage somptueux du versant opposé, ses forêts, ses prairies vertes à perte de vue, son château et ses demeures mystérieuses qui agitent ma créativité. La beauté de ce tableau me surprend à chaque fois.

C'est alors que j'entends ta petite voix craquante marmonner quelque chose que je ne comprends pas. Je te demande de répéter et maintenant que tu dis "oui", enfin plutôt que tu cries "oui", j'ai droit à ta confidence que tu lâches sans même reprendre ton souffle.

"Maman, tu sais, en fait, j'aime beaucoup de choses ! J'aime le chocolat, j'aime dormir (Ndlr : non, je ne savais pas du tout ! Tu es sûr de cela ?), j'aime les arbres, j'aime l'école, j'aime les chiens, j'aime les voitures rouges, j'aime aller dans une voiture rouge, j'aime toucher une voiture rouge…"

Ton laïus s'est prolongé tout le long du chemin vers l'école et a consisté pour le reste en un nombre incalculable de choses que tu pourrais faire avec une voiture rouge. En quelques minutes, tu as transformé l'atmosphère dans la voiture et nous avons tous joué à réciter ce que nous aimons ici-bas. »

Elle referme le carnet. Nous avons les larmes aux yeux. Ma mère s'allonge près de moi et m'embrasse sur le front.

— Je me rappelle de ce moment, dit-elle en essuyant une larme. Dans cette voiture, j'ai aperçu l'homme que tu deviendrais plus tard, cet homme passionné qui partage sa joie avec les autres, les entraînant avec lui. C'est vrai tu sais, je t'ai imaginé comme cela ! Nous, les mères, on aime voir dans nos petits les grands qu'ils seront un jour et j'étais fière autant du petit garçon que de l'homme que je découvrais soudain.

— Je ne suis pas sûr d'avoir fait le meilleur de cette vie, tu sais.

— On a tous nos moments de doute mon Jack, mais s'il te plaît, n'oublie pas le cadeau que tu es. Pour moi et pour tes amis.

Ma mère caresse ma tête doucement, comme si j'étais à nouveau enfant. Elle me serre contre elle et je sens ses larmes sur le col de mon pyjama, alors je ne dis rien. Nous restons ainsi un long moment, plongés dans ce souvenir radieux d'une matinée de mes trois ans, un parmi les nombreux autres de notre famille. Nous avions si peu conscience de la valeur de ces milliers de jours qui nous attendaient. Comment fallait-il aborder ce temps qui nous file inlassablement entre les doigts si ce n'est le vivre ? Quel luxe absolu d'avoir la vie devant soi !

— Nous avons une vie magnifique, mon Jack. Je lis ces quelques lignes et je vois le petit blondinet courir, chanter et négocier si efficacement avec sa mère. Tant qu'on n'a pas été mère, on n'imagine pas ce bonheur. Personne ne devrait être privé de cela. Surtout pas toi, ajoute-t-elle en me souriant. La vie a ses mystères et j'espère que sa prochaine surprise nous plaira, mon chéri. En attendant, si on continuait à lire ?

J'enfouis ma tête dans ses longs cheveux et je pleure.

Je pleure mes regrets, la souffrance physique, ces nuits solitaires, ces opportunités ratées, ce sort qui s'acharne, ces années qui me seront peut-être enlevées. Je m'effondre, je descends au plus bas, j'en ai besoin depuis si longtemps.

Je pleure parce que cette vie, je l'aimais bien.

62.

Notre maison, le 14 avril 2009

Ma douce Lucie,

Je me souviens de ton sourire le jour où je t'ai embrassée pour la première fois. Dans ta robe vert émeraude, tu es éblouissante.

Je connais si peu de choses à l'amour, mais j'ai su repérer ma chance et la saisir. Presser mes lèvres contre les tiennes et attendre que tu me guides. Sentir ta langue légèrement vibrer puis s'animer dans un mouvement langoureux.

Nous ne disposons que de quelques minutes avant que les autres ne reviennent, pourtant j'ai le sentiment étrange d'avoir l'éternité.

Et c'est collé à ta bouche chaude que je prends ma décision, celle de te demander ta main. En ce temps-là, on ne tergiverse pas. Un baiser, un sourire, ta main dans la mienne m'ont suffi, à moi, celui qui ne comprend rien aux femmes ni à l'amour.

Je n'ai pas mesuré ma chance ni l'engagement que ton oui entraînerait dans son sillage. Jeune, distrait, j'ai fait comme tout le monde. Tel le bon militaire que j'ai été, je suis la procédure. Le dîner avec tes parents, le cigare en compagnie de ton père, son oui grave et solennel, ma demande genou à terre au milieu des fleurs de ton jardin, les larmes de joie de ta mère, le grand jour, notre maison et enfin, une vie à nous.

À chaque étape, je me concentre sur la bonne attitude à adopter, ignorant tout de celle qui suivra. Tu imagines, te dire oui le jour de notre mariage sans avoir songé à ce que je ferais de tout ce temps à deux, ces milliers de journées et de nuits d'union ? C'est comme ne pas comprendre qu'il y a un lendemain, que mes choix ont des conséquences !

Je crois que j'étais juste incapable de pareille réflexion. Dans mon enfance, mes parents n'avaient jamais abordé la question. La seule et unique règle martelée jour après jour était d'accomplir sa tâche. Faire, faire, faire. Jamais, nous n'avions parlé d'amour, de lien ou d'écoute. Jamais, je n'avais été témoin d'un geste de tendresse entre mes parents. Ils s'activaient du soir au matin pour faire tourner notre maisonnée et les seuls temps d'arrêt étaient consacrés au repas ou au repos. Tu remarqueras d'ailleurs que c'est pratiquement le même mot, facile à retenir !

Le faire avant l'être, me dirais-tu en souriant.

Le faire avant l'être.

Pour l'enfant que j'étais, les relations semblaient se tricoter naturellement et, qu'on aime ou qu'on n'aime pas, on était dans le même bateau jusqu'à ce que la mort nous sépare.

Bien entendu, je ne peux attribuer cette façon de vivre à notre seule époque. Il est évident que notre famille se transmettait une légende en héritage ! Faire, faire, faire pour survivre ! Un héritage qui m'a mené ici, faisant de moi ce solitaire.

Je ne cherche pas d'excuses, mais la sagesse m'incite à comprendre pour pouvoir un jour peut-être me pardonner. J'aurai ainsi mis fin à la transmission de ce poison de génération en génération et, même sans offrir de lignée, j'aurai suscité plus d'amour, même s'il ne s'exprime que de moi à moi. Peut-être de moi à Mary aussi.

En parfait accord avec mon éducation, j'ai donc fait. Beaucoup. J'ai accumulé les projets et les heures de travail, t'abandonnant à ton foyer.

La nature ne nous avait pas offert ces enfants qui peuplaient les maisons tout autour de la nôtre. Étaient-ce leurs rires et leurs cris nous parvenant des jardins voisins qui avaient accru ma volonté de fuir notre quotidien ? M'enfoncer encore un peu plus dans cette vie de labeur pour ne pas lire la souffrance dans tes yeux ? Rester dans ce bureau où je pouvais être efficace alors que chez nous, je l'avais été si peu. Trop peu pour pouvoir te donner cet enfant.

Tu me diras qu'il est impossible de savoir quel corps a failli, puisque nous n'avons pas fait ces analyses plus poussées.

À cela je répondrai que face à une femme triste, un homme se sent toujours responsable. Surtout un homme comme moi, si peu en amitié avec lui-même.

Je t'ai aimée. À ma manière particulière, avec les connaissances qui étaient les miennes à l'époque, mais je t'ai aimée. Je voudrais que tu le saches.

Et puis il y a eu ce jour, celui qui a transformé nos existences, explosant notre couple devenu trop fragile.

Il fallait du pain ce soir-là. Oui, il est fascinant qu'un simple pain qui manque puisse bouleverser le cours des choses. Il est déjà tard et les magasins vont fermer. Tu essaies de m'appeler à mon bureau mais je rechigne à répondre.

Alors, tu fais ce que tout le monde ferait. En réalité, c'est faux. Beaucoup se seraient assis, attendant que l'autre rentre car finalement, ce pain, il n'y a que moi qui en veux absolument. Toi, avec ton bon caractère, tu te serais contentée d'une biscotte, mais ce mari exigeant qui t'échappe, il faut tout faire pour le retenir.

Tu attrapes ton sac pour effectuer ce dernier achat, malgré la nuit qui tombe, malgré ta cheville qui faiblit. Tu refermes la porte derrière toi, soupirant d'avoir épousé un tel goujat et un pas après l'autre, tu t'engages sur le trottoir. Tu passes le coin de notre rue et sans doute ta cheville donne-t-elle déjà ses premiers signes de fatigue. Peut-être t'es-tu même accordé une petite pause sur le banc, rue du Marchais ? Cela, je ne le saurai jamais. Tu n'as rien voulu raconter de ce soir-là. Ni à la police, ni à ton mari.

Alors je ne peux qu'imaginer chacun des gestes qui t'ont menée à ce trottoir, à cette pierre mal scellée, à ces quelques centimètres de dénivelé qui auront suffi.

Un pain et cinq centimètres. Un mari peu aimant et une cheville qui fatigue.

Tu marches encore un peu, chaque mètre devenant plus éprouvant. Finalement, tu t'arrêtes. La boulangerie est face à toi, sur l'autre trottoir.

Tu attends patiemment que le signal passe au vert pour traverser lorsque le sol se dérobe sous toi. Ta cheville plie, ton corps s'effondre et la pesanteur choisit la route plutôt que le trottoir, entraînant ces autres destins dans ta chute.

Ton Archibald

63.

Journal d'Adélaïde, le 15 avril 2009

Peut-être devrais-je bientôt brûler ce journal ? C'est vrai, ce que je m'apprête à révéler ne doit jamais, au grand jamais, être lu par quiconque ! Si les autres savaient ! Mon Dieu si les autres savaient !

Si lui savait surtout !

Nos rendez-vous se succèdent et je ne suis pas idiote, je sais ce qui m'attend. Souvent, je surprends son regard attardé sur la partie basse de mon visage, sur mes lèvres plus précisément. Puis, subtilement ou pas, glisser sur mon nez, croiser mes yeux intrigués et se détourner l'air de rien ! Je connais ce regard, je le vois dans le film romantique du dimanche soir, il annonce le grand moment, celui du baiser. Les acteurs le travaillent pendant des heures, mais à l'écran, il semble toujours le même : silencieux, ils se contemplent un instant puis par un mécanisme d'accord tacite dont les signaux semblent être envoyés par les yeux, ils se lancent dans un baiser fougueux.

Une pause, un regard puis ils s'embrassent.

Seulement, il y a un souci.

Je ne suis pas prête. Et je crains ne jamais l'être.

Pourtant n'importe qui le serait après six mois de rendez-vous galants ! J'ignore de quelle façon les relations se dessinent dans la vraie vie, mais mes seules sources – Martha et mes films à l'eau de rose – indiquent qu'habituellement, les choses sont plus rapides !

Dans mon cas, la possibilité d'un baiser demeure exclue. Alors depuis peu, je m'interroge. Qu'est-ce qui me freine ? Est-ce la crainte de ne pas aimer ? Est-ce mon ignorance totale de la technique à un âge avancé ? Est-ce la peur de le décevoir et, pire encore, qu'il s'en aille se faire mieux embrasser ailleurs ?

Comment lui dire que mes lèvres n'ont jamais vécu d'histoire d'amour ? Comment oser lui avouer sans risquer qu'il en tire certaines conclusions peu heureuses ? C'est vrai, je suis comme ces légumes qui s'attardent sur les étals du marché. Ils sont sans doute très bons, mais le peu d'intérêt qu'ils ont pu susciter jusque-là leur a fait perdre toute valeur.

Nulle envie de révéler à mon bien-aimé que je suis une vieille courge flétrie !

L'autre jour, alors que nous sommes attablés autour d'un autre brunch dont il a pris l'initiative et que le spectacle des œufs à la coque, croissants et jus d'orange s'offre à nous, Gaston aborde le sujet. Sans utiliser le mot « baiser », il fait une proposition qui engage nos corps dans cette voie.

— Adélaïde… essaie-t-il, soudain peu sûr de lui.

— Mmmh.

— Adélaïde, j'ai envie de partir avec toi. Quelque part. J'aimerais être celui qui découvre avec toi de nouveaux paysages. Qu'en penses-tu ?

À travers la table, il saisit ma main pour m'encourager mais je demeure silencieuse. J'essaie de réfléchir à toute vitesse pour ne pas le laisser dans l'embarras, seul avec son invitation courageuse. En réalité, j'ignore quoi répondre car sa proposition en implique bien d'autres… S'il y a voyage, il y aura forcément tous ces jours qui se suivent et autant d'occasions de s'embrasser. Pire, il y aura aussi les nuits, le partage d'un lit, son corps à quelques centimètres du mien.

Son invitation mentionne seulement de nouveaux paysages sans évoquer toutes ces autres opportunités de découverte de territoires inconnus pour lesquelles un lit suffit pour être à destination.

Il faut que je réponde quelque chose. Il me demande l'intimité des corps et je dois lui dire si je le veux ou non.

— Oui. Oui, c'est une bonne idée. J'aimerais beaucoup voyager avec toi, dis-je simplement.

— C'est vrai ? répond-il avec surprise, montrant que rien n'était gagné d'avance.

J'ai dit oui au voyage et implicitement à tout le reste, le baiser, le mélange de nos corps, cette première fois pour moi, cette intimité tardive qui me fait un peu honte.

Depuis, je cherche. Pourquoi cette crainte du baiser ?

Et une fois l'énigme résolue, je m'attaquerai à toutes les autres. Il me reste si peu de temps. Trois semaines avant le grand « voyage ».

Alors, sans relâche, je m'interroge.

Ce soir, en contemplant deux de nos pics-verts préférés, je comprends.

Il ne s'agit pas d'un manque de technique pourtant évident ni même d'embarras lié à toutes ces premières fois. Non, la racine de ma peur est profonde.

Si nous devenons intimes, je franchirai une étape dont je ne pourrai jamais revenir. J'aimerai un autre être humain et la première fois ne m'a pas réussi. Cet amour pour ma mère m'a laissée avec la solitude en cadeau. Si Gaston n'avait pas été si déterminé à me connaître, je serais sans doute morte toute seule dans mon salon, découverte tardivement à l'état de décomposition. C'est l'amour qui me fait peur et, à la seule pensée de cet avenir à deux, je tremble. Vivrai-je dans la peur perpétuelle de le perdre ? Guetterai-je les dangers ? Je me vois déjà passer le restant de mes nuits à surveiller le souffle de mon bien-aimé.

Alors que le soleil décline et qu'il est temps pour moi de rentrer à la maison, je réalise que, pour cet homme-là, il est trop tard. Je l'aime déjà et la fête de nos corps ne changera pas grand-chose.

Mieux, j'ai entendu un jour que, si l'on reçoit suffisamment d'années d'amour, la haine des premiers temps s'efface et on a presque l'impression d'avoir eu une enfance heureuse.

Alors, vivrons-nous assez longtemps ?

64.

Mary

— Dites Archibald, vous avez été marié longtemps, non ?

En entendant ma question, il se fige un instant et je perçois un léger tremblement dans ses mains pourtant au repos. Était-ce donc si difficile ? Il est vrai que nous avons rarement évoqué le sujet puisqu'il avait mentionné une rupture brutale et que, devant son visage triste, je n'avais pas osé insister.

— Pardon, je ne voulais pas être indiscrète, j'ai une question pour une personne d'expérience et j'ai pensé à vous.

— C'est votre façon de me dire gentiment que je suis vieux ? demande Archibald en souriant. Oui, j'ai été marié longtemps et, d'ailleurs, je le suis toujours. Techniquement.

— Vous connaissez mon tact habituel…

— Bon, dites-moi tout ! Bien que je sois presque certain que mes connaissances en amour soient insuffisantes… Vous connaissez la fin de mon histoire, non ?

Je poursuis sans répondre.

— Je me demandais simplement si, dans un couple, il est important d'être honnête sur ses infidélités.

Archibald avale de travers et est pris d'une quinte de toux. Il me fait signe que tout va bien, mais de petites larmes perlent à ses yeux tant l'expectoration est difficile. Je n'aurais jamais dû aborder ce sujet avec lui. Qu'est-ce qui me prend ?

— Je suis désolée Archibald, j'ai fait une erreur… Oubliez cette conversation.

Je veux me lever mais il attrape mon poignet, m'intimant de rester. À force de tousser, il parvient finalement à reprendre son souffle.

— Pardon, ma petite Mary, je m'attendais à tout sauf à cela ! M'enfin qu'est-ce qui vous a pris ? Une infidélité ? Carrément ?

— Enfin, ne nous emballons pas, c'est juste un baiser…

— Embrasser ou plus, l'acte est le même, non ? Ou bien les temps ont-ils changé ? Je trouve qu'un baiser est presque pire d'ailleurs…

— Pourquoi ?

— Je n'en sais rien, me répond Archibald tout penaud. C'est juste un sentiment.

— Donc, j'ai embrassé Max.

— Max en plus ? Votre ami ?

Archibald manque de s'étrangler à nouveau.

— Oui, c'est absolument tout ce qu'il ne faut pas faire.

— Il y a surtout d'autres façons plus efficaces de rompre une relation qui ne fonctionne plus, non ? Une façon qui vous ressemblerait davantage, ma petite Mary ?

— Une relation qui ne fonctionne plus ?

— Il est évident que cet Adam, vous ne l'aimez plus ! Vous multipliez les sorties avec vos copines ou Ella, les activités, le sport, comme si vous vouliez le fuir en permanence. Pire, quand vous avez le projet d'une soirée en amoureux, vous m'invitez à partager votre repas. Vous pensez que je n'ai pas remarqué ? Il ne faut pas être idiot pour en tirer certaines conclusions. Et puis, je vois comment vous êtes en sa présence !

— Comment ?

— Éteinte, comme s'il était un fardeau plus qu'autre chose. Une valise que vous devez trimballer partout mais dont le contenu vous est complètement inutile.

— Max trouve qu'il faut se séparer quand on n'aime plus. Peut-être s'agit-il d'une phase ?

— Malheureusement, je l'ignore ! J'ai atteint l'âge où on sait qu'on ne sait rien, qu'il n'y a pas de réponse juste, surtout lorsque la question concerne la vie de l'autre…

Archibald marque une pause et se lève en prenant appui sur la table. Il se dirige vers un parterre tout près et arrache une mauvaise herbe qui a échappé à ses contrôles soignés. Il revient s'installer sur le banc près de moi, passant un bras autour de mes épaules.

— Ma chère Mary, je vous apprécie beaucoup. Je vais donc vous donner le conseil le plus bateau que je connaisse car c'est aussi le seul qu'il est bon d'appliquer dans une vie. Vous êtes prête ?

J'incline la tête, perplexe.

— Prenez la décision qui vous rend heureuse. Surtout quand il s'agit de relation ! Vous croyez vraiment qu'Adam a envie de se coltiner quelqu'un qui reste par charité ?

J'ignore quoi répondre, alors Archibald poursuit :

— Et ce Max ? J'imagine que vous avez réglé le problème en l'évitant ?

Je baisse les yeux et Archibald sourit.

— L'amitié, c'est important. Je me trompe peut-être, mais vous l'aimez toujours comme un ami, non ?

— Oui.

— On a tous nos moyens créatifs pour nous sortir de nos pétrins… Moi je l'aime bien ce Max. S'il vous plaît, expliquez-lui qu'il vous a rendu un grand service à son insu. Il est tellement sympathique ce garçon !

— Tout est simple à vous entendre.

— Mais, Mary, tout est simple dans la vie.

65.

Jack

Je m'éveille avec les premières lueurs du soleil. À force de se reposer, le sommeil devient capricieux et il ne parvient plus à s'étirer jusqu'au bout de la nuit. J'ai pris l'habitude de prendre ma météo au réveil. Pour une raison que j'ignore, certains matins sont meilleurs que d'autres. À quoi cela tient-il ? À la puissance d'un rêve qui me fait espérer ? À la grâce qui me touche avant que la conscience reprenne ses droits ?

Aujourd'hui, je ne me sens pas trop bien. Depuis que je me suis effondré dans les bras de ma mère, nous avons réfléchi à comment vivre toutes ces émotions qui bouleversent le quotidien.

Je ferme les yeux un instant. Un peu de morosité. Une légère tristesse. Non, en réalité, c'est plutôt du désespoir. Pas de colère aujourd'hui. Mon corps me paraît lourd et je dois fournir un effort pour attraper un des carnets de mon enfance, qui sont empilés sur la table à côté du lit.

Dès que je me sens sombrer dans cette satanée grisaille, je m'y plonge. Bien entendu ce temps est révolu, mais chacune de ces histoires me ramène à la vie, à ma vie. Je les lis et les relis pour prendre patience.

Bizarrement, ce petit garçon audacieux et rieur m'incite à croire aux miracles. Sans doute est-ce le privilège des enfants que je m'accorde une nouvelle fois tardivement, mais ces derniers jours, j'ai besoin d'avoir à nouveau trois ans et de croire que tout est possible.

J'ouvre au hasard un des carnets écrits par ma mère. Le hasard fait si bien les choses.

« *Août 1973.*

Tu viens d'avoir un an et je sens ton petit corps bouillonner à l'idée de toutes ces aventures à vivre. Tu rampes, tu avances à quatre pattes à toute vitesse, tu te hisses pour te tenir debout sur des jambes qui ne tremblent plus. Tu réclames mes mains pour t'emmener en balade, tu tends les bras bien haut pour me montrer ta volonté de marcher et, le dos courbé, je t'accompagne pour quelques pas. Ils sont désormais décidés, droite, gauche, droite, gauche, l'alternance se fait en souplesse, mais tu rechignes à lâcher même une main. Tu t'agrippes comme si la chute pouvait être fatale. Tu serres mes mains et je chéris ces derniers moments de promenade à deux, tes petits doigts autour des miens me rappelant le lien qui nous unit.

Ce matin, tu es accroupi à quelques mètres de moi, occupé à observer la famille qui se prépare à partir. Puis tu me souris et, poussé par une force invisible, tu te lèves. Seul. Debout, tu me lances un dernier regard joyeux, de ceux qui précèdent les pas décisifs dans une existence, puis tu commences à marcher sans plus t'arrêter, comme si la marche t'était acquise dans l'instant.

Il n'a même pas fallu d'essai, un pas, deux pas puis l'effondrement. Non, tu gambades en riant de l'effet que tu produis sur ton public, comblé par ta nouvelle liberté.

Peut-être que je m'attarde trop sur ce genre de moments, mais en te découvrant passer cette étape à ta façon, j'ai eu l'intuition qu'elle reflétait un trait de ta personnalité en construction. Que peut-être, tu ferais partie de ceux qui décident un jour de réaliser leur rêve, sourient et se lèvent pour accomplir ceux-ci en un souffle.

C'est tout ce que je te souhaite, mon chéri.

Découvrir ce qui t'apporte du bonheur, sourire et puis te mettre debout. »

Quel est donc mon rêve aujourd'hui ? Je souris.

66.

Notre maison, le 6 juin 2009

Ma chère Lucie,

J'imagine ton regard passant du trottoir qui se rapproche à la voiture qui roule à vive allure dans ta direction. As-tu songé que cela pouvait si mal se terminer ? Cette seconde fait partie de celles où, dans une vie, tout se pense et se décide. Tant d'images se succèdent, le passé et les futurs possibles se mélangent et, dans ce désordre, le corps reçoit mille instructions dont aucune ne peut être exécutée. Il s'agite dans ce brouillard, il veut s'en sortir même si l'instinct crie qu'il est trop tard. Les bras battent l'air en vain, le buste oscille désespérément mais rien ne peut lutter contre l'effondrement.

La chute se poursuit et la voiture n'est plus qu'à quelques mètres. Et dans les rues et les maisons tout autour, la vie suit son cours. Des parents donnent le bain à leurs enfants ou préparent le dîner, des amoureux se promènent main dans la main, un vieil homme allume sa télévision. La mort toute proche n'empêche pas notre terre de continuer à tourner.

As-tu tout de suite compris que tu serais un obstacle ? As-tu eu le temps de t'interroger sur le conducteur ? Allait-il te voir ? Faisait-il partie de ces êtres généreux qui, en un instant, choisissent la vie des autres plutôt que la leur ? Serait-il de ceux qui prendraient le risque de braquer ? Mieux, serait-il attentif et agile au point d'éviter le pire en accomplissant un miracle ? Un miracle était-il seulement possible…

En touchant le sol, ton corps se sera contracté en l'attente de ce choc encore plus puissant, celui d'un véhicule qui te heurte dans sa course.

Puis, rien. Aucune autre douleur que celle de ta cheville définitivement abîmée.

Rien sinon le bruit d'une voiture qui braque violemment, le souffle de la taule à quelques centimètres de ta peau, la terrible vision d'un cabriolet qui percute la rambarde et poursuit sa trajectoire dans le vide.

Deux vies s'évanouissent.

Un couple meurt pour te sauver.

Le choix d'une vie, celle de Lucie.

Archibald

67.

Mary

Le soleil me gratifie de ces ultimes rayons lorsque j'aperçois cette femme, assise à l'abri d'une dune. Bercées par ce vent fatigué par l'été, nous sommes les seules à nous être attardées. Ella et Adam sont rentrés à la villa préparer le dîner, me laissant profiter d'un dernier moment sur la plage.

Sa présence m'intrigue, quelque chose dans son attitude me touche. Elle est élégamment appuyée sur un bras tandis que l'autre porte un livre à hauteur de ses yeux. Elle parcourt une page puis le repose sur ses genoux pour intégrer sa lecture, humer l'air marin, regarder ce soleil destiné à disparaître. À nouveau, elle se plonge dans son livre et je réalise que tout en elle me bouleverse. Sa grâce, le mouvement de sa chevelure enserrée dans un chignon lâche, la délicatesse avec laquelle elle replace le tissu de sa longue jupe, tous ces détails qui n'en sont pas me rappellent ma mère. Cela fait quinze ans qu'elle et mon père sont décédés et, pourtant, son image est intacte.

N'apercevant que le dos de l'inconnue, je peux me mentir, me raconter que c'est elle, sous ce soleil de fin de journée. Je prie pour qu'elle reste là, que je puisse un peu plus longtemps me couler dans ce rêve.

Elle ne bouge pas, alors j'imagine me lever et céder au désir puissant de courir vers celle qui me manque. Je cours vers elle et soudain le besoin de ses bras, de sa tendresse, de son odeur sont plus vivaces, comme si la possibilité de son existence les manifestait. Je cours vers elle et elle se retourne, telles ces mères guidées par leur instinct. Son sourire engage son visage et ses bras se tendent vers moi. Non, mieux, elle se lève, incapable d'attendre que je parcoure les quelques mètres qui nous séparent encore. La scène peut sembler maladroite mais, dans mon esprit, elle est éblouissante. Très vite, je m'assieds près d'elle car j'ai hâte de lui parler, de verser dans une autre de ces conversations à bâtons rompus qui donnent le sentiment que l'autre sera là pour l'éternité.

Après toutes ces années, par quoi commencer ? Que lui raconter de cette maternité qui m'a révélée ? Les souvenirs affluent et j'ignore lequel choisir. En réalité, je voudrais qu'elle se penche vers moi, qu'elle me rassure, qu'elle me répète que c'est une bonne chose qu'Ella soit sur terre. Je voudrais tant être apaisée, évacuer le sentiment, même infime, d'avoir été égoïste. C'est absurde car Ella est radieuse. Mais le doute persiste et recevoir l'assentiment de ma mère m'allègerait un instant.

Devant cette mer d'huile, je me concentre sur ce qui me pèse aujourd'hui.

Oserais-je lui avouer que l'homme fiable que j'ai épousé ne m'a jamais bouleversée ? Que je le découvre trop tard pour pouvoir m'en séparer ?

Et si nous nous attardons toutes les deux sur cette plage dont le sable est encore chaud, lui confierais-je mon secret ?

Le temps passe et il subsiste. Il occupe une place croissante et je peine désormais à le contenir. Alors oui, sans doute je lui dirais l'inavouable. Si nous avons le temps.

Il y a ces traits chez Ella qui ne m'appartiennent pas. Sur son visage et puis, dans sa personnalité aussi. Ce sont ses traits à lui et leur présence a suscité une envie, plus forte chaque jour.

Celle de le rencontrer.

68.

Jack

Ce jour-là, je me tiens fier face aux marches à gravir. Elles sont recouvertes de ce velours rouge qui confirme la réussite dans une vie. Partout autour de nous, la foule s'est amassée pour apercevoir l'équipe du film. Dans la chaleur de l'été naissant, vêtus de nos plus beaux atours, visages radieux et teints exaltés par une journée à la plage, nous avançons tranquillement vers notre première gloire.

Le soleil décline, offrant cette lumière rose orangé qui embellit les souvenirs. Je tiens la main de cette somptueuse actrice avec qui j'ai célébré plus que raisonnablement cette première sélection officielle. Je me rappelle la douceur de sa peau et le mouvement subtil de sa paume contre la mienne, comme si nos corps mélangés quelques heures plus tôt avaient fait de nous des intimes. Tout nous pousse à la fête, à la joie, à la célébration de nos années d'efforts. Nous n'étions personne avant de devenir quelqu'un et cette résilience confère une intensité supplémentaire à notre présence ici.

Même si notre film doit encore être soumis à la critique d'un jury, nous avons déjà notre victoire. Chaque pas, chaque geste, chaque minute de ce long chemin vers la reconnaissance sont gravés dans nos mémoires et s'expriment dans nos sourires face aux flashs crépitants des photographes.

Je suis allongé sur ce lit que je ne quitte presque plus et, inlassablement, mon esprit glisse vers ces souvenirs joyeux, ceux d'un autre homme, ceux d'un autre temps. Comme s'il voulait par ce tour de passe-passe me faire oublier la mort, cette compagne qui m'attend. Je me disperse entre le bonheur passé et l'angoisse présente, liant ces extrêmes que la vie me propose.

Les pronostics ne sont pas bons. La fin se profile, me laissant avec un regret.

Je meurs et cela m'obsède.

Un seul regret.

Ne jamais avoir eu d'enfant.

PARTIE IV

Puis, il y eut ses yeux et le monde se tut.

Six ans plus tard
Août 2015 – Décembre 2016

69.

Mary

— Alors ? demande Annie.

— Oui, raconte ! renchérit Charlotte. On veut des détails !

Je me contente de siroter mon thé glacé en m'amusant de leur impatience. En réalité, je n'ai pas grand-chose à révéler et je profite de ces derniers instants de calme avant une nouvelle vague de conseils en tout genre.

— Pour être honnête…

— Oui ? répondent-elles en chœur.

— Je… il ne s'est rien passé, dis-je avec une grimace.

— Rien ? répète Gabrielle. Vraiment rien ?

— Non, je suis navrée, je n'étais pas sous le charme. Je ne vais quand même pas me forcer pour avoir une bonne histoire, non ?

— Bien sûr que tu pourrais ! répond Gabrielle.

— Il était tellement charmant ! gémit Charlotte. Tu as vu son regard lorsqu'il t'a accostée ? Et puis, ces quelques mots bien choisis, ces jolies phrases... J'aurais rêvé qu'on m'approche ainsi !

— Et la couleur de ses yeux ! Comment as-tu pu résister ? demande Annie sur un ton de reproche.

— Mais je vous le laisse volontiers ! Je n'y peux rien s'il ne me plaît pas ! Je ne vais pas l'embrasser pour vous faire plaisir ! L'amitié a ses limites, non ?

— Non, répondent-elles une nouvelle fois à l'unisson.

— La liste est longue, Mary ! Cela va faire quatre ans que tu es divorcée et personne ne semble te convenir ! Et tu ne vas pas me dire qu'Adam est irremplaçable ! Qu'est-ce qui te retient ? Ou plutôt devrais-je dire : *qui* te retient ? s'enquiert Charlotte.

Elle a raison. Depuis le divorce, j'ai eu quelques histoires sans intérêt et ne suis pas parvenue à m'attacher à quiconque. Ce n'est pas faute d'avoir essayé pourtant. Je tourne la paille dans mon verre pour produire un tourbillon miniature. La vérité est que j'ignore comment m'investir.

— Je ne suis pas prête ! Je sais, c'est bateau comme excuse, mais voilà, je ne suis pas prête, ce n'est pas le bon, tout ce que voulez, mais ce n'est pas pour maintenant ! dis-je sur un ton légèrement agacé. Ella aura dix-huit ans dans un an et je suis consciente qu'elle ne restera pas éternellement à la maison, mais je n'ai aucune envie de remplir ma vie, seulement par peur du vide ! J'imagine que cette rencontre viendra plus tard. Je me suis déjà précipitée dans une relation alors que je n'étais pas amoureuse et je ne veux pas répéter mon erreur.

— Excuse-nous, tu as raison, c'est vrai qu'on exagère... On a notre petite vie tranquille bien rangée et je crains que l'on vive un peu par procuration, n'est-ce pas Gabrielle ? lance Charlotte avec un clin d'œil.

— J'avoue que j'y croyais tellement ! répond-elle en riant.

Pour changer de sujet, je me tourne vers Annie.

— Prête à tout recommencer ? Comment s'appelait encore ce cours ? « *Rencontre avec Mozart* » ?

Annie caresse son ventre arrondi.

— Absolument pas prête, comme à chaque fois ! Entre nous, j'étais certaine d'en avoir fini avec les langes et Mozart pour les bébés ! Quelle surprise ! ajoute-t-elle, songeuse. Quelle bonne surprise.

Face au ventre d'Annie, je ne peux m'empêcher de penser à mes débuts avec Ella. Ce choix jadis si difficile est devenu une évidence. Qu'aurait été ma vie sans elle ? Mais ce choix suscite aussi des interrogations auxquelles nul ne peut répondre. Aucune famille ne ressemble à la nôtre, m'obligeant sans cesse à faire appel à mon instinct dont je crains les limites. J'ai appris à cheminer avec les incertitudes, cherchant, hésitant, tâtonnant en quête de la bonne attitude, mais depuis quelques semaines, je suis à nouveau assaillie par les doutes. Ai-je bien fait d'attendre ? À l'époque, mon but était de préserver Ella, lui permettre de grandir sans ajouter de contingences à ses jours, mais aujourd'hui, toutes ces excellentes raisons ne résistent pas à l'angoisse qui s'empare de moi.

Comment réagira-t-elle le jour où je lui parlerai du donneur ? Ma conviction passée a perdu son apparente solidité et repose molle devant moi, tel un petit tas de choses dont on ne sait que faire.

C'est cela que j'ai envie de leur répondre, qu'il m'est impossible d'être présente à un rendez-vous amoureux car je suis ailleurs, assise avec les milliers de possibilités que comporte chaque étape de la vie.

Et que plus que jamais, je doute du prochain pas.

70.

Journal d'Adélaïde, le 25 août 2015

« Oui » a-t-il dit d'une voix forte.

« Je vous déclare mari et femme », a poursuivi le prêtre.

Dans ma longue robe blanche, j'ai avancé vers lui pour prendre sa main et l'embrasser devant cette audience confidentielle composée de nos amis.

Les années se succèdent et cette idée continue à me surprendre. Comment un être humain a-t-il pu s'engager avec moi ? J'ai beau y penser, je ne parviens pas à m'y habituer.

Un autre a choisi de m'aimer !

Depuis notre rencontre, j'ai ce sentiment étrange d'avoir vécu deux vies tant celle le précédant est en tout point différente de celle à ses côtés. Avant, il y avait la solitude, toutes ces heures qui m'encombraient, ces moments la nuit où, éveillée, je me concentrais pour ne pas mourir dans mon lit et pourrir toute seule ici. C'est sordide, je sais.

Et ce passage de l'obscurité à la lumière m'a éblouie comme lorsqu'en été, nous roulons en vélo à l'abri des arbres puis sortons de l'ombre pour être aveuglé un instant par l'éclat vif du soleil.

Mes deux vies se tiennent désormais par la main, sans rien en commun si ce n'est leur actrice principale.

Ai-je changé ? C'est vrai, au fond, à lire tous ces articles de magazine sur ce qu'il faut être pour séduire l'autre, il est légitime de s'interroger ! À force d'entendre ces autres multiplier leurs conseils pour me sortir de ma solitude, il semblait limpide que telle quelle, je ne trouverais jamais l'amour. Non, il aurait fallu pour cela « arrêter d'y penser », « ne pas être si exigeante », « avoir l'air de ne pas s'y intéresser », « faire disparaître ces deux ou trois bourrelets », « donner l'impression de n'avoir besoin de personne mais pas trop quand même » et quantités d'autres choses que ma mémoire a refusé d'acter.

Il fallait changer et pourtant, je suis restée intacte. Exactement la même que celle haïe par sa mère, comme si j'avais promis à la petite fille d'alors une seconde chance d'être aimée.

Du désert, je suis passée à un amour infini et je me demande encore souvent comment j'ai eu la force de l'attendre lui. Traverser toutes ces années et rester là malgré tout.

Mon regard glisse sur son corps endormi. En jeunes amoureux, nous avons étendu une couverture colorée sous le châtaigner. Autour de nous, la chaleur a fait taire les oiseaux les plus bruyants et notre sieste semble partagée avec cette nature alanguie, les feuilles penchent par manque d'eau et certaines plantes se courbent pour embrasser la terre.

Je m'allonge près de lui. Son parfum, son souffle, sa main qui repose mollement sur ma cuisse.

Je te laisse cher journal, j'ai à vivre.

71.

Jack

Comme tous ceux qui ont frayé avec la mort, je considère qu'avoir gardé ma place sur terre est une chance.

J'avais pris l'habitude de vivre avec cette certitude que demain m'appartenait, je construisais des plans sur des mois voire des années, sans tenir compte des aléas, sans m'inquiéter du destin qui serait le mien.

Et puis, mon corps s'est affaibli à un point que je n'aurais pas cru possible. Il s'est fait mince et chaque mouvement est devenu lent et pénible. Il grinçait et me rappelait sans cesse à lui, rouillé et douloureux, faisant du moindre acte à poser un défi. Et cette souffrance en miroir à celle de mon âme me ramenait en permanence à ma maladie, me privant de toute insouciance. Mon corps me rappelait que les pronostics étaient mauvais et que mon dernier jour était proche.

La nuit ne m'offrait aucune trêve. Influencés sans doute par la douleur physique, mes rêves étaient noirs, terrifiants. Je tombais dans le vide et me réveillais en sursaut pour découvrir qu'autour de moi, tout était stable. Je me croyais poursuivi par des chiens enragés, aux canines acérées et baveuses, pour me retrouver seul dans ce lit blanc dont je ne pouvais plus m'évader.

Il avait fallu des mois avant de voir un peu de lumière. J'avais baissé les bras lorsque l'équilibre dans mon corps entre les bons et les mauvais s'était renversé à mon avantage. Les bonnes nouvelles des médecins conservaient pourtant ce goût amer. Sans doute qu'à force d'écouter ces mêmes bouches m'annoncer le pire, j'étais devenu incapable de les associer à une issue positive. Un papier dans leurs mains, des analyses dont ils devaient me rendre compte et immédiatement, mon esprit fuyait loin, laissant mes yeux impuissants à comprendre ce que ces lèvres remuantes tentaient de me dire.

Enfin, leurs sourires s'étaient attardés et j'avais compris que j'allais mieux.

Vous êtes en rémission.

Des mots si moches pour dire une chose si belle. J'avais droit à une autre chance.

Les premiers jours après l'annonce de mon rétablissement avaient été festifs. Famille, proches et amis m'avaient fêté des soirs durant. J'avais l'impression de vivre adulte ce qu'un nourrisson doit ressentir à sa venue au monde. Toute cette attention, cette joie manifestée pour ma seule existence ! On me regardait, on admirait ma bonne mine (ou plutôt ma mine un peu moins terne), on me répétait combien la vie allait être belle.

Dans ma mésaventure, j'avais perdu la possibilité de concevoir un enfant naturellement, mais cette annonce au moment où la maladie m'attaquait de toutes parts avait paru une maigre privation. Au milieu des tuyaux, attaché à la vie à un fil, la nouvelle m'avait semblé presque anodine et j'avais envie de leur répondre qu'avant toute chose, je voulais savoir si j'allais vivre ! Dans cette situation particulière, mon deuil s'était opéré en sourdine. J'avais accepté sans vraiment accepter, trop occupé à me battre contre ce cancer. C'était dans un coin de ma tête, un petit drame dans une existence qui ne m'appartenait plus, dans un futur que je n'osais espérer.

Ce n'est qu'une fois l'excitation des premiers moments dissipée que ma douleur avait commencé à s'exprimer, en échos entre les murs de ma maison soudain si calme. Il est vrai que, dans le tumulte, j'avais oublié ce détail qui prendrait désormais toute la place. Il serait la boule dans ma gorge au réveil, ce poids lourd attaché à mes pieds qui m'empêcherait de danser. Cet enfant qui me manquerait désespérément.

J'avais compris l'urgence d'aimer et pourtant, cela m'était plus difficile que jamais. Les femmes qui m'avaient plu m'apparaissaient futiles et je ne savais pas comment approcher celles qui m'attiraient désormais. Je restais fasciné devant elles, les admirant de loin sans risquer de m'avancer.

Aujourd'hui, tout était possible, tout était dans mes mains et pourtant, mon quotidien demeurait identique. Un univers passionnant sans femme ni enfant.

On dit qu'il suffit de changer un élément pour influencer le tout.

J'attendais mon élément.

Je guettais ce détail qui bouleverserait mon existence.

Il est arrivé un lundi, sous la forme d'une question.
Qu'était-il donc advenu de ces être potentiels abandonnés dans un petit pot ?

72.

Mary

— Si ce n'est pas moi, c'est lui, dis-je en soupirant.

Je réalise aujourd'hui que j'ai très vite appliqué ce principe. Depuis le jour de sa naissance et même avant, lorsque les coups dans mon ventre malmenaient mes côtes. Si ce n'est pas moi, c'est lui. Tout ce que je ne reconnaissais pas en elle, Ella l'avait forcément reçu de cet homme, cet inconnu.

— Tu y penses souvent au donneur ? demande Max.

Il n'avait pas fallu longtemps pour que notre amitié reprenne son cours. Notre baiser avait eu pour seul effet de sonner le glas d'une relation, celle avec Adam, sans pour autant en créer une nouvelle. Bien sûr, cela avait jeté un froid mais Max était avant tout le parrain d'Ella et nous avions la responsabilité de cultiver cette amitié, au moins pour elle. Quelques semaines avaient suffi pour effacer le malaise et les doutes qui s'étaient insinués entre Max et moi. Nous en avions parlé une fois, à sa demande, puis nous nous étions promis de laisser définitivement cet épisode derrière nous.

Max accélère sur la nationale et je passe un bras par la fenêtre pour sentir l'air chaud l'envelopper.

— Je peux être vraiment honnête ?

— Avec plaisir ! répond Max en souriant.

— J'ignore comment les autres parents ayant recours au don de sperme réagissent, mais moi, j'ai très tôt tenté de dessiner son portrait. Ce n'était pas une obsession, plutôt l'envie d'élucider un mystère. Par exemple, cet humour que j'aurais rêvé avoir, est-ce celui du donneur ? Cette confiance absolue dans la vie, est-ce lui aussi ? Ou est-ce le fruit de l'éducation que j'essaie de donner à Ella ?

Avec le temps, ces questions avaient pris une teinte philosophique. Finalement, qu'est-ce qui se transmet par le sang ? Qu'est-ce qui est acquis ? Qu'est-ce qui est le produit de l'apprentissage ou de l'expérience ? Personne ne peut le dire.

— C'est vrai ? demande Max surpris. Elle te ressemble pourtant tellement ! C'est marrant, je n'ai jamais vu de place pour quelqu'un d'autre… Je n'ai même pas songé à lui en la regardant grandir ! Mais je comprends. Il représente quand même cinquante pour cent du patrimoine génétique d'Ella !

— C'est là ! dis-je en pointant une fermette du doigt.

Max manœuvre pour se garer en face du restaurant que je lui fais découvrir ce soir. Une nouvelle table d'hôtes qui a ouvert dans la région, sur la place d'un village voisin. L'été indien se prolonge et, malgré l'air qui se rafraîchit, nous pouvons dîner sur la terrasse. La table d'hôtes est installée dans une ancienne fermette. La grande porte cochère bleu foncé contrastant avec les vieilles pierres donne au lieu une allure charmante. Derrière la porte, nous découvrons une cour pavée au milieu de laquelle ont été dressés tables et fauteuils confortables. Des guirlandes lumineuses s'étirent entre quelques arbres et, sur chaque table, des bougies contribuent à la poésie de l'endroit.

— Je crois que j'y pense aussi parce que nous avons la possibilité de le rencontrer un jour.

— Pardon ? fait Max en avalant de travers.

Il tousse et tente de se reprendre sans succès.

— Vous allez quoi ? répète Max entre deux quintes de toux.

— Le rencontrer.

— De quoi parles-tu ? Un donneur est anonyme !

— Pas systématiquement.

— Et quand l'as-tu su ?

Son ton semble hésiter entre la surprise et le reproche. Son visage se crispe et plusieurs rides se creusent sur son front, comme si la perspective d'un secret entre nous le vieillissait soudain. Max se penche en avant, me pressant de répondre. Son sourire me manque et je crains que ma prochaine phrase n'aggrave mon cas. Pour gagner quelques secondes, je fais mine d'appeler le serveur alors que celui-ci me tourne le dos.

— Je l'ai choisi pour cette raison, dis-je, embarrassée d'avoir dissimulé cette information.

— Tu m'as caché cela tout ce temps, à moi, son parrain, ton ami ?

La nervosité me gagne et je tente de lisser la serviette sur mes genoux pour occuper mes mains. J'ose à peine regarder Max. Je le connais suffisamment pour savoir que cette révélation le blesse. Je baisse les yeux et cherche les mots qui pourront l'apaiser.

— Je suis désolée. Ce n'est pas contre toi. J'avais l'impression que c'était notre secret à Ella et moi et qu'elle devait le découvrir en premier.

— Tu n'en as jamais parlé ?

Sa déception est vive. Je lis sur ses traits toutes les interrogations que notre discussion suscite. Il passe la main dans ses cheveux, rapidement, comme si ce geste pouvait calmer son agitation. Je tente de puiser de la force dans ses doux yeux verts mais ils exigent une explication.

— La seule fois où je me suis confiée – à Adam – sa réaction a été… peu compréhensive… En tous les cas, il n'a aucunement essayé de se mettre à ma place. Il a simplement critiqué mon choix et cela m'a découragée d'encore aborder le sujet avec quiconque.

— Depuis quand le sait-elle ? Elle ne m'a rien raconté vendredi au cinéma… poursuit Max comme s'il n'avait pas entendu ma dernière phrase.

— C'est un peu cela le souci.

— Qu'est-ce que tu veux dire ?

— Je t'en parle ce soir parce que je suis perdue. J'ai toujours pensé que la meilleure solution était de conserver cette information secrète le plus longtemps possible. Je craignais que l'attente soit longue pour Ella ou, pire, qu'elle ne puisse pas le rencontrer. Car tu seras d'accord avec moi, en dix-huit ans, il peut s'en passer des choses !

— Pourquoi dix-huit ans ?

— C'est l'âge auquel Ella pourra rencontrer le donneur.

Max est anormalement silencieux. Il feint un intérêt pour notre conversation, mais je vois qu'il est contrarié.

— Max, j'ai besoin de ton aide. Je suis navrée si ma décision te déplaît. Pour Ella et moi, il n'y a pas de guide en la matière, j'ai dû avancer pas à pas et, s'il y a une chose que j'ai comprise, c'est que faire le bon choix est compliqué. Les autres parents peuvent consulter des livres, demander conseil, mais dans notre situation, il y a certaines questions auxquelles personne n'est confronté.

— Bien entendu, excuse-moi. Comment a-t-elle réagi ?

La voix de Max s'est adoucie et les lignes sur son front s'effacent maintenant.

— Justement… Je ne sais pas quand lui annoncer, dis-je au bord des larmes.

Max prend ma main dans la sienne et la relâche lorsque le serveur nous interrompt pour prendre notre commande. Des tomates aux crevettes pour tous les deux.

— Mary, je suis désolé d'avoir réagi ainsi. Il est clair que tu ne le mérites pas.

— J'ai peur d'avoir pris la mauvaise décision… Peut-être aurais-je dû lui annoncer quand elle était plus jeune ? Mais en même temps, n'était-ce pas le pire pour elle ? Lui dire : tu vas rencontrer celui qui a donné la petite graine dans… dix mille fois dormir, ma chérie ! Tu imagines ?

— Il est évident que tu désires le meilleur pour Ella. Alors si tu doutes aujourd'hui, concentre-toi là-dessus, sur cette volonté de bien faire. Ce n'est pas n'importe quoi, non ? Et franchement, y a-t-il vraiment une bonne décision dans ce cas précis ? Personnellement, je ne suis pas convaincu… Et c'est peut-être cela le plus difficile, choisir l'option la moins mauvaise pour son enfant… Aucune mère n'aime cela !

Max met le doigt sur mon malaise. La situation me contraint à prendre une décision qui n'est pas optimale pour Ella.

— Tu as raison ! Dans tous les cas, j'aurais eu le sentiment de prendre une mauvaise décision ! C'est génial !

— C'est génial ! répète Max en riant. J'aime beaucoup ta façon de voir les choses !

— Tu n'imagines pas quel poids cela m'enlève ! Je crains tellement sa réaction…

— Notre atout est qu'Ella est équilibrée, non ? Le genre d'enfant dont la mère a réussi l'éducation, ajoute-t-il avec un clin d'œil. Tu lui expliqueras tes raisons et, avec le temps, elle comprendra.

La voix de Max me rassure. C'est vrai, au fond, pourquoi ne pas simplement avoir confiance en Ella ? Est-ce l'attribut de la maternité que de vouloir toujours tout accomplir parfaitement ?

— Il nous reste un peu moins d'un an avant sa majorité. Je pense que le bon moment (ou le moins mauvais) serait dans les mois qui viennent, dis-je avec une intonation entre l'affirmation et l'interrogation.

— Cela me semble bien et je pourrai aborder le sujet avec elle après si tu le souhaites ?

— Merci. Je suis presque rassurée.

— C'est fini de se moquer, oui ? Je suis un homme sérieux et responsable maintenant ! J'ai d'ailleurs quelque chose à t'annoncer.

Max se redresse sur sa chaise et me sourit. Il fait résonner son verre avec un couteau, comme il est de coutume avant un discours, puis se racle la gorge pour annoncer, la tête haute et le regard fier :

— Je vais être papa !

73.

Journal d'Adélaïde, le 19 janvier 2016

Ce matin, Jack se présente à mon bureau, prétextant vouloir prendre de mes nouvelles. Malgré la maladie et le temps qui passe, il est presque le même que dix-neuf ans auparavant. C'est impressionnant comme la vie a peu d'emprise sur ce que nous sommes réellement. Jack sera toujours cet homme généreux, drôle, curieux de tout et des autres. Il paraît le même et pourtant, il ne faut que quelques minutes pour réaliser combien une partie de lui a mué.

Fidèle à ses habitudes, il me balade d'une histoire à une autre lorsque je lui demande pourquoi il tourne autour du pot. Il semble agité, nerveux et j'ai envie de savoir ce qui le préoccupe.

« Je voudrais connaître mes six enfants », annonce-t-il simplement.

Son innocence m'amuse mais je me garde de sourire.

« Six, c'est le maximum possible », dis-je.

En pianotant quelques secondes sur mon clavier, je retrouve son dossier. L'informatisation facilite considérablement les choses aujourd'hui. Désormais, pour le choix d'un donneur, il suffit de consulter une banque de données qui fournit un catalogue détaillé : traits physiques, diplômes, anonyme ou non, disponibilité du sperme ainsi que le prix qui varie selon le donneur et ses particularités.

Après la vérification obligatoire de son identité, il me faut peu de temps pour parcourir son dossier presque vide.

« Seule une grossesse menée à terme est répertoriée. »

Je cherche encore car le dossier ne semble pas complété selon nos directives, sans doute l'œuvre de la paresseuse Martha. Aucune date de naissance ne figure alors que c'est elle qui fait courir le délai de dix-huit ans à partir duquel l'enfant pourra accéder aux données du donneur.

À défaut d'information, j'improvise.

« Un enfant donc ! Je ne crois pas qu'il soit majeur, ce qui explique qu'il ne se soit pas manifesté. »

Un enfant c'est peu, mais à quoi bon lui dire que ses chances sont réduites ? Devant son désarroi, j'espère secrètement qu'il ne déduise pas lui-même que, pour qu'il puisse le connaître, l'enfant doit être vivant et avoir la volonté de le rencontrer, ce qui n'est pas systématique. J'ajoute avec ce qui me reste de conviction :

« Vous serez prévenu dès que l'enfant nous contactera. »

Il reste debout face à mon bureau, chipotant à un bibelot, le regard figé sur mon clavier. Puis, il prononce cette phrase terrible qui me serre le cœur.

« Suis-je vraiment le genre d'homme qui peut être père ou même juste donneur ? Franchement, je n'en suis plus très sûr… »

Et avant que je puisse réagir, il tourne les talons et claque la porte du centre.

74.

Jack

Dans mon esprit, son image est intacte, aussi précise qu'il y a vingt ans. Frêle silhouette en contre-jour qui a traversé le temps. Il y a des êtres qui fascinent, des instants qui marquent. Elle a été plus loin. Elle ne s'est pas contentée d'être figée dans un souvenir, elle apparaît de temps à autre dans un rêve. Je rejoue cette scène où j'aurais pu toucher son épaule, saisir son bras, je la ressasse comme un regret que je suis incapable de laisser derrière moi.

J'aurais voulu lui dire tant de choses. J'imagine la femme qu'elle est devenue aujourd'hui. A-t-elle conservé son petit côté canadien chasseuse des grandes forêts ? La nature sauvage résiste-t-elle au temps et à la maternité ? Justement, est-elle devenue maman ?

Il m'est impossible de la vieillir, je veux forcer le trait, mais les rides ne résistent pas sur sa peau rebondie. Sa chevelure demeure ondulée et brillante, son regard vif, ses mains fines et lisses comme lorsqu'elle pianotait sur ce bar.

Je me suis souvent interrogé. Pourquoi elle ? Pourquoi celle-là plutôt que des centaines d'autres croisées sur ma route ?

Était-ce son allure ? Une beauté particulière ? Qu'avait-elle pour rester ainsi avec moi ?

Je la regarde encore une fois, et l'évidence m'apparaît. Ce qui me touche chez cette femme, c'est sa détermination à poursuivre le rêve juste. J'ai le don de m'égarer dans mes projets en abandonnant une partie de l'essentiel alors qu'elle semble maintenir le cap.

Serait-ce la fable élaborée par mon esprit, une ruse parmi d'autres pour tenter de me cadrer ? Une femme et sa poursuite du rêve juste en dépit de tout, jeune et seule dans ce centre de procréation médicalement assistée. Une muse destinée à me ramener vers les rêves importants ?

Ou bien est-ce un amour perdu en chemin ?

75.

Notre maison, le 20 janvier 2016

Ma chère Lucie,

J'avais cette obsession de vous sauver Mary et toi alors qu'en réalité, il n'y a personne à sauver, excepté moi-même.

Pour cela, il faut que je me décharge de la responsabilité endossée, que je reste auprès de Mary non plus par devoir mais par plaisir.

J'avais comme projet de prendre ma retraite, au propre et au figuré, le jour où notre Mary serait comblée, objectif un peu vague. Comment savoir ? Je ne connaissais même pas la réponse pour moi ! Qu'était-ce donc que ce concept qui suscitait toutes ces belles images sans se définir en termes concrets ?

Malgré tout, je m'étais entêté dans la brume.

« Bien sûr, on est comblé lorsque l'on trouve son véritable allié ! » avais-je répondu dans un dialogue intérieur dont seul le miroir de ma salle de bains serait témoin.

Tu vois comme la vie et ton départ avaient fait de moi un grand romantique ! Je divaguais désormais sur le bonheur, l'amour et l'alliance qui comble !

« Un véritable allié ? » avais-je encore interrogé le reflet dans la glace et, immédiatement, le visage d'un homme beau et fort m'était apparu.

Mon Dieu, qu'est-ce que mon esprit était étriqué, ma petite Lucie ! Penser que le seul véritable allié d'une femme ne pouvait être qu'à l'extérieur, matérialisé en un ersatz du prince charmant ! Cela réduisait mon univers autant que ma liberté puisque je devais attendre que Mary trouve l'amour !

Combien de temps avait-il fallu pour que je réalise finalement que le véritable allié est en nous ? Que l'absence d'un compagnon de route n'empêche pas de s'épanouir !

J'ai un peu honte de l'avouer mais cette découverte est récente. Une réflexion d'Ella, l'air de rien, m'a montré que j'avais tout faux. Elle a dit quelque chose comme « ma mère est vraiment heureuse » avant de se réfugier dans son mutisme adolescent.

Avais-je manqué cela ? Étais-je si incapable de regarder la vie telle qu'elle est ? Mon Dieu, quelle claque pour celui qui croyait avoir tant grandi ! Cela ne cesserait-il donc jamais ? Cette valse des révélations, des apprentissages et autres remises en question ?

Si Mary était comblée, alors ma mission n'avait plus d'objet et il était temps de m'en libérer.

Et je ne connaissais qu'une seule façon de le faire.

Lui révéler notre secret.

Ton Archibald

76.

Jack

— Vous venez pour donner votre sperme ? Un voyage à Bali à financer cette fois-ci ? me lance Adélaïde en riant de sa bonne blague.

C'est la deuxième fois que je me présente au centre en quelques semaines. Cette visite est inutile puisque si l'enfant issu de mon don se fait connaître, je serai informé par courrier mais, pour une raison que j'ignore, cette démarche m'apaise.

— Non, le cancer m'a rendu infertile malheureusement !

Ma réponse plombe immédiatement l'ambiance. Quel imbécile ! Pourquoi est-ce que je sors des trucs pareils ? Surtout à Adélaïde…

— Oh mon Dieu, pardon, je suis confuse… Oh comment n'y ai-je pas pensé ? Avec le cancer et tout… Je suis une vraie catastrophe ambulante, pas étonnant que j'aie préféré me taire pendant la première moitié de ma vie. Je suis vraiment désolée, se confond-elle en excuses.

— C'est de ma faute ! C'est vraiment une remarque stupide ! Je suis navré, je suis un peu de mauvaise humeur aujourd'hui…

— Vous, de mauvaise humeur ? Cela m'intrigue ! Je ne crois pas vous avoir jamais vu dans cet état ! Vous voulez en parler ?

Adélaïde se penche en avant pour m'inciter à la confidence.

— Vous êtes devenue psychologue, Adélaïde ?

— Avec l'âge ne le devient-on pas tous ?

Je souris et, d'un signe, elle m'invite à m'asseoir.

— Il n'y a pas grand monde ce matin donc j'ai tout le temps ! insiste-t-elle.

— Qu'est-ce que je pourrais vous raconter ? lui dis-je en quête d'inspiration.

— Je ne suis pas exigeante, ce ne doit même pas être intéressant, me taquine-t-elle. Par exemple, vous pourriez me dire ce qui vous met d'humeur chagrine ?

— Si seulement, je le savais !

— Vous n'avez même pas un petit indice ?

— Non ! Rien ! Je me suis levé comme cela et, pire encore, j'ai tellement peu l'habitude que je ne sais pas très bien quoi faire de moi… Impossible de travailler dans ces conditions alors j'ai pensé à vous, au centre, au seul de mes spermatozoïdes qui a porté ses fruits…

— Mmmmh, murmure-t-elle à la façon des psychologues.

— Votre avis, docteur ?

— Un léger vague à l'âme, ça passera ! Tout passe !

— « *Tout passe* », « *On ne coche pas des cases par hasard* », dites, il me semble que vous êtes bien philosophe, ma p'tite dame ! Et d'ailleurs, je n'avais pas remarqué la dernière fois, mais vous paraissez plus baguée qu'il y a quelques années ? Aurais-je manqué un épisode ?

— Je suis mariée, répond une Adélaïde soudain rayonnante.

— Félicitations !

— Et pour être honnête, je crois que vous y êtes pour quelque chose !

— Moi ?

— Oui, Jack. Vous vous souvenez de notre rencontre dans le parc il y a six ans ?

— Plus ou moins, j'avoue que je n'étais pas au meilleur de ma forme à l'époque.

— Vous m'avez dit quelque chose que je n'oublierai jamais ! « *Votre rencontre a changé ma vie* », articule-t-elle fièrement. Vous n'imaginez pas combien cette petite phrase a changé la mienne !

— Ah oui ? Comment ?

— J'ai accepté un rendez-vous galant, j'ai persévéré alors que tout mon être voulait s'encourir tant la perspective de l'amour l'effrayait et, aujourd'hui, je suis une épouse comblée. Moi, Adélaïde ! Qui l'aurait cru ?

— Moi par exemple ! Votre mari a de la chance de vous avoir. Et maintenant que vous parlez d'amour, je crois que c'est cela qui m'assombrissait ce matin, la perspective d'une vie en solitaire.

— Pardon ? dit Adélaïde surprise. Vous, seul ? C'est une blague ? Il vous fallait à l'époque soixante minutes avec votre technique magique pour emballer n'importe quelle femme ! Vous étiez pratiquement un aimant à filles ! Vous vous moquez de moi là, non ?

— Non, pas du tout. Je me suis lassé et, sans passion, le talent s'étiole…

— Vous n'aimez plus les femmes ? demande Adélaïde de plus en plus intriguée.

— Disons que je n'aime que celles qui sont inaccessibles.

Ma remarque déclenche l'hilarité de ma confidente.

— Ahahaha vous êtes parfait ! Des femmes inaccessibles pour le beau Jack ! Vous êtes vraiment drôle aujourd'hui ! Vous devriez être déprimé plus souvent, cela vous va à ravir !

— D'accord, je devrais être plus précis. Disons que je n'ose pas aborder les femmes qui me plaisent. Elles sont différentes de celles qui m'attiraient avant et je ne me sens pas… comment dire…

— À la hauteur ?

— Oui, c'est exactement cela ! Enfin, il n'y a pas tellement de femmes qui me plaisent, rassurez-vous, mais celles-là m'impressionnent et mon ancienne technique d'emballage en soixante minutes me semble totalement inadaptée.

— Et quel genre de femmes vous intimide comme cela ?

— C'est une bonne question…

Qu'est-ce qu'elles ont en commun ? Je revois celles qui m'ont ému ces derniers mois, mais je peine à leur trouver une caractéristique commune. Elles paraissent au contraire profondément différentes.

— Les femmes qui sont uniques ? Celles qui ne tentent pas désespérément de ressembler aux autres ou de se soumettre aux diktats de la beauté.

— Je vois…

Adélaïde ôte ses lunettes et saisit un chiffon pour les nettoyer en m'écoutant. Elle frotte activement le verre. Tout absorbée par sa tâche, elle paraît loin. Je suis surpris de découvrir son visage sans cette monture vieillotte. Ses traits sont plus doux, comme si sa bonté se révélait pleinement. Et cette bienveillance me pousse à me confier.

— Vous allez me prendre pour un fou…

Elle lève la tête, m'offrant à nouveau toute son attention. Elle plisse ses yeux bleus, tentant de deviner la fin de ma phrase.

— Dites toujours, on ne sait jamais…

— Vous vous souvenez quand j'étais venu donner mon sperme il y a presque vingt ans ?

— Parfaitement, les petits cocos tels que vous, cela ne s'oublie pas ! Vous étiez au bord de l'arrêt cardiaque à l'idée de voir débarquer des centaines enfants, produits de vos dons ! ajoute une Adélaïde au bord du fou rire.

— Oui, oui, mais ce n'est pas le propos. D'ailleurs, si vous continuez à vous moquer, je ne vous ferai pas ce qui ressemble fortement à une confidence…

— Je me tais ! affirme-t-elle en se redressant sur son siège telle une bonne élève prête à accomplir son devoir.

Je me sens un peu bête de m'ouvrir à cette femme. Le sujet est sensible. J'ai l'habitude de raconter des histoires mais ici c'est différent. Le récit n'est pas linéaire, il n'est pas une somme de faits clairs et sensés. Non, je veux lui parler d'un souvenir, d'un sentiment, de toute cette confusion qui a grandi en moi pour aboutir à l'homme que je suis aujourd'hui. Un homme qui hésite. Un homme qui ne sait plus rien.

— Lorsque j'étais venu faire un don, j'avais croisé une femme comme cela. Une femme unique. Elle devait avoir mon âge. Le début de la vingtaine.

Adélaïde passe une main dans sa coiffure pour vérifier que tout est bien en place et la repose docilement sur le bureau.

Elle semble passer en revue les patientes qui ont défilé au centre ces vingt dernières années puis se fige. Interdite.

— Serait-ce Mary ? C'était une des seules patientes à être si jeune. Je divague sans doute, mais maintenant que vous en parlez, le personnage principal d'un de vos films m'a fait penser à elle. La similitude était troublante. Je ne reviens pas sur le titre…

— Je vous avoue que ce n'était pas prémédité, c'est seulement en phase de production que j'ai réalisé. J'avais choisi une actrice avec un physique et une allure qui ressemblaient à cette jeune femme et l'intrigue contribuait à cette impression puisqu'elle parlait de procréation médicalement assistée. Vous n'imaginez pas mon émotion lorsque je l'ai découvert ! Avec mon équipe, nous rejouions pour la dixième fois une scène que nous ne parvenions pas à couper avec satisfaction lorsqu'elle m'est apparue ! Je la revoyais pratiquement devant moi dans le petit appareil. La nuit était déjà avancée, alors j'ai mis cela sur le compte de la fatigue et je suis allé me reposer. Mais je ne pouvais pas me mentir longtemps. Le lendemain, elle était là, encore plus présente dans chacune des séquences du film et elle ne me quitterait plus, tout le temps de la promotion. La nuit dans mes rêves et le jour à l'écran, dans les extraits projetés entre deux questions en interview. Cela m'avait beaucoup perturbé. Puis le cancer s'était imposé, ne laissant plus la place à rien d'autre. Quand on y pense, c'est étrange le pouvoir de l'esprit, non ?

— Ou de l'amour ? suggère Adélaïde avec un clin d'œil.

— Vous pensez ? Comment pourrais-je aimer une personne à qui je n'ai jamais parlé ?

Adélaïde ne réagit pas tout de suite, laissant à ma dernière question la place qu'elle mérite.

— La vie a ses mystères… mais il est manifeste que cette femme vous a touché !

— Je me demande ce qu'elle est devenue aujourd'hui, si elle est parvenue à réaliser son rêve d'enfant, dis-je en plongeant mes yeux dans ceux d'Adélaïde.

— Vous savez que je ne peux pas fouiller dans les dossiers… Je suis tenue au secret professionnel.

— Je ne vous demande rien !

— Non, vous utilisez juste la technique à la Jack, répond-elle, un sourire en coin.

— Adélaïde, je vous trouve assez insolente avec vos patients !

— Mais, vous n'êtes pas mon patient ! réplique-t-elle.

— On ne vous arrête plus !

— Je suis inarrêtable ! Vous êtes une source d'inspiration infinie pour la malicieuse qui sommeille en moi ! ajoute-t-elle en riant.

— Je ne crois pas qu'elle dorme encore si vous voulez mon avis !

Adélaïde sourit. Elle paraît soudain ailleurs, pianotant d'une main légère sur le bois clair de son bureau. Je l'imagine retourner toutes ces informations dans sa tête pour me partager sa prochaine sagesse. Enfin, son regard capte le mien et elle déclare sur un ton grave.

— Je ne suis pas sûre qu'une femme s'accroche dans vos souvenirs par hasard.

— Un peu comme on coche une case, en gros ?

— Exactement ! Vous avez bien mûri, mon cher Jack.

— Vous aussi, ma chère Adélaïde.

77.

Mary

Le soleil se couche sur la campagne, il descend sur les champs de blé et semble s'y dissoudre progressivement. Je dois annoncer à Ella cette possibilité de rencontre avec le donneur, alors je me suis attardée dehors pour réfléchir. Je répète mentalement quelques phrases qui perdent leur sens une fois prononcées tout haut. Je jongle avec les mots, les dispose différemment, pourtant rien ne semble convenir, comme s'il était impossible d'annoncer cette nouvelle d'une bonne façon. Un vent léger se lève et je resserre l'épaisse couverture autour de mes épaules. Quelle idée de rester dehors si tard quand le printemps n'a que quelques jours !

Je ne parviens pas à cogiter dans la maison, sachant Ella endormie à l'étage. Je crains qu'elle m'entende, pire : qu'elle devine mes pensées ! J'ai cru que le paysage m'inspirerait, mais même les épis blonds à perte de vue sont inefficaces.

Je reprends le carnet dans lequel j'ai inscrit une question ainsi que deux lignes.

Qu'est-ce que je souhaite dire à Ella ?

— Tu vas rencontrer le donneur.

— J'ai voulu faire au mieux en l'annonçant si tard, mais je ne suis pas sûre que cela soit réussi.

Ces notes me rappellent la jeune fille aux baskets usées qui, la main sur la poignée de porte, s'apprête à s'enfuir du cabinet de la psychologue. Qu'est-ce que Jacqueline me dirait si elle était ici ? Elle énoncerait certainement une vérité toute simple et à l'écouter, je me dirais amusée : « *Pourquoi donc n'y ai-je pas songé moi-même ?* » Je me concentre pour essayer de dégager toute seule cette vérité.

Quelle est l'évidence ici ?

L'évidence est qu'il est trop tard pour faire différemment. L'évidence est qu'il n'y a sans doute pas de formulation adéquate.

Demain, je lui dirai.

Je lui dirai que je l'aime, qu'à chaque minute de ma vie de maman, j'ai essayé de donner le meilleur de moi-même, que face à cette multitude de décisions à prendre, j'espère avoir pris les bonnes.

Je lui parlerai de ce donneur qu'elle va bientôt rencontrer et je partagerai avec elle les doutes de celle que j'étais à l'époque.

Demain, je dois lui dire.

Je m'efforcerai de me taire aussi. Pour l'écouter. Pour ne pas tomber dans la justification à tout prix car, au final, ce qui m'importe, ce n'est pas la confirmation de mes pas, mais le bien-être d'Ella. Je peux vivre avec le doute. Le bonheur d'Ella avant tout. Si son bonheur existe, le mien croît de concert.

Cette nuit est la dernière à me torturer avec ces questions, à prêter le flanc à ces incertitudes terribles.

Demain, j'aurai le courage.

Je me glisse dans sa chambre. Il est minuit et ma grande s'est endormie. Je remonte le drap sur ses épaules et m'assieds sur le bord de son lit. Ella ignore tout de ce que demain lui réserve.

Je contemple le dessin de ses lèvres, son menton décidé sans être imposant, ces traits que je ne reconnais pas chez moi, mais qui, avec les miens, forment cet ensemble parfait.

Ces traits de l'autre, celui qui m'a sauvée d'une vie sans enfant.

78.

Notre maison, le 12 avril 2016

Ma chère Lucie,

« On a tous nos secrets. »

Ce sont les mots que Mary prononce en réponse à ma longue confession.

« On a tous nos secrets et on fait au mieux avec. »

J'avoue qu'elle paraît un peu lasse, voire soucieuse, et j'ai l'impression de la distraire avec un fait anodin.

J'en conclus qu'elle a mal compris. N'est-elle pas censée me chasser de chez elle ou, au moins, m'en vouloir pour mon silence ? Non, il n'en est rien. Elle répète encore une fois sa phrase puis se lève pour me prendre dans ses bras.

Je suis perdu, je m'attendais à tout sauf à cela. Je veux qu'elle m'en dise plus. Est-elle furieuse ? Attristée ? Blessée ? Pire, se sent-elle trahie ? Certes, j'ai passé des années à tenter de réparer ma faute, celle qui a causé la chute de Lucie et la mort des parents de Mary, mais je l'ai fait à ma manière et surtout à son insu, choisissant à sa place ce qui l'aiderait à poursuivre sa vie sans eux.

Peut-être la présence d'un jardinier bourru n'était-elle pas le meilleur atout ? Peut-être aurais-je dû au contraire la laisser tranquille et accepter de vivre avec ma culpabilité ? Mais quand j'avais pris mon service ici, j'étais incapable de raisonner ainsi, de prendre en compte le ressenti de l'autre, ses besoins, tous ces paramètres si compliqués à saisir. Mon univers ressemblait à une plaine brumeuse et j'avais décidé sans trop réfléchir. J'avançais coûte que coûte car il fallait agir. Agir, la seule chose que je maîtrisais.

Dieu que mes choix vieillissent mal ! Chaque fois que je me retourne sur eux, ils sont une déception ! Est-ce cela grandir ? Comprendre qu'avant, on était un peu moins intelligent ? Ou pire, plus stupide ? Je crois que cela me ferait des vacances de faire un peu de sur-place !

Je m'apprête à lui demander pourquoi elle n'éprouve pas de ressentiment lorsqu'elle déclare en me regardant droit dans les yeux :

« C'est généreux de votre part, Archibald, de veiller comme cela sur moi ! Vraiment, c'est généreux. »

« J'ai attendu trop longtemps… »

« N'est-ce pas la chose la plus délicate que de savoir quand dévoiler un secret ? Ce dont je suis sûre, c'est que vous et moi, on est bien intentionnés. Et ne croyez-vous pas que cela devrait être suffisant ? »

Elle se cale dans mes bras à nouveau et pour la première fois depuis longtemps, je pleure, touché d'être enfin un homme libre.

« Je suis tellement désolé pour vos parents. Si seulement, j'avais amené Lucie à ce rendez-vous… Cette bête chute et votre

père qui braque pour l'éviter ! Si seulement, j'avais été un autre homme. Meilleur… J'aurais tant voulu apprendre plus vite, plus tôt. »

« Archibald, la mort fait partie des mystères de la vie. Il est impossible de savoir ! Nous ne pourrons jamais savoir… Vous ne les avez pas poussés dans le vide, non ? Le piège des hypothèses est infini. Et si et si… Nous pourrions gaspiller des heures à reconstruire le passé selon des paramètres nouveaux. J'ai moi-même perdu beaucoup de temps avec cela.

Si vous voulez tout savoir, ce soir-là, ils ne comptaient pas quitter leur maison. Ils n'avaient besoin de rien en particulier. Ma mère dressait le couvert et s'apprêtait à préparer le repas lorsqu'elle avait eu cette idée. Une idée mortelle. Elle avait saisi le téléphone pour m'appeler. Est-ce que cela m'aiderait si elle passait prendre ce que j'avais déposé en réparation chez la couturière pour me l'apporter lors de notre dîner du lendemain ? Ce genre de petit service qu'une maman a toujours plaisir à rendre à son enfant. "Oh oui maman !" lui avais-je répondu immédiatement.

J'ai beaucoup réfléchi à ce petit "oui" tout bête qui a causé leur perte. L'avais-je prononcé, enchantée d'un gain de temps ? Non, ce n'était pas cela. C'était sa voix douce et sa proposition, une grande vague d'amour à laquelle je n'avais pas pu résister. Oui à son amour. Oui à la façon dont encore une fois elle le manifestait.

Le drame a pris sa source dans l'amour infini entre une mère et sa fille. Je n'ai pas pu dire non, je ne voulais pas dire non et dans le combiné du téléphone, j'ai perçu sa joie.

Une petite faveur pour un océan de douleur.

Alors à qui la faute me direz-vous ? À moi qui l'ai laissée faire ? À vous le mari négligent ? À mon père qui roulait sans doute trop vite à l'approche d'un carrefour dangereux ? À ma mère qui l'a peut-être distrait au moment fatidique ? À un système de freinage peu performant ?

Une chose est sûre. Définir le vrai coupable est aussi épuisant qu'impossible. Nous ne le saurons jamais. Nous ne le saurons jamais et il faut vivre avec cela. »

Longtemps, nous restons assis à regarder ce jardin, produit de ces gestes quotidiens pour me faire pardonner. La main de Mary posée sur la mienne, nous contemplons les fleurs, les papillons, les arbres en bourgeons, cette nature qui s'acharne à nous apaiser.

Le temps semble s'être suspendu lorsque Mary me quitte avec ces mots énigmatiques : « À mon tour maintenant. »

Je suis désormais un homme libre, ma Lucie. Un homme libre et heureux.

Ton Archibald

79.

Ella

Il y a sa confidence, le choc et un monde qui s'ouvre à moi.

À force de dire « *donneur* » et non « *père* », l'homme est devenu un concept, abandonnant progressivement ses caractéristiques humaines.

Et maintenant, telle une claque, il est à nouveau profondément vivant et mon imagination galope pour le dessiner grand, fort, petit, chauve, discret ou plus expansif comme moi ! Je réalise que ce donneur abstrait est lui aussi un être de chair avec une vie, des bras, des jambes, des défauts, des envies. Voilà tout ce qui me vient lorsque ma mère m'annonce cette possibilité de rencontre. Pour construire son portrait, je tente de résoudre une équation aussi complexe qu'inutile.

Moi – Maman = Donneur

Je persévère mais le résultat est décevant. Il est impossible de soustraire des traits pour aboutir à une image cohérente, qu'elle représente un physique ou une personnalité !

— Comment te sens-tu ? me demande ma mère.

Je n'éprouve pas la moindre émotion, seule la curiosité s'empare de moi. J'apprends que je peux le rencontrer et ma priorité est de me le représenter. Je veux le connaître. Je ne suis ni triste ni spécialement heureuse, c'est juste une surprise.

Maman joue nerveusement avec une mèche de cheveux qu'elle a déjà replacée cinq fois. Comme son anxiété devient contagieuse, je lui demande ce qui se passe. Je dois patienter encore de longues minutes avant qu'elle m'avoue, les larmes aux yeux, qu'elle n'est pas convaincue de l'avoir annoncé au bon moment.

— C'est marrant, je n'avais même pas imaginé qu'on puisse faire différemment.

Ma mère lâche enfin sa mèche de cheveux, alors je poursuis sur ma lancée.

— Et puis, ce n'est pas comme si nos vies allaient radicalement changer ! Je crois que tu m'as répété à peu près trois cents fois que c'est un donneur et non un père, donc j'aimerais te dire, maman… c'est juste un donneur !

Elle sourit.

— Merci, murmure-t-elle. Merci.

— On forme déjà une famille, toi et moi ! On n'est pas la norme, mais bon… qu'est-ce qu'on est heureuses, non ? Enfin, moi je le suis ! Et crois-moi, pour une ado, ce n'est pas simple à admettre, dis-je avec un clin d'œil.

— Je me suis demandée aussi si j'avais bien fait… de choisir un donneur qui ne soit pas anonyme.

— Je crois que le rencontrer peut être au moins… intéressant ? En réalité, j'ignore ce que je préfère… Je suis curieuse de le découvrir, intriguée même… Et toi ?

Le visage de ma mère s'illumine.

— Oh oui, déclare-t-elle enthousiaste. C'est sans doute très naïf, mais j'ai toujours pensé que ce donneur devait être quelqu'un de bien puisque toi tu l'es !

— Oui, c'est assez naïf, dis-je en riant.

Ma mère semble soudain légère. Elle se lève d'un bond et me propose de fêter cela autour d'un bon repas. Sans attendre ma réponse, elle me prend la main et m'emmène avec elle.

80.

Journal d'Adélaïde, le 20 juin 2016

En proie à des luttes incessantes, je n'avais pas vu tout cela. Tout ce qui est beau et précieux. Il est à la fois si simple et si compliqué d'être heureux.

Avec ma mère, c'était toujours comme elle le peut, jamais comme elle le veut car qui donc aurait voulu cela ? Franchement ? Qui aurait souhaité être responsable de tant de violence, d'échecs et de souffrance ? Qui donc aurait pu les perpétrer sinon dans l'inconscience ou la vengeance ? Ma mère est morte jeune, épuisée par toute sa haine, toute cette colère dont elle ne savait que faire sinon la projeter sur sa fille. Quel tragique destin que de mourir ainsi, sans même avoir connu l'amour ! Enfin si, il y avait mon amour, mais était-elle seulement capable de le voir ?

Je remercie le ciel de m'avoir transmis ce qu'il fallait pour détourner ma destinée.

Cela reste un mystère pour moi…

À violence égale, pourquoi l'une s'en sort et l'autre en crève ?

En réalité, la question est mal posée car il n'y a pas de violences égales. Dès le ressenti, tout diffère. Je voyais des miettes d'amour entre deux cris, dans ce silence délicieux qui ne fait pas mal. Je me nourrissais d'elles et les rassemblais pour me tenir chaud. Quand elle ne levait pas la main, sans doute par lassitude, je voyais dans ce repli un signe d'amour ou, en tout cas, une absence de haine. Sont-ce ces petites choses qui m'ont permis de garder la porte ouverte, un pied calé dans l'embrasure, de manière à ce que, si d'aventure quelqu'un passait par là, il puisse entrer ? Ma mère ne voyait que le noir, partout où elle posait les yeux, son univers se peignait dans cette couleur triste qui la mettait en rage. On lui voulait du mal. Tout le monde lui voulait du mal.

Serait-ce simplement cela ?

Le regard que nous posons sur le monde peut nous perdre comme nous sauver ? Je l'ignore, mais je me rassure avec ce début de réponse. J'ai besoin de trouver un sens à tout cela, peut-être dans l'espoir d'atténuer la violence passée.

J'ai tenté de comprendre mais je n'y suis pas parvenue. En moi, tout est doux. Je peux un peu m'énerver bien sûr, mais jamais la colère n'est telle qu'elle actionne un bras ou conduit au haussement de ton, non, elle reste en sourdine.

Que voulez-vous, je suis faite comme cela !

Peut-être que ma vie a atteint son quota de violence très tôt et que mon être s'est rendu incapable d'en produire plus. Pour se protéger. Pour vivre autre chose aussi.

La vie est un mystère. Un mystère qui me plaît beaucoup désormais.

81.

Mary

Il est neuf heures et quelques secondes. Le combiné coincé entre l'oreille et l'épaule, je m'active dans la cuisine pour dompter mon impatience. J'ai ce talent particulier de pouvoir accomplir un nombre impressionnant de tâches tout en téléphonant. Je range, je lave, je me verse une tasse de café, mais la sonnerie persévère dans le vide. L'horloge de la cuisine est sans doute un peu à l'avance. À l'étage, Ella dort. Sa pré-fête d'anniversaire, comme elle l'a appelée, s'est prolongée tard dans la nuit. Elle a réussi à me convaincre que ses dix-huit ans nécessitent d'être célébrés plusieurs fois : la veille, le jour même et deux autres fois avec les proches. Je dépose le combiné pour rouler les épaules en arrière et dénouer les tensions dans mon cou. Puis, je subis à nouveau les sonneries aussi régulières qu'ennuyeuses.

— Allô ? interroge une voix féminine.

— Allô ! dis-je presque surprise que quelqu'un décroche enfin.

Ma voix, j'oublie la voix ! Je me concentre pour rajeunir son timbre.

— Je suis Ella Sailly, la fille de Mary Sailly. M A R Y S A I L L Y, dis-je en épelant consciencieusement. Je vous contacte pour connaître l'identité d'un donneur.

Est-ce que je l'imite suffisamment bien ? Dans l'attente d'une réponse, mon cœur bat plus vite. À l'autre bout de la ligne, le silence s'installe. J'étais réticente à passer cet appel mais Ella a insisté. « *Pour mon anniversaire* », a-t-elle précisé avec sa moue adorable. Évidemment, je n'ai pas pu résister ! Je suis tellement impatiente qu'attendre qu'Ella termine sa grasse matinée aurait de toute façon relevé du miracle ! Je n'ai pas osé lui demander les raisons pour lesquelles elle m'a délégué cette démarche. Est-ce l'appréhension, un soupçon de fainéantise (les tâches administratives ne sont excitantes pour personne) ou encore une forme de timidité insoupçonnée ? Je l'ignore et je ne le saurai jamais. L'adolescence de ma fille m'a appris à vivre avec certains mystères et celui-ci est mon cadeau d'anniversaire pour elle.

Je ne tiens plus et romps le silence en poursuivant d'une voix excessivement perchée.

— Je peux vous fournir les données d'identification ?

— Attendez un petit instant.

J'entends le cliquetis du clavier s'accélérer puis le silence, un soupir et à nouveau le son des touches, mais à un rythme plus lent cette fois.

— Vous permettez un instant ? Je vous… je vous… euh… mets en attente.

Sur fond d'un *Quatre Saisons* de Vivaldi éculé, je regarde partout autour de moi en quête d'une tâche à effectuer.

Mais tout est propre, rangé, désespérément parfait. Je sors un plat pour faire une brioche. La farine, le beurre, les œufs, la levure, le lait. Je suis tellement nerveuse que je ne parviens pas à me concentrer sur la recette et je dois recommencer deux fois le comptage des œufs.

— Mademoiselle ?

— Oui.

— J'ai les coordonnées. La procédure exige le numéro d'identification, pourriez-vous me le donner ?

— Bien sûr, c'est le 5699 000 41287/827.

— Vous avez de quoi prendre note ?

82.

Notre maison, le 15 août 2016

Ma bien-aimée,

Aujourd'hui, pour la première fois, j'ai eu le courage de me rendre sur ta tombe.

Elle n'est pas différente de tout ce que j'ai imaginé. Il m'a pourtant fallu un temps infini pour décider de prendre la voiture, conduire jusqu'à ce cimetière et m'enquérir de ta dernière adresse. Cette démarche rendait ta mort définitive et m'abstenir me laissait espérer que malgré toutes ces années, tu pourrais encore frapper à ma porte.

Depuis le jour de ta mort ce 15 septembre 2008, il était pourtant devenu vital que je me résigne.

Désormais, il serait toujours trop tard pour nous deux.

J'ai manqué notre dernier rendez-vous, cette ultime opportunité de nous aimer. Ce n'est pas faute d'avoir essayé. J'ai juste cru qu'il me restait plus de temps, que je pouvais simplement attendre une réponse à mes lettres sans avoir même la certitude qu'elles te parvenaient.

J'ai manqué d'initiative et, en m'agenouillant sur ta tombe, j'ai mesuré le poids de mon inertie.

J'ai caressé la pierre et ce geste m'a rappelé notre intimité de jeunes mariés, ces heures allongés côte à côte, apaisés par nos ébats. J'ai caressé la pierre comme j'avais caressé ton ventre, ton dos, tes fesses. Face à ton éternelle épitaphe, j'ai songé à la douceur de ta peau, souvenir troublant que les années ne sont pas parvenues à effacer.

Il y aurait toujours ton visage, ton rire et le chemin que tu m'as proposé.

Et à défaut de pouvoir m'unir à toi, je me suis uni à moi.

Ton Archibald

83.

Mary

Mon cœur s'agite à l'approche du lieu de notre rendez-vous. Autour de moi, la roche émerge par endroits dans ce paysage désertique. Les *mesas* alignés poétiquement magnifient le sentiment exaltant qui précède une rencontre importante. À mes côtés, ma jeune adulte s'est endormie. La route semble infinie, s'engageant au loin au creux des canyons rougeoyants.

Je pense à mes proches, à combien leur amour m'a portée jusqu'ici, minute après minute depuis le jour de ce choix.

Je pense à lui et mes yeux s'emplissent de larmes. J'ai l'impression d'être tout à la fois une groupie qui court à la rencontre de son idole, une exploratrice s'apprêtant à faire la découverte d'une vie, un enfant la veille de Noël.

Je pense à lui et un seul mot m'apparaît, déferlant avec conviction comme la vague sur une plage en attente. Merci. Merci pour Ella. Merci pour ce cadeau d'être mère. Voilà, ce que je voudrais lui dire avant tout.

J'ai aimé sa voix dans le combiné, sa joie à l'idée de nous connaître Ella et moi. Malheureusement, il était en repérage à l'étranger pour un prochain long métrage et ne pouvait pas nous rencontrer tout de suite.

Il est resté silencieux un instant puis, avec sa proposition, l'émotion est revenue, identique à celle éprouvée en découvrant son profil vingt ans plus tôt. Il a prononcé quelques mots, une ouverture dans un monde fermé. Il était l'homme qui avait coché cette case en un temps où cette pratique était encore rare. Il était l'homme qui nous offrait de le rejoindre là-bas, au milieu des plaines et des plateaux, dans la beauté aride de l'Arizona.

« *Parce que nous ne savons pas combien de jours compte une vie* », avait-il ajouté.

84.

Jack

Au loin, j'aperçois l'enfant et sa mère. J'accélère mes pas, les derniers avant notre rencontre. Mes jambes se font légères comme si le prochain instant n'était pas déterminant. Les deux silhouettes élancées font penser à des jumelles, leurs cheveux abandonnés à leur nature, flottant au vent. En m'approchant, je tente de distinguer leurs traits. Un sentiment étrange me titille, une impression de déjà-vu. L'allure de la mère me touche, sa démarche m'évoque la danse des bulles de savon, ce spectacle qui subjugue tant il est beau et éphémère.

À quelques dizaines de mètres, je discerne désormais leurs visages. Mon souffle se fait plus rapide et mon ventre se serre devant l'impossible qui prend forme. Je plisse les yeux et son image se confirme, aussi belle qu'il y a vingt ans. Ma canadienne chasseuse des grandes forêts, celle qui peut vaciller, la femme de mes rêves. Et soudain, les années qui précèdent m'apparaissent comme une longue préparation pour vivre aujourd'hui, des milliers de journées pour qu'une seule se révèle.

Il y a cette seconde où nous sommes tous les trois immobiles dans un face-à-face silencieux, à nous contempler dans cet ensemble enfin complet.

Elle ne semble pas se souvenir de moi. Nos corps hésitent, personne ne sait s'il convient de se serrer la main ou de s'embrasser dans pareille situation. Je ne tergiverse pas et m'avance vers elles. J'espère qu'elles ne me trouvent pas bizarre, moi l'inconnu qui les prend dans les bras. Je n'ai pas pu résister. Quelle émotion de les découvrir toutes deux ! Je les serre contre moi et poliment, elles se laissent faire. Après tout, je suis le donneur donc pourquoi pas donner encore. Mes bras, mon sourire, mes larmes.

Le temps s'est arrêté.

Autour de nous, il n'y a que le silence et la beauté.

La beauté de se trouver.

85.

Mary

Avant toute chose, il y a l'odeur de sa peau. Pressée contre ce torse pourtant inconnu, mon esprit lâche prise. Il n'y a plus que ce corps contre le mien, celui d'un étranger qui devient proche en un instant. Toutes ces années à tenter de le concevoir, les traits de son visage, son sourire, sa façon de dire bonjour, tout ce réel immédiatement plus éclatant que mon rêve.

Il y a la douceur de son étreinte, cette façon particulière de nous serrer tout en nous laissant libres de partir. J'ai envie de me blottir contre lui sans m'encombrer de conventions nous confinant au contact de nos paumes et autres formules de politesse aussi ternes que stériles.

Et lui ose.

D'un geste affectueux, il dépose même un baiser sur les têtes de celles qui débarquent dans sa vie.

Une seconde m'a suffi pour saisir sa beauté. Que m'arrivera-il si je regarde cet homme dans les yeux ? Vais-je rougir ?

Rire comme une gamine, perdre toute contenance devant ma fille de dix-huit ans ? Non, je dois le retenir le plus longtemps possible et dissimuler mon émotion, le visage enfoui dans sa chemise en lin bleu ciel.

Ici, je peux tenter de recouvrer mon calme.

Il faut pourtant se dégager de cette tendresse, nous considérer et enfin prononcer un mot.

Il le faut mais personne ne bouge.

86.

Journal d'Adélaïde, le 30 décembre 2016

Je peux maintenant refermer mon journal et laisser ce vieil ami derrière moi. Il m'aura fallu du temps pour participer au monde, me laisser approcher, timidement d'abord, puis de façon plus évidente, oser parler, toucher une main, ouvrir mon cœur à celui qui vient.

Même si, aux yeux des autres, mon existence manque d'éclat, elle est pour moi une réussite. Ils ne voient qu'une vieille femme, petite et frêle, qui termine sa vie entourée de quelques amis alors que moi, je lis le mot « victoire » sur chacun de leurs visages bienveillants.

Comme pour tout bon livre, je souhaitais offrir à ce journal un ultime sursaut sous la forme d'une confidence.

Ce matin-là, la vie me proposait de jouer à Dieu.

Le choix était simple : trafiquer la réalité ou perpétuer la solitude. Pour moi qui avais toujours manqué de lien, la décision fut prise dans l'instant.

Au téléphone, elle était si impatiente qu'elle avait tenté d'imiter la voix d'une adolescente en quête d'identité. On percevait une fièvre dans son ton, elle désirait ardemment cette dernière pièce du puzzle qui lui avait offert un enfant. Rares sont celles qui ne ressentent pas une profonde gratitude.

Alors que j'encodais son nom dans la barre de recherche, mes mains tremblèrent, émue sans doute d'assister au dernier épisode de l'histoire de Mary.

Grâce à la magie de la technologie, son dossier s'afficha à l'écran et il ne me fallut que quelques secondes pour parcourir les informations. Mary Sailly avait donné naissance à Ella Sailly le 10 août 1998. Tandis que je faisais dérouler la page, mon regard fut attiré par ces quelques lettres ordonnées de façon terrible.

Décédé.

Sous le coup de l'émotion, j'eus de la peine à articuler quelque chose avant de mettre Mary en attente pour me ressaisir. Que lui dire ? Que le donneur n'avait pas su les attendre ? Une intuition me l'interdisait. J'avais mieux à faire, mais quoi ? Je cherchais à toute vitesse une solution lorsque son visage s'imposa.

En quelques gestes, j'ouvris son dossier.

Jack Belloy, l'homme dont j'avais changé la vie et qui, en retour, avait changé la mienne, l'amoureux de toutes les femmes qui ne semblait plus épris que d'une. Mary.

Vous imaginez ? Pouvoir jouer une fois dans sa vie à la marieuse ? Pour une passionnée de romans à l'eau de rose, la tentation était trop forte !

Et puis de quoi allais-je les priver ? Son sperme n'avait été attribué qu'une seule fois, trop peu pour lui garantir une rencontre… Et elle, elle perdrait un donneur pour son enfant, un donneur d'une heure, de quelques jours voire plus.... Oui, je suis consciente que je cherche des excuses à un acte qui n'en mérite pas.

Avant de poursuivre avec ce choix terrible, je suivis scrupuleusement la procédure. Je demandai les numéros d'identification et procédai aux vérifications de rigueur plus pour la forme que par réelle nécessité. La voix de Mary Sailly était gravée dans ma mémoire. Elle avait conservé la tonalité de ses vingt ans, ce timbre qui avait jadis pris les couleurs du désespoir pour plaider sa cause dans notre centre. Enfin, je vérifiai un dernier point, comme on espère la confirmation d'une intuition. Oui. Il était neuf heures, heure d'ouverture des bureaux. Oui, Ella Sailly avait dix-huit ans aujourd'hui.

Alors je fis de Jack le donneur et moi qui avais toujours espéré fonder une famille, je réalisai enfin mon rêve.

À mon rythme et à ma façon.

PARTIE V

Quand il y a l'amour, il y a tout

Sept ans plus tard
Août 2023

87.

Ella

À quelques mètres, mon fiancé se tient parfaitement droit, beau comme le jour de notre rencontre. Jack me prête son bras pour parcourir les quelques pas jusqu'à l'autel.

Il ne nous aura pas fallu longtemps pour nous aimer. Il ne nous aura pas fallu longtemps non plus pour comprendre qu'il n'était pas le donneur. Adélaïde nous avait invités à former une famille, Maman, Jack et moi, tout en sachant que la vérité serait découverte au détour des hasards de la vie.

Comment l'avons-nous appris ? Il existe mille manières de s'avouer qu'un homme n'est pas son père biologique, même lorsque l'on a envie d'y croire. L'absence de ressemblance physique, des yeux bleus qui répugnent à se transmettre, une intuition dont on ne peut se départir, une incohérence des groupes sanguins…

Ces éléments formant une conviction n'avaient pourtant pas influencé le cours pris par nos existences, convergeant irrémédiablement vers le point de rencontre.

Les liens d'amour comptent au moins autant que les liens de sang.

Assise au premier rang, ma mère se retourne pour m'admirer.

Que ressent-elle aujourd'hui ? Que ressent-on lorsque, dans une vie, on ose agir différemment, sortir des sentiers battus, défier les prévisions pour, au final, contempler le bonheur suscité ?

Bientôt, Jack s'assoira à ses côtés. Il prendra sa main entre les siennes en la couvrant de ce regard amoureux que le temps ne peut altérer.

À l'instant où je m'apprête à m'unir à un autre, le monde semble se figer.

Il n'y a plus que mon pas accordé au sien, les yeux de ma mère qui brillent et mon cœur gonflé d'émotion. J'ai aujourd'hui l'âge qu'elle avait au moment de son choix.

Le choix de ma vie.

Ce livre ne prétend pas refléter la réalité sur le plan législatif. Pour les besoins du récit, j'ai pris certaines libertés par rapport aux progrès de la législation. Par exemple, le don de sperme est anonyme dans certains pays et une flexibilité est prévue dans d'autres. Ces points sont liés à des questions essentielles et complexes auxquelles chaque pays tente de répondre au mieux et à son rythme.

L'essentiel à savoir dans ce domaine étant qu'en **France** et en **Belgique** notamment, il y a une **pénurie** de dons de sperme, ce qui allonge d'autant les listes d'attente pour ceux qui souhaitent réaliser un projet parental qui nécessite pareil don. Le don de sperme est limité car il reste un sujet tabou et que notre société n'offre pas toujours les moyens pour qu'il se fasse aisément (critères limitatifs pour le donneur, examens médicaux en différents lieux nécessitant une grande disponibilité, créneaux horaires limités, etc.)

Certains **projets de parentalité** sont mis à mal par cette pénurie de don de sperme, mais également par la législation de beaucoup de pays.

En **France**, seuls les couples hétérosexuels qui remplissent certains critères de vie commune peuvent bénéficier du don de sperme.

Des centaines de médecins s'opposent désormais à une législation qualifiée d'obsolète. Nombreux sont ceux qui partent à l'étranger pour réaliser leur projet. Ce phénomène est si courant qu'il a donné lieu à l'expression « *bébés-Thalys* » (pour les Français qui passent la frontière belge pour concevoir ce bébé tant espéré).

Parce qu'on est libre d'aimer un autre quelque soit son sexe, parce que nous n'avons pas de pouvoir sur notre fertilité, espérons que notre société évolue et soutienne équitablement les êtres aimants qui rêvent d'un enfant.

Remerciements

Écouter l'expérience d'**Ann B.** m'a émue aux larmes tant il y avait de soin et d'amour dans chacun de ses choix.

Cinq professionnels passionnés ont contribué aux hypothèses médicales du livre et à ma bonne compréhension du domaine de la procréation médicalement assistée, même si j'ai parfois adapté la réalité pour les besoins de l'intrigue. J'espère qu'ils ne m'en tiendront pas rigueur. Merci au docteur **Candice Autin**, médecin responsable du très réputé centre de procréation médicalement assistée du CHU Saint-Pierre (Bruxelles), de m'avoir guidée dans ce domaine captivant avec tant de gentillesse. **Sarah Colman**, psychologue du même centre, m'a fourni des informations très intéressantes concernant la dimension psychologique de ce type de projet. Je remercie le docteur **Sarah Swimberghe**, gynécologue, avec qui j'ai pu confirmer et étoffer mon hypothèse de départ. Merci aussi au docteur **Vanessa Largent** pour son temps, ses connaissances médicales pointues et sa créativité. Je garde un merveilleux souvenir de nos échanges sur une

plage au coucher de soleil. Enfin, merci au docteur **Bertrand Tombal** d'avoir répondu à mes questions sur le cas de Jack.
Un grand merci à **Danièle Gerkens**, écrivain et journaliste, pour les informations fournies sur la procréation médicalement assistée et les thèmes connexes et le partage de ses connaissances, toujours riche et vivant.

Toute ma reconnaissance à **Caroline Obringer, Laury-Anne Frut, Karine Bailly de Robien, Virginie Lancia, Alice Bercker** et toute la fabuleuse équipe de ma maison d'édition Charleston pour avoir donné naissance au présent roman et lui offrir une belle vie ! Leur créativité et leur gentillesse sont précieuses ! Merci à l'éditrice-relectrice **Stéphanie Pélerin.** Son dévouement, son intelligence et son humour font d'elle une alliée aussi touchante qu'efficace dans ce travail de relecture.

Un merci tout particulier à **Annaëlle Roberti**. Sa présence joyeuse et nos échanges sur le livre dont elle a été la première lectrice, ont été un atout dans l'écriture. Merci à **John D. Largent** et **Stephanie Vrolijk**, mes experts en paysages américains.

Merci à la fabuleuse **Madame Geneviève** qui m'a appris à lire et à écrire. Je me souviendrai toujours de ma joie immense en découvrant ce nouveau monde à ses côtés. Merci à mon père, **Paul**, de partager avec moi cet amour des livres. Bénéficier de son regard sage et bienveillant sur mes écrits m'a portée !

Quel bonheur de pouvoir être relue par ma sœur, **Clémence Mathieu**. Sa très grande intelligence, sa douceur et sa finesse sont un trésor inestimable tant pour ce livre que dans la vie.

Enfin, merci à mon mari **Benjy**. L'écriture d'un roman avec cette tribu de trois enfants de 6 mois à 4 ans et toutes les aventures qu'elle génère a nécessité notre engagement commun. Ces quelques mois merveilleux ont sans doute été aussi les plus fatigants de notre vie.

Merci d'avoir fait une si belle place à mon rêve, merci de t'être levé la nuit, merci d'insuffler tant de joie dans notre foyer.

Quelques-unes des musiques qui ont accompagné l'écriture de ce livre…

Cold arms de Mumford & Sons
Rivers de The tallest man on earth
Time after time de Iron & Wine
Épilogue de Justin Hurwitz (*La La Land* – original motion picture soundtrack)
Vladimir's Blues de Max Richter
Je n'en connais pas la fin (live) de Jeff Buckley
The sound of silence (live) de Simon & Garfunkel
Liability de Lorde
Beth's theme d'Ólafur Arnalds
That look you gave that guy de Eels
Crazy vibes de Selah Sue
Quand on n'a que l'amour de Jacques Brel
I will follow you de Toulouse
New Moon (The Meadow) d'Alexandre Desplat
Le galopin de Vianney
Send my love de Adele ou la version de Sam Tsui, Madilyn Bailey, Alex G & Kurt Schneider
I have just seen a face des Beatles
To love somebody de Nina Simone
Love me or leave me de Nina Simone

Sinnerman de Nina Simone
Better man de Marc Scibilia
Christine de Christine & The Queen
American Pie de Don McLean
My girl de The Temptations
Joanne de Lady Gaga
Leadlight de Julia Jacklin
Try a little tenderness de Otis Redding
Les mots de Renaud
Heartbeats de José Gonzalez
All my days de Alexi Murdoch
Cecilia de Simon & Garfunkel
Norma, Act I « Casta diva » de Vincenzo Bellini et interprété par Maria Callas
Carmen, Act I « L'amour est un oiseau rebelle » de Georges Bizet et interprété par Maria Callas
Merci à tous ces artistes de m'avoir portée dans ces moments d'écriture !
Vive la musique !

VOUS AVEZ AIMÉ CE LIVRE ?

Découvrez tout de suite les premières pages

d'*Une vie à t'attendre*, du même auteur !

Prologue

En silence, je vide mes poumons pour faire place à la vie. J'inspire, je retiens mon souffle et je pousse. J'entends les cris « plus fort, encore, encore ». Je garde les yeux fermés. Je ne veux pas les voir, je dois rester toute proche de lui. Je pousse longtemps, l'oxygène se tarit. Il n'y a plus un soupçon d'air sain en moi quand finalement j'ouvre la bouche pour respirer. Je pense aux prochaines minutes, à cette rencontre que j'ai tant de fois imaginée. Si je suis allongée ici aujourd'hui, c'est sans doute par chance. Rien ne m'y prédestinait. Les contractions reprennent. J'inspire profondément car je veux le rencontrer cet enfant. Je pousse et l'on s'agite autour de moi. Une tête passe. On m'encourage à soutenir l'effort. Est-ce que je souhaite saisir mon enfant moi-même ? L'attraper pour être pour toujours les premières mains qui le touchent ? Je ne sais pas. L'émotion comme l'air vient gonfler mes poumons. Une seule question m'habite en réalité : comment devient-on mère quand on n'a pas été enfant ? Je me sens vide, aucun héritage à transmettre. On me presse de décider. Est-ce que je veux le tirer hors de mon ventre ? Je ne suis pas prête. Tout mon corps dit non et a retenu le plus longtemps possible celui à naître.

Comment devient-on mère quand on n'a pas été enfant ? Je tente de me rassurer, je me rappelle une phrase. *Il y a des jours où on aime et d'autres où on apprend à aimer.* Si la nature ne fait pas son œuvre et que mon cœur reste froid, j'apprendrai. En un éclair, je m'imagine responsable de ce petit être. Je panique. J'ai peur qu'on compte sur moi. L'angoisse recouvre ma poitrine comme une chape de plomb. Je n'ai pas le temps de m'en dégager qu'il est déjà là, naissant d'une mère bien imparfaite. Je touche sa peau chaude et huileuse et l'attrape là, juste sous les bras. Je le sens s'échapper, glisser de mes mains. Je crie que j'ai peur de le lâcher. Dans un ultime effort, je l'attire à moi et lui donne vie. On le dispose tout gigotant et humide près de mon sein. Il est rose mais ne pleure pas. Dans son regard sérieux, je reprends mon souffle et je commence à vivre moi aussi. Il ne fait pas de bruit. On le prend quelques minutes pour le laver et l'examiner. Il est en parfaite santé. Je regarde ces mains étrangères qui le langent habilement. Une voix m'explique qu'il est mieux dans les bras de sa mère. Je me redresse dans le lit et tente de remettre en place les quelques tissus qui couvrent encore mon corps.

On l'enfouit sous le drap, à même ma peau nue. Je sens la chaleur de mon fils et j'en pleure. Je l'ai cherchée si longtemps. Cette chaleur.

PARTIE I

C'est l'incertitude qui nous charme. Tout devient merveilleux dans la brume.

Oscar Wilde

1.

Dix-huit ans plus tôt, le 18 septembre 1995

Je suis petite, si petite dans ces lieux silencieux. Je connais la nature des silences et celui-ci n'est pas bon. Il est le dernier souffle d'une maison qui s'est vidée, précipitant ma perte. Je les appelle et, en réponse, ce silence implacable. Je cours pieds nus, traverse les couloirs, visite chaque pièce, mais rien. Je sens les larmes mouiller mes joues et j'ai mal au ventre à en crever. J'ignorais qu'on pouvait avoir si peur. Où sont-ils ?

Je m'apprête à poser le pied sur cette marche, mais j'ai déjà compris. Dans quelques secondes, je cesserai d'être une enfant. Je pense à ma mère, à combien il fait froid loin d'elle. Mon cœur se serre, mais la course doit continuer. C'est mon destin. Ma jambe se déplie au ralenti et mon pied touche le bois, faisant perdre à mon enfance ses derniers droits.

Il lui faudrait une vie pour s'en remettre. C'est ce que tout le monde raconte dans le village. Les gens débattent et la même conclusion s'impose à chaque fois : la petite est foutue. Ils regardent au loin sur la colline et pointent du doigt la vieille demeure des Campion. Elle et son unique habitante sont au centre de l'actualité locale. Cette bâtisse que l'on admire au détour d'une promenade abrite désormais un mystère. Quand on prend le temps de l'observer, ce qui frappe en premier lieu est la majestueuse prairie qui s'étend devant elle et forme une pente vers le village. Cette disposition particulière permet de l'admirer de loin et presque de tous points. Comme si l'on avait su qu'un jour, elle aurait besoin d'être à son avantage pour faire les gros titres de la presse. Les badauds s'arrêtent pour la contempler, peut-être rêver l'espace d'un instant à ce que serait leur vie au sommet de la colline. Mais justement, on connaît maintenant le sort réservé à ses hôtes : la séparation, la mort sans doute, le déchirement, c'est certain. Au sommet de la pente verte, se dressent des murs anciens enserrant de larges fenêtres et une grande porte cochère. Une terrasse en bois enlace la maison et accueille une balancelle, quelques fauteuils en rotin sur lesquels ont été oubliés des coussins jadis colorés. Si la prairie n'était pas si vaste, on pourrait apercevoir une petite tête blonde postée à l'une des fenêtres. Elle scrute le parc qui l'entoure. Elle guette et cherche sans repos. Dehors, la police s'affaire pour inspecter le terrain et relever les indices. Mais qu'est-ce qui a bien pu se passer ? Comment cet homme et cette femme, deux parents en plus, ont-ils pu se volatiliser ? C'est maintenant que tout le village réalise, les absents ont réussi l'exploit de rester inconnus dans une paroisse d'une centaine d'habitants. Ils ont beau interroger leur mémoire pour tenter d'aider les enquêteurs mais non, rien ne vient. À part un *bonjour* ou un *au revoir* et *merci* à la pharmacienne ou à la boulangère du coin, le couple était plutôt taiseux. C'est à peine si les voisins pourraient décrire Gabrielle et Charles Campion. Ils avaient le physique qui va avec leur discrétion. Des années à se croiser sans se connaître, de politesse en politesse, les villageois ont tissé les trames de ce mystère.

Rose a six ans et découvre le pire. Ses parents ont disparu. Pourquoi ? On l'ignore. On cherche de bonnes raisons, car on ne peut vivre avec les mauvaises. On la regarde, cette blondinette, et on se dit que ce n'est pas possible, il doit forcément y avoir une explication, une qui nous permette de dormir la nuit et de croire que le monde est bon.

Les progrès des enquêteurs étaient entravés par un fait aussi important que surprenant. La famille Campion était parvenue à créer un vide complet autour d'elle. Monsieur et madame étaient enfants uniques. La branche Campion concevait difficilement et n'avait pu accueillir qu'un seul miracle en la personne de Charles. Quant à l'épouse, Gabrielle, c'est la fuite d'un père qui expliquait l'absence de fratrie, sa mère l'ayant courageusement élevée seule. Le vide semblait s'être ensuite propagé à toute vitesse. Les parents Campion étaient orphelins depuis peu. On pourrait parler d'une famille éradiquée si cette petite ne se tenait pas là, toute droite, au milieu des policiers empressés. Rose était le sujet de toutes les discussions, mais personne n'y prêtait vraiment attention. Pieds nus sur le tapis persan, elle observait les policiers fouiller dans les tiroirs et interroger le personnel de maison. À cette heure-ci, elle devait être à l'école pour apprendre la lettre *i*. Elle imagina ses camarades déclamer en chœur « iiiiiiiiiii » et les envia.

Le désert affectif des Campion s'étendait à leurs agendas respectifs. Ils ne contenaient aucun autre rendez-vous que les visites médicales, rappels administratifs et séances de manucure de madame. Pas de collègue. Monsieur et madame étaient rentiers. L'esthéticienne, le coiffeur ? Quelle femme ne leur confie pas quelques secrets ? Il fut laborieux d'obtenir leurs adresses, car comme de nombreuses villageoises, Mme Campion était convaincue qu'il fallait parcourir quelques kilomètres pour bénéficier d'un service digne de celui de la capitale. Et difficile de dire vers quelle ville son choix s'était porté. Un stagiaire suggéra la voie électronique : « Chef, basons-nous sur les données bancaires relatant les paiements effectués ? » Ernest Jaco sourit aimablement. À la soixantaine, il en avait vu des petits jeunes faire des suggestions sorties de la série télévisée de la veille, donnant l'impression d'une idée brillante alors qu'il s'agissait simplement de la procédure à suivre dans pareille enquête. Pourtant, il ne les rembarrait jamais. On a trop besoin de policiers motivés, répétait-il. Il l'encouragea : « Excellente idée Gaspard, va donc analyser les données disponibles ». Ce début de piste fut rapidement délaissé, le coiffeur et l'esthéticienne identifiés débitèrent la même rengaine que tout le monde : madame était réservée, presque invisible, avaient-ils tenu à préciser.

Depuis son arrivée, le chef ruminait surtout une question : dans combien d'heures faudrait-il trouver un lieu d'accueil pour la petite ? Il avait du flair pour ce type d'affaires et les chances de retrouver Gabrielle et Charles Campion lui paraissaient minces. Il n'osait même pas croiser le regard de la fillette. Sa réputation d'homme expérimenté et compétent le précédait partout mais il pouvait encore se tromper. Du moins, c'était ce qu'il espérait en se grattant nerveusement la moustache. Ils allaient les trouver, se répétait-il, comme si ce mantra était capable d'influencer la tournure de l'enquête.

Une autre difficulté décourageait les enquêteurs. Ils ne parvenaient pas à s'accorder sur le moment de la disparition. La veille, au cours de la nuit ou même au petit matin ? Le personnel de la maison était externe, une équipe composée d'un homme à tout faire, René, et de son épouse, Louise, en charge du ménage et de la préparation des repas. Ils s'étaient présentés à huit heures, tenus à une ponctualité irréprochable. Comme à chaque sortie de week-end, ils avaient découvert un léger désordre, les lits défaits, quelques traces de chocolat sur une rampe, des miettes de pain autour de la table de la cuisine et une pile de vaisselle laissée à leur intention. La maison semblait vide, monsieur et madame étaient partis conduire leur fille à l'école, avaient-ils pensé. Ils avaient commencé à ranger quand ils avaient entendu des pas à l'étage. Ils avaient conclu que l'un d'eux était resté et s'étaient remis immédiatement à la tâche. Mais il fallait écouter les pas avec plus d'attention pour réaliser que ceux-ci étaient légèrement plus sautillants, plus légers que ceux d'un adulte. Dans leur certitude commune, ils s'étaient pressés : elle au linge, lui à réparer la vieille chaudière pour la deuxième fois en un mois, agacé que monsieur ne se résigne pas à la remplacer. Quelques minutes plus tard, aux alentours de huit heures vingt, la petite était descendue.

Rose s'était levée tôt ce matin-là. Après une rapide toilette, elle s'était habillée et avait arpenté la maison à la recherche de ses parents, en vain. Elle avait déjà fait le tour de la demeure trois fois avant huit heures pour finalement choisir de se terrer sous les couvertures du lit parental, les rêver là couchés près d'elle et se mêler à leurs odeurs.

C'est le bruit au rez-de-chaussée qui l'avait sortie de sa mélancolie. Son cœur avait bondi de joie. Ils étaient revenus !

En posant le pied sur la dernière marche de l'escalier, Rose avait aperçu au loin la silhouette familière de Louise. Elle avait appelé quand-même. Maman ? Papa ? En écho le silence. Maman ? Papa ? Louise et René l'avaient rejointe. Ils s'étaient agités autour de la petite et avaient essayé de comprendre. Il fallait informer la police au plus vite.

Vers neuf heures, le chef avait débarqué avec son équipe. Il était désormais quatorze heures et toujours rien. Rien ne pouvant expliquer pourquoi, dans cette belle bâtisse, il y avait une enfant sans parents.

Et s'ils ne revenaient pas ? Scruterait-elle pour toujours les moindres détails de leur dernière soirée ? Le plat préparé par sa mère, les regards et les quelques mots échangés ? Tous ces indices qui n'en sont pas. Quelle histoire Rose retiendrait-elle ? Étaient-ils morts ou partis ? Était-ce sous la contrainte ou sur un coup de tête ? Pire, une décision mûrement réfléchie ?

Au fond, quand décide-t-on d'abandonner son enfant ?

2.

Le 1er juillet 2012

Je nous observe debout dans ce face-à-face silencieux, affaiblis par un long combat et je me demande si j'ai vraiment essayé. Je rejoue mentalement cette dernière scène avant le départ d'Arthur. La tristesse dans son regard ne me fait pas plier. Il passe une main dans ses cheveux pour se donner une contenance et je me rappelle leur parfum la première fois qu'il a posé la tête sur moi. Il l'avait appuyée là, juste à l'orée de mon cou. À ce moment-là, tout était encore possible. J'ai pensé que je pourrais réussir, devenir un être ordinaire qui s'engage dans une relation et la trimballe dans les étapes classiques de la vie. Je me suis imaginée en robe de mariée, avec un ventre rond et j'ai vu nos trois enfants. Puis mon sourire s'est mué en rictus moqueur. J'avais tant de fois échoué ! Comment pouvais-je encore espérer ? Je ne parvenais même pas à faire une liste exhaustive de mes incapacités à aimer. En premier, il y avait bien sûr la peur que l'autre parte. Une peur qui me tenait le ventre dès qu'il passait la porte et ne me relâchait telle une proie épuisée qu'à son retour. Elle me rendait anxieuse, spectatrice impuissante des pires scénarios. Je le voyais trébucher et glisser sous une rame de métro ou victime d'un accident de voiture. Les moyens de transport représentaient clairement ma plus grande source d'inspiration. Bizarrement, je n'imaginais jamais Arthur partir avec une autre. Cette créativité morbide avait malmené notre relation dès le départ, le privant progressivement de sa liberté. Il avait tenu bon malgré tout. J'avais une bonne excuse, me répétait-il, tentant sans doute de s'en convaincre. N'importe quel psychologue de comptoir pourrait justifier ce comportement excessif par la tragédie de mon enfance. Mais au fond de moi, je savais que je pouvais faire mieux, que si je l'avais réellement aimé, je lui aurais offert plus que cette cage dorée.

Au nombre de mes incapacités, il y avait aussi la fureur, sorte de nappe phréatique qui trempe les fondements de mon être et gronde les dimanches pluvieux. Mais grandir en orphelinat, ça fâche, m'excusait-il encore. Et moi de profiter de sa bonté dans un confort coupable. Je restais là dans une relation qui m'allait aussi mal qu'une robe taille empire et j'attendais qu'il craque pour ne pas être la fautive, celle qui renonce à nouveau.

Il y a une musique au loin. Je me force à la murmurer dans ma tête pour me distraire de la rupture qui se dessine sous mes yeux. Quel est le titre encore ? Cet air classique a ironiquement ponctué mon enfance. Je cherche. Oui, c'est cela. L'*Ode à la joie* comme bande son du dernier épisode de cette histoire amoureuse. La vie ne manque pas d'humour.

Dans une dernière tentative d'apaisement, il avance une main vers mon visage et je le rejette encore en reculant d'un pas. Voilà comment je suis face à un homme qui m'aime, une bête sauvage qui fuit dès qu'on l'approche. Contrairement à mes craintes, il n'est finalement pas mort, alors je pulvérise les derniers liens qui nous unissent. Je suis lassée de ce scénario qui se répète, mettant en forme les failles de ma personnalité. Il plisse ses grands yeux sombres pour me sonder tel un objet mystérieux. Il est blessé. Comme tous les autres. Une larme s'égare sur sa joue. Je voudrais tant pouvoir réagir autrement, mais sa souffrance me relègue derrière un mur de glace qui me préserve de toute sensation. C'est toujours ainsi. Un dernier éclat de voix suivi d'une porte qui claque met un point final à une relation ratée.

Voilà ce que je suis devenue. Une Rose qui essaie, une Rose qui lutte contre elle, puis qui échoue inexorablement.

C'est sur ce constat que j'ai décidé de partir. J'ai empilé mes affaires et forcé le cuir de ma valise pour qu'elle accueille plus qu'elle n'a jamais ambitionné. Oscar, un vieil ami, m'avait offert à plusieurs reprises de séjourner un temps dans sa propriété balinaise proche de la ville d'Ubud. Dans un élan, j'ai acheté un billet et je me suis enfuie aussi rapidement que les formalités le permettaient. Comme dans mes rêves, je me suis envolée pour une contrée reculée, un endroit où la tiédeur vous berce tel un fœtus dans le ventre de sa mère. Le voyage était long, mais chaque minute avait le mérite de me séparer davantage de tout ce qui me définissait, mes études, mes échecs et l'homme qui venait de quitter ma vie.

À travers le hublot, j'aperçois un champ de nuages blancs moelleux, un monde douillet en miroir à celui dans lequel je me suis réfugiée. Je ne crois pas être désagréable. Non, peut-être juste un peu lointaine, absente. Comme si j'avais finalement décidé de partir avec eux cette nuit-là en laissant derrière moi un corps animé, un être sans âme voué aux alliances funestes. Je ne ressasserai pas cette dernière rupture qui fait écho à tant d'autres. C'est la meilleure manière d'avancer. Non, en réalité, c'est la seule que j'ai trouvée. Et puis, parler à qui ? Je me vois mal sympathiser avec les deux inconnus assis à mes côtés dans l'avion. L'homme à ma gauche dort depuis deux bonnes heures, un filet de salive reliant délicatement le col de son veston à sa lèvre inférieure. Celui assis à ma droite tape frénétiquement sur un clavier, additionnant les lettres sur l'écran à une vitesse désarmante. Je parviens à m'extirper de mon siège sans sortir M. Salive de son sommeil et me dirige vers les toilettes. Dans le miroir, mes vingt-deux ans me taillent un visage plus adulte, affiné par le temps. Je passe un peu d'eau fraîche sur mes joues et respire profondément. Une fois le col de ma chemise replacé, je tente de la défroisser et la rentre dans mon pantalon. Je persévère en réajustant la bride de mes sandales en cuir et remarque un petit éclat dans le vernis rouge qui égaie mes pieds. Je saisis ma trousse pour arranger cela. C'est mon côté perfectionniste. Je ne supporte pas ce genre de petite négligence. Je me sens à nouveau sereine en passant le pinceau sur l'ongle dégarni. La couleur rouge inonde le point blanc et le couvre uniformément. Il est temps de regagner mon siège, une voix aseptisée annonce un atterrissage imminent. Alors que je marche vers ma rangée, une main m'arrête et au bout de celle-ci un jeune homme d'une vingtaine d'années.

— C'est pour vous, dit-il simplement.

Il me tend une enveloppe, affichant un sourire discret, histoire de rester poli sans s'engager plus.

— Mais, je... bredouillé-je.

Je m'apprête à lui dire qu'il se trompe de destinataire, que je ne le connais pas et que je n'attends pas d'enveloppe, mais l'hôtesse m'enjoint de regagner mon siège en pointant du doigt le voyant allumé « attachez vos ceintures ». Je me résous à m'asseoir, décidée à tirer cette situation au clair dès l'atterrissage. Je retourne l'enveloppe blanc crème pour tenter de l'ouvrir sans laisser de trace, mais elle est scellée. Des initiales *HB* sont gravées dans la cire rouge. Je fais la liste rapide de mon entourage mais cela ne correspond à rien. Je suis sur le point de la déchirer quand je me ravise. Devrais-je la restituer intacte ? Pour tempérer mon impatience, je me répète qu'il suffit juste d'attendre quelques minutes. Je me redresse dans mon siège et boucle ma ceinture, surprise par tant de maturité.

Les vents au sol déstabilisent l'appareil au dernier moment et les roues heurtent le tarmac avec force. Mes deux compagnons de voyage s'agitent déjà sans prêter attention aux consignes de rester assis. Je jette un regard discret vers l'arrière de l'avion pour situer mon inconnu, mais ne distingue que la moitié de son visage, le reste est dissimulé derrière un journal. Il affiche une barbe de quelques jours, ses cheveux bruns tombent en pagaille dans ses yeux et son pull vert bouteille est flanqué de deux pièces en daim pour renforcer les coudes. J'ai toujours apprécié ce genre de petits détails. Ma surprise face à l'enveloppe m'avait distraite du charme du messager. Je m'apprête mais en vain, je n'ai pas dormi depuis vingt heures et ma rupture récente est encore imprimée sur mon visage. Les passagers se lèvent pour rassembler leurs affaires. Je me joins à l'agitation générale, je ne veux pas le manquer. C'est sans compter M. Salive qui prend un temps infini pour ranger des documents dans une serviette visiblement trop étroite.

— Monsieur, pourrais-je passer s'il vous plaît ? Je suis pressée, dis-je timidement.

— Tout le monde est pressé mademoiselle, me répond sèchement celui qui ne l'était pas tant que ça quelques instants plus tôt.

Je dois encore patienter quelques interminables secondes avant de pouvoir me lever. J'essaie de me frayer un chemin vers l'arrière de l'avion jusqu'au siège du bel inconnu. Vide. Comment a-t-il pu quitter l'appareil en si peu de temps ? Je le cherche tout autour, sans succès. Cette situation m'intrigue de plus en plus. Même s'il s'agit certainement d'une erreur, ce semblant d'aventure m'a séduite. L'espace d'un instant, je me suis imaginée agent secret à qui un charmant collègue confie une mission, parcourant le globe, affrontant l'inconnu, contrainte à d'agréables réunions de travail au crépuscule sur une plage déserte. Pour la première fois depuis longtemps, je me sens animée mais, l'homme mystérieux évanoui dans la nature, je dois me résoudre à quitter l'avion en passagère ordinaire. Je le cherche du regard mais il est absent à chacune des étapes du parcours classique. J'accélère le pas, comme si je pouvais le rattraper alors que j'ignore où il se trouve. Une personne lui ressemble et je sursaute. Mais que m'arrive-t-il ? Au point de contrôle, je ne relâche pas mes efforts, c'est une des dernières opportunités de l'intercepter. Je me décale dans la file pour détailler les passagers qui s'y sont engagés et je l'aperçois. Il présente passeport et visa à la douane. Mon rythme cardiaque s'accélère. Pour être honnête, je vois plutôt un coude mais pas n'importe lequel, il est flanqué d'une pièce en daim. Un coude dans cette mêlée turbulente, un coude et je reprends espoir. En réalité, je me trompe, mes yeux veulent me faire espérer : ce n'est qu'une veste posée sur le bras d'un homme qui n'a ni l'âge ni la taille de celui que je cherche.

Déçue, je termine la valse des vacanciers sans trop d'espoir : réception de la valise, sortie de l'aéroport et embarquement dans un taxi. Deux heures de route m'attendent.

Aubin
IMPRIMEUR

Achevé d'imprimer en octobre 2017
N° d'impression 1709.0349
Dépôt légal, novembre 2017
Imprimé en France